NANCY WARREN

SORCIÈRE ET BOUTONNIÈRE

LE CLUB DES VAMPIRES TRICOTEURS - 2

ISBN numérique : 978-1-990210-46-4

ISBN papier : 978-1-990210-47-1

Couverture par Lou Harper de Cover Affair

Traduit de l'anglais par Armel Normant et Valentin Translation

Ambleside Publishing

INTRODUCTION

Sorcière et Boutonnière: Un Polar Paranormal
Le Club des Vampires Tricoteurs - Tome 2

Maîtriser le tricot et arrêter des tueurs

Quand un vieux monsieur pique du nez sur ses scones et son thé au salon Elderflower à Oxford – victime d'empoisonnement –, Lucy Swift et sa bande de detectives amateurs morts-vivants sont sur le coup.

Le salon de thé Elderflower est voisin de Tricotti Tricotta, la boutique de tricot que gère Lucy et où se tient, tard le soir, le Club des Vampires Tricoteurs. Les propriétaires du salon de thé sont des vieilles filles octogénaires amies de la famille. Lucy tient à les aider à résoudre le mystère qui les a contraintes à fermer leur commerce. Mais le meurtre n'est pas le seul sujet qui préoccupe les demoiselles Watt. Un homme est venu les séparer. En effet, Miss Florence Watt est courtisée par une ancienne flamme, dont Mary Watt ne pense rien de bon.

Non contente de chercher qui, parmi ses nombreux ennemis, a bien pu empoisonner le detestable colonel Montague,
Lucy essaie de peaufiner ses pouvoirs magiques avant le
dîner Wiccam improvisé auquel sa cousine sorcière insiste
pour qu'elle participe.

Cependant, elle n'en est qu'à ses débuts en tant que
sorcière. Il faut dire qu'elle a fait sauter sa cuisine avec un sort
mal maîtrisé, alors elle préfère y aller doucement.

Du côté du tricot, ses efforts ne sont pas non plus
couronnés de succès. Toutes ses mailles sont à l'envers et elle
confond tous les points, si bien que l'écharpe qu'elle tente de
fabriquer semble avoir été rongée par les mites. Par moments,
Lucy a presque envie de plier bagage et de rentrer à Boston.
Ce n'est pas l'envie qui lui manque, mais elle ne veut pas
quitter sa grand-mère bien aimée, ses nouveaux amis, un
vampire très sexy et un policier quant à lui bien vivant.

Sorcière et Boutonnière est le deuxième tome de la série *Le
Club des Vampires Tricoteurs*, un cozy mystery paranormal. Il
peut être lu indépendamment des autres tomes et ne contient
pas de sexe ni de violence, rien que de l'humour, du tricot, de
la magie et une touche de romance.

Découvrez gratuitement l'histoire des origines de Rafe
Crosyer en vous inscrivant à la newsletter de Nancy (garantie
sans spams) sur NancyWarrenAuthor.com

Rejoignez Nancy dans son groupe Facebook privé, où nous
parlons bouquins, tricot, animaux de compagnie et vie en
général. Facebook.com/groups/NancyWarrenKnitwits

ILS ONT AIMÉ LA SÉRIE LE CLUB DES VAMPIRES TRICOTEURS

« *Le Club des Vampires Tricoteurs* est un délicieux cozy mystery paranormal qui se déroule dans un cadre idéal pour le genre, un magasin de tricot à Oxford, en Angleterre. Servi par une détective amatrice intrépide qui cherche encore sa place dans l'existence, Lucy Swift, et toute une panoplie de personnages inoubliables, ce polar vous offre ce qui se fait de mieux. Drôle, pertinent, avec des revirements de situation et un chat vraiment impayable ! Je recommande chaudement ce livre haut en couleur qui renouvelle agréablement le genre. »

— JENN MCKINLAY, AUTEURE DE BEST-SELLERS AU CLASSEMENT DU NEW YORK TIMES

« Une histoire si drôle et bien écrite que je n'ai pas pu poser mon livre un seul instant. »

— DIANA

« Une lecture drôle et fantastique. »

— DEBORAH

SORCIÈRE ET BOUTONNIÈRE

CHAPITRE 1

L'homme qui entra dans l'atelier de *Tricotti Tricotta* en cette fin de matinée d'octobre me fit immédiatement penser à un acteur de genre. Pas l'un de ceux dont le nom vous viendrait spontanément, mais un second rôle qui incarnerait des généraux et des gentlemen anglais. Avec ses cheveux blancs ondulés, sa moustache parfaitement taillée et ses yeux bleus pétillants, il aurait facilement décroché de petits rôles dans des adaptations de *Downton Abbey* et de Jane Austen. Il était bronzé, comme s'il avait passé les derniers mois dans le sud de la France, et portait une veste de sport en tweed, un pantalon de flanelle gris et une cravate en soie.

Ma première impression fut qu'il était assez grand, mais à bien y regarder, je me rendis compte que c'était surtout sa posture bien droite qui le grandissait. L'expression « plus grand que nature » me traversa l'esprit. Il n'avait pas l'allure d'un tricoteur, mais comme je l'avais appris en gérant *Tricotti Tricotta* ces derniers mois, il existait des tricoteurs de toutes les formes et de toutes les tailles, de tous les âges et de tous les sexes.

Parmi eux se trouvaient même des vampires.

— Bonjour, lançai-je en quittant le comptoir.

Lorsqu'il me vit, son visage s'éclaira comme si nous étions de vieilles connaissances, même si j'étais persuadée de ne l'avoir jamais vu. Il avait de grandes dents blanches et régulières.

— Bonjour, répondit-il. Et en effet, le jour est bon quand je suis accueilli par une belle jeune femme.

Il prononça ces mots avec désinvolture, comme s'il faisait des compliments extravagants à toutes les femmes qu'il croisait, jeunes ou vieilles, belles ou quelconques. Je m'apprêtais à lui demander s'il était doué avec des aiguilles quand il dit :

— Je viens me soumettre à votre bon vouloir.

Je clignai des paupières devant ce choix de vocabulaire, avant de comprendre à l'éclat dans son regard qu'il n'était pas sérieux.

Il prit une profonde inspiration.

— Voyez-vous, c'est au sujet d'une femme qui habitait à côté, au salon de thé *Elderflower*. Elle s'appelait Florence Watt.

Je sentis qu'une intrigue se nouait. Florence et Mary Watt étaient les deux sœurs célibataires qui tenaient le salon de thé voisin, l'*Elderflower*, sans doute depuis aussi longtemps que l'arrivée du thé en Angleterre. J'eus le sentiment que cet homme avait autrefois connu Florence. Croyait-il qu'elle s'était mariée et qu'elle avait changé de nom ?

Je mis un terme à ses souffrances en annonçant :

— Miss Watt habite toujours à côté. Avec sa sœur, Mary, elle tient le salon de thé voisin.

Il porta une main à son cœur.

— Serait-il possible que Miss Florence Watt soit encore disponible ?

Cela me faisait bizarre de penser que l'une ou l'autre des demoiselles Watt puisse avoir une vie amoureuse, et pourtant, il semblait bien qu'il leur soit arrivé quelques aventures. J'essayai de ne pas paraître trop curieuse, mais en vain.

— Vous l'avez deviné, bien sûr, reprit-il. J'ai aimé Florence il y a cinquante-cinq ans et je n'ai jamais pu l'oublier.

J'avais déjà entendu de telles histoires. Des amoureux du lycée qui se retrouvaient à un âge mûr, des couples séparés par la vie et qui se réunissaient sur le tard. J'étais tout excitée à l'idée de jouer un petit rôle dans cette romance du troisième âge.

Même s'il était difficile d'imaginer Florence Watt, vieille dame pragmatique, dans le rôle d'une jeune femme amoureuse, j'étais une romantique dans l'âme et je voulais croire que l'amour était encore possible pour elle.

J'étais intriguée, et cet homme semblait avoir envie de se confier. Comme c'était une matinée tranquille à la boutique, je me fis un plaisir de reporter l'inventaire à plus tard.

— Vous deviez être très jeunes.

Il hocha la tête et regarda en direction du salon de thé.

— Je n'étais encore qu'un garçon. Mais il y avait quelque chose chez Florence que je n'avais jamais vu chez aucune autre fille. Nous sommes tombés amoureux et j'ai cru avoir trouvé la femme avec laquelle je passerais le reste de ma vie.

Il secoua tristement la tête.

— Malheureusement, j'ai été appelé ailleurs.

Baissant la voix, il s'assura que nous étions seuls avant de poursuivre :

— La loi sur les secrets officiels m'empêche d'en dire plus.

Naturellement, ma curiosité était piquée au vif. La loi sur les secrets officiels ? Cet homme était-il un espion ? Même les espions devaient bien partir à la retraite tôt ou tard. N'aurait-il pas dû avoir pris la sienne depuis plusieurs années déjà ?

— Avez-vous mené une existence secrète pendant tout ce temps ?

Il sourit, révélant à nouveau sa dentition parfaite.

— Non. La vie a suivi son cours et je me suis marié. J'ai mené une vie très différente. Mais je n'ai jamais oublié Florence. Et maintenant, ma femme est décédée et je me suis demandé s'il était possible que Florence se souvienne encore de moi comme je me souviens d'elle.

C'était une histoire très romantique. L'homme en face de moi jeta un rapide coup d'œil sur mon visage, comme pour constater que, moi aussi, j'étais emportée par des émotions troublantes. Pour tout dire, j'étais ce que les Britanniques décriraient par un adjectif désuet, mais si charmant : « éber-luée ». Les sœurs Watt étaient deux vieilles filles d'âge indé-terminé. Je les imaginais presque venir au monde en émergeant de deux boules à thé sous la forme de dames d'âge mûr et passer leur vie entière à servir des scones aux raisins et des sandwiches sans croûte dans notre joli quartier d'Ox-ford. Penser que l'une d'elles ait connu des rendez-vous galants, qui plus est avec un homme prêt à lui déclarer sa flamme tant d'années après, c'était presque plus que je ne pouvais me le figurer.

Je dis alors la seule chose qui me vint à l'esprit :

— Pour autant que je sache, Florence Watt est à côté, au

salon de thé, en ce moment même. Vous devriez peut-être vous adresser à elle.

Il hocha la tête, manifestement soulagé.

— Je me suis dit que je pourrais venir ici d'abord, pour voir si ses voisins savaient quelque chose qui m'éviterait éventuellement de me couvrir de ridicule.

Je restai perplexe devant une telle possibilité. Miss Watt avec un mari et cinq enfants ? Enfin, plus Miss Watt, en l'occurrence, mais Madame Je-ne-sais-quoi.

— Non. Je pense qu'elle sera heureuse de revoir un vieil ami.

Il jeta un coup d'œil à la boutique, remplie de laines, de livres et de magazines de tricot, de pelotes, d'aiguilles, de crochets et d'accessoires en tous genres, sans compter les chandails, les châles et les cardigans suspendus aux murs ou sur des étagères comme sources d'inspiration. Il posa ensuite son regard sur l'arrière-boutique, que je gardais fermée par un rideau. Je m'en servais pour les cours de tricot, mais il y avait là une trappe creusée dans le parquet et utilisée par mes colocataires du dessous, un nid de vampires accros au tricot.

Quand je les avais rencontrés, peu de temps après avoir quitté Boston pour cet endroit, j'avais craint qu'ils ne me dévorent. Maintenant que je les comprenais mieux, je les appréciais beaucoup. Je gardais ce rideau soigneusement fermé pendant les heures d'ouverture de la boutique, car ma grand-mère, la vampire la plus récente du groupe, souffrait d'insomnie et avait déjà fait une ou deux apparitions malencontreuses dans la boutique en plein jour.

— Ce magasin est si chaleureux. Il me donnerait presque envie de me mettre au tricot.

— Vous devriez. C'est un passe-temps très relaxant.

Je me demandais bien comment je parvenais à rester impassible lorsque je faisais ce genre de commentaires. Le tricot était un exercice diabolique conçu pour attiser la frustration. Presque tout ce que j'essayais de tricoter finissait par ressembler de près ou de loin à un hérisson. Mais la propriétaire d'un magasin de tricot ne pouvait pas décemment admettre qu'elle n'avait aucun talent en la matière. J'avais donc pris l'habitude de prononcer ces phrases toutes faites. Il hocha la tête sans cesser de regarder autour de lui.

— Vous n'étiez même pas née la dernière fois que je suis venu ici. C'était une autre dame qui tenait cette boutique.

— Oui. Ma grand-mère, Agnès Bartlett. Elle est décédée il y a quelques mois. Je suis sa petite-fille, Lucy.

— Je suis certain qu'elle serait très fière de savoir que vous faites un si bon travail.

— Merci.

Redressant ses épaules comme un soldat sur le point de défiler, il me dit :

— Eh bien, Lucy, souhaitez-moi bonne chance, voulez-vous ?

— Oui, bien sûr. Bonne chance.

Alors qu'il sortait, je le vis jeter un œil à son reflet dans la vitre de la porte. Sans doute était-ce plus par appréhension que par vanité, et je trouvais cela plutôt charmant qu'il vérifie son apparence avant de se lancer.

Naturellement, je mourais d'envie de discuter de cet étrange événement avec ma grand-mère, mais à cette heure de la journée, elle devait être au fond de son lit. Heureusement, le club de tricot des vampires devait se réunir le soir même.

Elle venait presque toujours une heure ou deux avant la

réunion pour que nous puissions aménager l'arrière-boutique et nous voir avant que les autres n'arrivent.

Je jetai un coup d'œil à la grande horloge sur le mur. Il était 10 h 30 du matin. Il me restait un moment à attendre. Je me demandai s'il y avait quelque chose dans mon grimoire de sorcière pour avancer le temps, mais je décidai finalement de ne pas le consulter. Ce serait une utilisation frivole de mes nouveaux pouvoirs. De plus, avec ma chance, l'horloge avancerait de cinquante ans au lieu des quelques heures souhaitées, ou pire... J'avais découvert que j'étais une sorcière tout récemment, et le vieux grimoire, livre de sorts de ma famille enrichi des siècles durant, plus récemment encore.

Il existait des sorts pour guérir le rachitisme et restaurer le clair de lune, pour éloigner les démons et maudire vos ennemis. J'aurais considéré le livre comme un amusement inoffensif, comme ces vieux livres de cuisine qui vous apprennent comment faire de la cervelle de veau en gelée ou du pudding aux orties, si je n'avais pas essayé de faire fonctionner la bouilloire sans la brancher. Après avoir mémorisé la formule et y avoir mis toute ma concentration, j'avais fait exploser la bouilloire et creusé un trou dans le plafond. J'avais alors découvert que la magie n'était pas si inoffensive que cela. C'était versatile et délicat. Franchement, ce livre me terrifiait. Moins j'avais besoin de fouiner dans ce vieux grimoire, mieux je me portais.

Les deux activités que j'avais expérimentées et pour lesquelles j'étais le moins douée étaient le tricot et la sorcellerie ; quelle chance, c'étaient les deux occupations de ma nouvelle vie.

Ma grand-mère adorée, une sorcière récemment devenue vampire, insistait sur le fait que tout ce dont j'avais besoin était de m'entraîner. Chaque fois que je ressentais l'envie d'ouvrir ce grimoire, ce qui n'arrivait pas souvent, je regardais le plâtre neuf du plafond de la cuisine et me rappelais combien ça m'avait coûté de le réparer.

Il s'avérait qu'il n'y avait pas de sort pour faire disparaître les factures.

Au lieu de perdre mon temps, je restai une heure sur l'ordinateur à commander de la laine. C'était calme dans la boutique, j'avais donc tout le loisir de me demander ce qui se passait à côté. Le vieil homme séduisant avait-il retrouvé Miss Florence Watt ? Leur amour d'antan était-il en train de se raviver ?

J'étais dos à la porte et je comptais les crochets quand la cloche tinta pour signaler que j'avais un nouveau client. Je n'eus aucun besoin de me retourner pour savoir de qui il s'agissait. Un frisson partit de ma nuque et parcourut ma colonne vertébrale comme une goutte de pluie glacée glissant sur une vitre. Je savais que c'était Rafe Crosyer.

Rafe aussi était un vampire, mais un vampire extrêmement sexy. Je craquais un peu pour lui, à vrai dire, même s'il me faisait peur la plupart du temps. Il était comme un loup à peine apprivoisé. Magnifique et élégant, mais je n'étais jamais tout à fait certaine qu'il ne se transformerait pas en un animal affamé au moment le plus inopportun.

Je déposai les crochets dans le panier, oubliant immédiatement le nombre que je venais de compter, et je me retournai pour accueillir le vampire.

Il était grand, calme et élégant, comme toujours. Ses cheveux noirs, récemment coupés, soulignaient la maigreur de ses joues. Il portait un pantalon en laine noire avec un pull en cachemire gris et une veste en tweed par-dessus. Il ressemblait à un tuteur universitaire d'Oxford particulièrement sexy, bien que beaucoup plus jeune et mieux habillé que la plupart d'entre eux.

Rafe semblait ne dormir que très rarement. J'avais l'impression qu'il survivait grâce à des siestes de chat. Comme d'habitude, je me sentis à la fois attirée et repoussée par lui.

On aurait dit que quelque chose de très grave s'était produit. Il resta debout, silencieux, le regard fixe.

— Je peux t'aider ?

— Tu as entendu les nouvelles ?

J'ignorais comment il faisait, étant donné qu'il essayait de garder un profil bas, mais Rafe semblait toujours savoir tout ce qui se passait, non seulement à Oxford, mais dans le monde en général.

— Tu veux dire à propos de Miss Watt ?

Ses yeux bleus glacés se plissèrent.

— Miss Watt ? Qu'est-ce qui lui arrive ?

J'eus un léger sentiment de satisfaction.

— Je sais quelque chose que tu ne sais pas, pour une fois.

Je lui racontai ma rencontre avec le vieil homme qui était venu faire la cour à Miss Watt.

Son long nez délicat se fronça.

— Comme c'est banal. Non, il se passe quelque chose de bien plus sérieux.

— Quoi ?

J'imaginais de méchants vampires venus d'une autre ville, une sorcière puissante et maléfique me défiant dans une sorte de duel que je perdrais certainement. La peste, le choléra, ou au moins une mauvaise météo.

— Un magasin de jouets va ouvrir dans le voisinage, dit-il. Tu sais ce que ça signifie, n'est-ce pas ?

— Encore plus de piétons ? Une augmentation du chiffre d'affaires ?

J'essayais d'être optimiste et d'envisager ce nouveau développement de manière positive.

Rafe secoua la tête face à ma naïveté. Son regard dédaigneux s'approfondit.

— Les enfants.

— Qu'est-ce qui ne va pas avec les enfants ?

J'espérais en avoir un moi-même un de ces jours.

— De petits démons bruyants et destructeurs.

Comme si les vampires étaient des êtres pacifiques.

Il allait sûrement emprunter la trappe de l'arrière-boutique qui menait au tunnel sous le magasin, là où vivaient la plupart des vampires du coin. Je ne savais pas trop ce qu'il comptait faire là-bas, puisque la plupart d'entre eux étaient sans doute en train de dormir.

Une idée me vint à l'esprit. Je me sentais sans doute aussi romantique qu'une femme victime d'un récent chagrin d'amour pouvait l'être, et je mourais d'envie de savoir ce qui se passait à côté, dans le salon de thé.

Je jetai un coup d'œil à ma montre. Il était 10 h 55. Ma nouvelle assistante devait commencer à travailler à 11 h.

— Ça te dirait d'aller prendre une tasse de thé à côté ?

Il me regarda bizarrement. Puis je réalisai qu'il ne buvait probablement pas de thé. Je me sentis stupide, mais avant que je puisse lui dire de laisser tomber, il se regarda autour de lui.

— Mais, qui va s'occuper de la boutique ?

— Agatha, ma nouvelle assistante, commence à 11 h. Son véritable nom est Agathe. Elle est française.

— Peu importe sa nationalité. Est-ce que c'est une

menteuse psychopathe susceptible de se faire assassiner, comme ta dernière assistante ?

La pauvre Rosemary avait en effet été tuée, et ce dans cette même boutique. Je frissonnai rien qu'en y repensant.

— Je n'y étais pour rien. C'est Mamie qui a engagé Rosemary. Quoiqu'il en soit, Agatha a d'excellentes références. Elle a travaillé dans un magasin de lingerie sur les Champs Élysées avant de venir ici.

— Bonne expérience. Mais sait-elle tricoter ?

Comme je n'arrivais toujours pas à maîtriser le tricot une maille à l'endroit, deux à l'envers, il était impératif que j'engage des assistantes plus talentueuses que moi.

— Oui. Elle est allée à l'école dans un pensionnat religieux, et les nonnes lui ont appris. Le seul hic, c'est que je pense qu'elle méprise cette pratique et regarde de haut les femmes qui portent des vêtements tricotés main.

Il regarda de manière significative le cardigan que je portais. Il avait un fond de couleur crème recouvert de fleurs tricotées individuellement. Des marguerites, des roses et des pivoines flottaient et voltigeaient sur le devant dans des tons criards orange, rouges et roses. Une gentille vampire, Mabel, qui avait été transformée pendant la Seconde Guerre mondiale, l'avait tricoté pour moi. Les vampires du club de tricot se relayaient tous pour me confectionner des vêtements à porter dans la boutique. Cela leur donnait quelque chose à faire, et généralement, les pulls, les écharpes et les robes qu'ils me tricotaient étaient de véritables œuvres d'art. Mais la pauvre Mabel, bien que très douée pour le tricot, n'avait pas l'œil artistique de certains vampires.

Lorsque j'avais enfilé le pull ce matin-là et que je m'étais regardée dans le miroir, il m'avait inévitablement fait penser à une couverture de papier toilette.

Rafe ramassa un crochet que j'avais laissé tomber sur le sol et le déposa dans le panier.

— Si tu veux une tasse de thé, pourquoi ne montes-tu pas dans ton appartement pour brancher la bouilloire ?

Premièrement, je n'avais pas remplacé celle qui avait explosé. Deuxièmement, ce qui se passait à côté était bien plus intéressant que le calme de mon appartement. Rapidement, je lui racontai toute l'histoire des amoureux séparés depuis un demi-siècle, et lui avouai à quel point j'avais envie de voir comment les retrouvailles s'étaient passées. Dans l'échelle de temps des vampires, une séparation de cinquante-cinq ans ne correspondait qu'à quelques semaines pour les humains, mais il accepta de m'accompagner.

Agatha arriva à 11 h pile. Femme d'une quarantaine d'années, elle était mince et incroyablement chic, vêtue d'une robe noire et de chaussures à talons. Ses cheveux roux foncé étaient coiffés en un carré simple. En la regardant se mouvoir, j'étais persuadée qu'elle portait la lingerie fine qu'elle vendait auparavant.

Elle jeta un coup d'œil à mon pull et lança :

— *Mon Dieu.*

Je ne pouvais pas vraiment lui en vouloir. Elle portait de la lingerie en soie pure, et moi une immense couverture de papier toilette.

Avant que j'aie pu lui expliquer que nous allions au salon de thé, la joyeuse cloche tinta et la porte s'ouvrit. Je pris mon air de « comment puis-je vous aider ? », puis mon sourire devint naturel lorsque je reconnus ma cousine, Violet Weeks, et sa grand-mère, Lavinia. Elles étaient toutes les deux des sorcières, mais je ne leur en tenais pas rigueur, puisque j'en étais une moi-même.

Elles me saluèrent avec des bises sur la joue et des sourires amicaux. Comme nos deux familles étaient brouillées depuis de nombreuses années, je n'étais pas tout à fait sûre de la confiance que je pouvais leur accorder, mais elles semblaient venir en paix. Lavinia portait un paquet emballé dans un joli papier fleuri avec un nœud sur le dessus. Comme ce n'était ni mon anniversaire et qu'il n'y avait pas d'occasion particulière, je levai les sourcils lorsqu'elles me le présentèrent.

— Ouvre-le.

Lorsqu'un cadeau emballé se trouvait entre mes mains, j'avais tendance à ne pas contester l'invitation à l'ouvrir. Je déchirai l'emballage, et quand je découvris ce qui s'y cachait, un petit gémissement de plaisir et de chagrin mêlés m'échappa. Nyx, ma chatte, sauta de sa place habituelle, lovée dans le panier à laine de la vitrine en devanture, pour venir enquêter.

Il s'agissait d'une photo encadrée de ma grand-mère fêtant sa cinquantième année de gestion de *Tricotti Tricotta*. C'était environ cinq ans auparavant et, si c'était possible, elle était encore plus belle maintenant. Les vampires ne vieillissaient plus après leur transformation, mais ils devenaient élégants et forts.

— J'ai trouvé la photo dans la boîte que tu m'as donnée, et j'ai pensé que ça irait bien dans la boutique.

Elle l'avait fait encadrer et une fenêtre avait été découpée dans le passe-partout avec les mots *Agnès Bartlett, propriétaire de l'atelier de tricot Tricotti Tricotta*, et les dates de naissance et de décès de Mamie. Je me dis que les clients qui se souvenaient d'elle seraient heureux de voir un si beau mémorial, et puisque Mamie faisait toujours partie de ma vie, je ne serais pas triste en voyant sa photo accrochée au mur. J'étais presque sûre qu'elle serait elle-même ravie de la voir. Comme Lavinia savait aussi bien que moi que Mamie était toujours là, je soupçonnais que la photo constituait un gage de paix envers sa sœur.

Il y avait des crochets partout dans la boutique pour suspendre des présentoirs, il fut donc assez facile d'enlever la photographie encadrée d'une femme filant du fil et de la remplacer par ce bel hommage.

— Merci beaucoup, leur dis-je. Les clients qui la connaissaient vont l'adorer.

Mes parentes sorcières avaient clairement l'intention de rester un certain temps, et je ne voulais pas les inviter à prendre le thé avec nous. Ça ressemblait trop au début d'une mauvaise blague. *Trois sorcières et un vampire entrent dans un salon de thé...*

Derrière nous, Rafe et Agatha discutaient en français. Je n'avais jamais vu ma nouvelle assistante aussi animée depuis que je l'avais engagée quatre jours auparavant. Elle agitait ses mains en parlant et baissait la voix pour lui raconter une histoire qui le fit rire.

Pendant qu'ils parlaient, Lavinia baissa également la voix et me demanda :

— Et comment t'en sors-tu avec le grimoire ?

Une lutte pour la propriété du livre des sorts s'était déroulée il n'y avait pas si longtemps, et comme j'avais remporté le livre, je ne me voyais pas leur avouer à quel point je le trouvais confus et effrayant.

Je fis semblant d'être très enthousiaste à son propos, en

omettant de leur avouer qu'il avait détruit le plafond et la bouilloire.

— Super. Je travaille assidûment sur les sorts.

— Excellent, dit Lavinia en me regardant comme si elle savait que je mentais. J'ai tellement hâte d'assister à une démonstration.

Rafe, nous voyant en pleine conversation, dut se rendre compte que notre escapade au salon de thé allait être retardée ou annulée. Il acheta donc un écheveau d'angora violet foncé et quitta la boutique par la porte d'entrée.

Deux femmes plus âgées entrèrent et Agatha s'avança. Elles lui montrèrent le modèle qu'elles avaient découpé dans un magazine féminin. Il s'agissait d'une couverture pour bébé, faite de blocs de laine de différentes couleurs, avec les lettres de l'alphabet dans des contrastes variés.

— C'est pour mon deuxième petit-enfant, annonça fièrement la femme qui tenait le modèle.

— Félicitations, dit Agatha, l'air ennuyée.

J'allais devoir parler à ma nouvelle assistante de son attitude.

J'en profitai pour écarter le sujet des sortilèges et parler de Mamie, un sujet plus sûr. Je leur dis qu'elle aimerait beaucoup les voir et qu'elles devraient venir lui rendre visite un soir. Je fixai la date à deux semaines plus tard, bien décidée à apprendre un ou deux sorts d'ici là. J'arrivais à provoquer les choses par moi-même, et j'apprenais à contrôler mes pouvoirs innés, mais les sorts formels étaient une tout autre affaire.

— Oh, mais on se verra avant, dit Violet. N'oublie pas le dîner communautaire Wiccan vendredi soir sur le site des pierres dressées.

Il y avait un cercle de rochers près de Moreton-under-Wychwood, où leur confrérie se réunissait, et Violet était déterminée à me présenter à ses amis. Cela faisait partie de la préparation de Samhain, et c'était un événement important, je le savais. L'une des huit fêtes païennes majeures. Mais je ne savais que depuis quelques semaines que j'étais une sorcière. Je n'étais pas prête à remplir mon agenda avec des soirées Wiccan.

Était-ce le véritable but de leur visite ? Me rappeler le dîner ? Jusqu'à présent, j'avais réussi à éviter de fréquenter mes collègues sorcières. Je n'étais pas encore très douée – en fait, *désastreuse* décrivait plus précisément ma capacité à lancer des sorts.

De plus, diriger un club de tricot pour vampires deux fois par semaine me permettait déjà de rencontrer des personnages hauts en couleur.

— Je ferai mon possible pour passer.

Je n'avais pas l'intention d'y aller.

Un trio de jeunes étudiantes en droit entra. Je les connaissais bien. Comme elles tricotaient à chaque cours, elles utilisaient beaucoup de laine.

— Je ferais mieux d'aller m'occuper d'elles.

— Nous avons hâte de te voir vendredi, dit Lavinia.

— Sauf si j'ai un rendez-vous galant.

Elles s'esclaffèrent toutes les deux, comme si ma remarque était hilarante. La fille habillée d'un rouleau de papier toilette tricoté main aurait un rencard ! C'était à s'en claquer les genoux.

Ce qu'elles ignoraient, c'était que je voulais véritablement sortir avec un inspecteur-détective des plus séduisants. L'inspecteur Ian Chisholm avait flirté avec moi, et paraissait être sur le point de m'inviter à sortir quand mon assistante avait été tuée, et que notre relation était devenue professionnelle. Il avait environ un demi-millénaire de moins que Rafe, donc un âge plus proche du mien, et il était vivant, ce qui est préférable quand une fille pense au mariage et aux enfants. Le problème, c'était qu'il y avait des choses que je ne voulais pas qu'il sache sur moi et mes voisins morts-vivants.

De plus, je n'étais pas sûre qu'il soit vraiment intéressé par moi.

La propriétaire octogénaire du salon de thé voisin avait une vie sentimentale plus active que la mienne.

CHAPITRE 2

*T*rois jours s'écoulèrent avant que je trouve le temps d'aller prendre le thé à côté. Vers 14 h, Rafe entra pour acheter de la laine violette. Nous n'étions pas très occupées, alors je lui proposai de m'accompagner, et il accepta si volontiers que je me dis qu'il était aussi intéressé que moi par l'évolution de cette histoire d'amour.

Je glissai mon projet de tricot en cours dans un sac en canevas, avec mon portefeuille et mon téléphone. Rafe haussa les sourcils.

— Tu as l'intention de tricoter en prenant le thé ?

— Non.

J'ajoutai en baissant la voix pour qu'Agatha ne m'entende pas :

— Mais les tricoteurs se réunissent ce soir et je veux que tu démêles le bazar que j'ai fait.

— Il me faudra quelque chose de bien plus fort que du thé si je veux rafistoler ton tricot, dit-il en me prenant par le bras pour m'accompagner à l'extérieur.

Heureusement que nous allions juste à côté, car il y avait

du vent et je n'avais pas mis de manteau. Mon pull était suffisamment chaud. Par chance, c'était le tour d'Alfred de
réaliser la création du jour, et il s'était inspiré du dernier
magazine de tricot à la mode que je vendais à la boutique.

Le pull-over était en laine canneberge, avec des feuilles
dorées flottant sur le devant. Il était si beau qu'Agatha ne
l'avait pas regardé de travers, ce qui équivalait à un compliment de la part de ma pointilleuse assistante. Je portais également un pantalon noir qui m'arrivait aux chevilles et des
bottines marron.

Lorsque nous entrâmes dans le salon de thé, je pus sentir
le changement subtil d'atmosphère, comme le calme d'un
étang après qu'une pierre y a été jetée. Longtemps après le
plouf initial, les ondulations continuent à agiter la surface.

Il n'y avait aucun signe de Miss Watt et de son soupirant
d'autrefois. J'aurais dû m'y attendre ; ils pouvaient difficilement rattraper cinquante ans de retard et raviver leur
romance au milieu d'un salon de thé rempli de touristes et de
gens du coin en train de siroter et de manger des scones.

Pourtant, j'espérais que sa sœur, Mary, s'arrêterait à notre
table pour bavarder un petit peu, comme elle le faisait habituellement quand je venais là. Lorsque nous arrivâmes, elle
était en train d'installer un couple d'Américains qui avaient
un exemplaire du *Guide de l'Angleterre* de Rick Steves. Ils s'ex-
tasiaient devant la beauté du lieu. C'était vraiment une salle
pittoresque et charmante, avec un plafond en poutres de
chêne, des fenêtres en alcôves, et un plancher en chêne d'origine joliment marqué par deux siècles d'utilisation. Le décor
était la toile de fond parfaite pour le thé de l'après-midi. De
délicates nappes en dentelle recouvraient chaque table, avec
du verre par-dessus pour empêcher le linge de glisser, et des

vases de fleurs fraîches. De grandes commodes couvertes de théières, dont beaucoup étaient anciennes, entouraient le salon. Deux gravures encadrées représentaient des femmes victoriennes vêtues de robes à froufrous et buvant le thé, l'une sur une pelouse verte impeccable et l'autre dans un salon élégant.

Rafe me vit observer les gravures.

— Tu n'es toujours pas venue voir ma collection. Que dirais-tu de venir dimanche ?

Je savais qu'il possédait une collection qui rivalisait avec certaines galeries, et j'étais presque certaine qu'il ne laissait que très peu de personnes entrer dans le secret de son existence. J'étais non seulement intriguée à l'idée de voir des Van Gogh et des Rembrandt dont tout le monde ignorait l'existence, mais j'étais aussi curieuse de découvrir la manière dont il vivait.

Sylvia, une superbe vampire plus âgée qui avait été une star du film muet dans les années 1920, m'avait dit que la maison méritait bien une visite. Elle m'avait fait comprendre qu'il me faisait un grand honneur en m'invitant.

— Oui. J'en serais ravie.

Il hocha la tête, pas du tout surpris de me voir sauter sur l'occasion.

— Je viendrai te chercher vers 14 h.

J'eus un moment pour observer Mary Watt avant qu'elle ne me voie, et elle avait l'air bouleversée.

Son teint était plus prononcé que d'habitude et sa bouche formait une ligne droite. Cependant, lorsque le couple fut assis et qu'elle nous remarqua, elle arbora son sourire ensoleillé habituel.

— Eh bien, Lucy, quelle agréable surprise. Et Rafe, nous

ne vous avons pas vu depuis votre excellente conférence sur les manuscrits enluminés à la Bibliothèque Bodléienne. Entrez donc. J'ai une belle table dans un coin tranquille.

Elle nous fit avancer, puis dès que nous fûmes assis, elle dit :

— Je vous envoie Katya tout de suite. C'est notre nouvelle serveuse. Une Polonaise.

Au lieu de s'arrêter pour bavarder comme je l'avais espéré, elle s'empressa de saluer la cliente suivante qui, de manière plus fâcheuse encore, était arrivée juste après nous.

— Du thé pour une personne, s'il vous plaît, dit-elle avec un doux accent irlandais.

Elle avait une soixantaine d'années, et ses cheveux, autrefois roux, étaient aujourd'hui majoritairement gris. Elle portait un manteau en laine vert, des bottes noires, et serrait un sac à main plutôt usé contre sa poitrine. Je ne l'aurais pas remarquée sans la forte sensation de tristesse que je ressentis et qui l'enveloppait comme un sombre nuage chargé de pluie.

Miss Watt la conduisit vers une table à l'autre bout de la pièce, mais la femme demanda :

— Puis-je m'asseoir ici ?

Et elle indiqua une table pour deux à côté de la nôtre en expliquant :

— La vue est meilleure, ici.

Pourtant, tout ce que je voyais était le ciel gris et les magasins de l'autre côté de la rue. Même ces derniers étaient en partie masqués par l'homme et la femme assis à la table près de la fenêtre.

Toutefois, Miss Watt installa la femme en lui disant que la serveuse arriverait tout de suite.

— Aucun signe des tourtereaux, chuchotai-je à Rafe en sondant à nouveau la pièce.

J'aperçus une femme qui enseignait le yoga dans le coin. J'étais allée une ou deux fois aux cours qu'elle donnait à la salle paroissiale du quartier, mais j'avais été tellement occupée ces derniers temps, entre les grands-mères vampires somnambules, mes tentatives d'être une sorcière sans détruire ma maison, et Nyx que je devais nourrir et divertir, que je n'y étais pas retournée. Elle s'appelait Bessie Yang, et c'était l'une des femmes les plus calmes que je connaissais.

Ses longs cheveux noirs étaient attachés, formant une natte qui pendait par-dessus son épaule sur une chemise bleue en lin. Elle était accompagnée d'une femme élégante aux cheveux blonds coupés courts, recourbés derrière ses oreilles. Elles étaient en pleine conversation.

Les deux meilleures tables, situées devant les fenêtres, étaient occupées. L'une par un homme de soixante-dix ans environ, à l'allure très raide, aux cheveux blancs, à la moustache blanche hérissée, et à l'air très agacé. Avec lui se trouvait une femme de son âge, manifestement oppressée, sans doute son épouse.

À la table de l'autre fenêtre, un groupe de trois femmes et un homme rassemblaient leurs sacs pour partir. Ils parlaient espagnol et portaient des cordons avec des badges autour du cou.

— Tu es plutôt présomptueuse. Peut-être que Miss Watt n'était pas intéressée par le vieil homme, et qu'elle l'a renvoyé chez lui.

— Alors où est-elle ?

Je répondis à ma propre question avant qu'il puisse freiner davantage mon enthousiasme.

— Ils sont en haut, dans les appartements privés de Miss Watt, à parler du bon vieux temps. J'en suis sûre.

— Peut-être. Mais je dirais qu'ils n'ont pas la bénédiction de sa sœur.

Il avait donc également remarqué cela.

— Peut-être qu'elle est jalouse. Il doit être difficile d'imaginer perdre sa sœur au profit d'un homme après toutes ces années qu'elles ont vécues à travailler ensemble. Je me demande ce qu'elle fera si Florence part avec lui.

— Ou si le vieil homme essaie d'emménager ici.

— Je n'avais pas pensé à ça.

À ce moment, notre serveuse s'approcha de la table. C'était une jeune femme d'une vingtaine d'années, au physique banal. Ses cheveux bruns et lâches formaient un chignon négligé à l'arrière de sa tête. Elle avait un visage rond, des yeux noisette, et une bouche qui aurait été son meilleur atout si les coins de ses lèvres ne s'affaissaient pas comme ils le faisaient, soit par ennui, soit par exaspération générale.

— Bonjour, nous dit-elle. Que voulez-vous manger ?

Son anglais était correct mais elle avait un fort accent.

Avant que je puisse ouvrir la bouche, Rafe lui parla dans une langue que je ne pouvais que supposer être le polonais, et termina en lui adressant son plus charmant sourire. Sans doute avait-il également remarqué son mal-être, cherchant à la mettre plus à l'aise en lui parlant dans sa propre langue. Mais le résultat ne fut pas très concluant.

Elle écarquilla les yeux et fit un bond en arrière comme si Rafe l'avait giflée. Puis elle jeta un coup d'œil furtif derrière elle et lança :

— Je ne suis autorisée à ne parler qu'en anglais.

Sur ce, elle s'enfuit sans prendre notre commande. Je tournai la tête vers Rafe, qui regardait la fille avec un froncement de sourcils perplexe.

— Eh bien, c'était étrange, lui dis-je. Pourquoi ça dérangerait Miss Watt que l'on parle polonais avec un client ? Elle fait passer cette pauvre femme pour un terrible tyran, alors qu'elle est tout sauf ça. Qu'est-ce que tu lui as dit ?

Je ne pouvais pas imaginer que Rafe ait dit quelque chose de grossier ou de suggestif à la serveuse.

— Je lui ai demandé si elle appréciait Oxford.

Ça semblait plutôt inoffensif.

— Peut-être qu'elle ne veut pas qu'on lui rappelle son pays...

— Ou qu'elle ne comprend pas le polonais.

J'étais tellement surprise que je le regardai fixement.

— Pourquoi mentirait-elle sur ses origines ?

— Pour un certain nombre de raisons, répondit-il avec l'air d'un homme qui avait emmagasiné des années d'expérience en matière de comportement humain.

Il avait aussi appris plus de langues que Berlitz lui-même.

Je ne voyais pas quelles pouvaient être ces raisons, et je regardai la serveuse, qui n'était peut-être pas polonaise, débarrasser la table que les Espagnols venaient de quitter.

Elle retourna à la cuisine en nous contournant, ainsi que la dame irlandaise qui fixait avec espoir son menu encore fermé.

Avant que je puisse demander à Rafe ce qu'il voulait dire, Mary Watt se dirigea vers nous. Elle avait la capacité étonnante de garder un œil sur toutes les tables du salon de thé à la fois. Elle apporta de l'eau glacée aux touristes américains, puis s'approcha.

— Katya a-t-elle pris votre commande ?

Je ne voulais pas que la nouvelle serveuse ait des ennuis. Les sœurs Watt appréciaient l'efficacité et, aussi gentilles étaient-elles, elles renverraient toute serveuse qui ne suivrait pas le rythme. Pour une raison quelconque, le fait que Rafe lui ait parlé en polonais avait ébranlé la jeune femme, et je ne voulais pas qu'elle soit pénalisée.

— Nous venons juste de décider ce que nous voulons.

Elle me lança un regard perçant, comme si elle ne croyait pas à mon petit mensonge.

— Et si je prenais votre commande ?

— Je prendrai une tasse de thé à l'anglaise et un scone avec de la confiture et de la crème, lui dis-je.

J'étais peut-être ici par curiosité romantique, mais un délicieux scone recouvert de confiture de fraises et de crème fraîche était un avantage secondaire très appréciable.

— Préfères-tu le scone classique, ou veux-tu essayer la spécialité du jour ? Le chef les prépare avec du citron et du chocolat blanc, et c'est vraiment très bon.

Je faillis tomber de ma chaise. Je venais à l'*Elderflower* depuis que j'étais petite fille. J'avais goûté mon premier scone dans cette même pièce, et j'en avais probablement mangé des centaines depuis. Pendant tout ce temps, il n'y avait jamais eu plusieurs choix. En fait, ce n'était pas tout à fait vrai ; les sœurs Watt proposaient le scone classique et le scone classique avec des raisins secs. Mais elles n'étaient jamais allées jusqu'à proposer un scone au fromage, et voilà qu'elles s'aventuraient sur le terrain du citron et du chocolat blanc ?

Entrer dans le salon de thé et constater que non seulement l'une des sœurs Watt avait un visiteur masculin, mais aussi qu'elles se lançaient sur un terrain inédit avec les scones, c'était comme découvrir que la Terre s'était mise à tourner à l'envers. Cependant, je n'étais pas du genre à faire la fine bouche, j'optai donc avec plaisir pour le chocolat blanc et le citron.

Rafe commanda le même thé que moi. Il déclina la nourriture en prétextant qu'il avait déjà eu un gros repas.

Je me sentis coupable. Alors que Mary Watt était occupée à prendre la commande de l'Irlandaise, je me penchai vers lui.

— Je suis désolée, je n'ai pas pensé au fait que tu ne buvais probablement pas de thé.

J'étais à peu près sûre qu'on ne servait pas de sang humain au salon de thé, mais après que des scones au chocolat blanc et au citron aient été ajoutés au menu, qui savait ce qui pourrait arriver ?

— C'est bon, m'assura-t-il. On s'habitue à se fondre dans la masse.

Katya ne tarda pas à revenir à notre table avec un plateau. Il contenait une des théières Brown Betty et deux des jolies tasses en porcelaine dépareillées dans lesquelles les sœurs Watt servaient le thé. Mon scone était posé sur une assiette à sandwich aux motifs différents. Une petite soucoupe de confiture rouge vif et une autre de crème fraîche accompagnaient la friandise.

Je compris alors pourquoi Rafe avait choisi le même thé que moi. Avec une théière partagée, personne ne remarquerait qu'il n'en buvait pas. Pendant que la jeune femme était encore là, je lui demandai s'il voulait de l'eau glacée, pensant que quelque chose de froid serait préférable, mais il refusa.

Katya évita de regarder en direction de Rafe, sans doute au cas où il se lancerait dans un nouveau flot de paroles en polonais. Elle déposa une théière sur la table voisine et retourna rapidement à la cuisine.

Rafe la regarda avec un léger froncement de sourcils.

— Peut-être que tu as un terrible accent polonais, lui dis-je. Ou alors tu parles le polonais médiéval. Ou encore, ça la rend vraiment nerveuse de parler une autre langue que l'anglais dans le salon de thé.

— Peut-être.

Mais il ne semblait pas convaincu le moins du monde.

Je m'attelai à étaler de la crème et de la confiture sur mon scone pendant que le thé infusait. Lorsque j'eus terminé, j'ajoutai du lait et du sucre dans ma tasse et je soulevai la théière en levant les sourcils vers lui d'un air interrogateur.

— Je te sers du thé ?

— Juste une demi-tasse, s'il te plaît.

Je m'exécutai, puis je versai l'infusion parfumée dans ma propre tasse. En dehors du fait qu'il était dégoûtant de devoir boire du sang pour rester en vie, ça devait être tellement triste de ne pas pouvoir profiter de toutes les saveurs de la bonne nourriture. Je mordis dans mon scone, appréciant la texture épaisse de la crème et le goût sucré de la confiture, ainsi que la texture feuilletée de la pâte. Il me regardait attentivement. Avec jalousie, pensai-je.

J'aurais bien gémi de plaisir devant cette incroyable friandise, mais l'idée me traversa que ce serait malpoli.

Lorsque j'eus avalé ma première bouchée et bu une gorgée de thé, il me demanda, légèrement amusé :

— C'est aussi bon que le scone classique ?

— Oh, oui. Elles doivent avoir un nouveau cuisinier. Florence fait toujours la cuisine, mais si elle est occupée à autre chose, elles ont peut-être engagé du personnel.

Même si j'appréciais le scone, c'était la curiosité qui m'avait poussée à venir ici. Je voulais savoir si ce galant gentleman était arrivé à ses fins. Soit l'aînée des sœurs Watt était trop occupée pour venir bavarder à ma table, soit elle ne voulait tout simplement pas parler du visiteur surprise de sa sœur. Si c'était un choc pour Florence de voir débarquer un ancien petit ami, ça l'était sûrement pour elle aussi.

En observant autour de moi, je remarquai que les changements ne concernaient pas seulement les scones, mais aussi le menu habituel. Dans mes souvenirs, qui couvraient presque deux décennies, il avait rarement changé. Bien sûr, il y avait la quiche du jour, mais quiconque venait ici régulièrement savait que l'on servait la quiche aux brocolis et le Stilton le mardi et le mercredi, la quiche lorraine le jeudi et le vendredi, celle au saumon le samedi et le dimanche, et que le salon était fermé le lundi.

Le menu proposait également un déjeuner *ploughman*, une sélection de sandwiches qui ne changeait jamais, et deux sortes de salades. Franchement, l'absence de changement faisait partie du charme de cet établissement, et voilà que je me retrouvais face à un tableau noir qui proposait des crêpes aux crevettes, et encore plus choquant, une salade de quinoa. J'aurais juré que les sœurs Watt ignoraient ce qu'était le quinoa.

En regardant autour de moi, je remarquai que plusieurs personnes commandaient les spécialités. Bien sûr, il s'agissait surtout de touristes et d'étrangers, mais tout de même, cette initiative d'introduction de nouveaux plats au menu semblait réserver autant de succès que de surprises. Une fois que Miss Watt fut à portée de voix, je lui dis :

— Je vois que vous avez de nouveaux plats au menu. Et ils semblent être assez populaires.

Miss Watt pinça les lèvres, faisant apparaître de petites rides autour de sa bouche.

— C'est ce jeune homme en cuisine, expliqua-t-elle. Il a un drôle de culot. Il m'a affirmé que notre menu était trop démodé et que si je le laissais faire, il pourrait rentabiliser le service de restauration davantage.

Elle secoua la tête avant de reprendre :

— Qui a déjà entendu parler d'une salade de quinoa dans un salon de thé ? Pour te dire la vérité, je ne savais même pas comment le prononcer. Il a fallu que le chef me l'apprenne. Mais le monde évolue trop vite, et maintenant la nourriture et les gens voyagent à travers le globe, à tel point qu'on ne sait plus où l'on se trouve.

Elle se rapprocha et ajouta sur un ton conspirateur :

— C'est à cause d'Internet.

Je hochai la tête avec gravité et décidai de ne pas commander la crêpe aux crevettes la prochaine fois que je viendrais comme j'en avais l'intention, afin de faire preuve de solidarité.

— Eh bien, au moins le nouveau chef s'intéresse aux bénéfices. Ça doit être une bonne chose.

— J'espère seulement qu'il pourra faire assez d'heures supplémentaires pour couvrir son salaire. Autrefois, Florence et moi gérions cet endroit nous-mêmes. Maintenant...

J'attendis qu'elle se débatte intérieurement, et comme si elle ne pouvait pas garder ses sentiments pour elle une seconde de plus, elle lâcha :

— Elle est trop accaparée par son ami fantaisiste pour s'occuper correctement du salon de thé.

J'appréciais un bon ragot autant que n'importe quelle femme, et plus important encore, je savais qu'une fois rentrée à la maison, Mamie me cuisinerait pour obtenir des informations. Une des choses que ma grand-mère trouvait compliquée dans le fait d'être une morte-vivante, c'était de continuer à s'intéresser aux allées et venues quotidiennes de ses amis et voisins sans pouvoir se montrer. Ainsi, je pouvais me livrer à un bon commérage tout en prétendant vertueusement que je ne le faisais que pour elle.

— On dirait que vous ne l'appréciez pas beaucoup.

Ses yeux croisèrent les miens, et son regard bleuté habituellement placide s'aiguisa, exprimant ce qui ressemblait à de la colère. Une fois de plus, ses lèvres se pincèrent, comme pour retenir les mots qui traversaient son esprit.

— Il la rend heureuse, réussit-elle finalement à dire. Je suppose que c'est ce qui compte vraiment.

— Ça doit être bien d'avoir une aide supplémentaire, pas seulement en cuisine, mais aussi en salle.

Je fis un signe en direction de la Polonaise, qui tenait un plateau en équilibre précaire et se dirigeait vers l'une des tables près des fenêtres, où un vieux monsieur à l'allure militaire la fixait d'un œil sévère. Il était accompagné d'une femme qui semblait nerveuse et qui lui parlait doucement.

Miss Watt ne semblait pas particulièrement ravie de sa nouvelle embauche.

— Ils sont arrivés ensemble. Ils ont demandé si j'embauchais des gens. Il a travaillé en tant que cuisinier, en Pologne d'abord, puis à Prague et à Paris. Et Florence était à l'extérieur avec son « ami » jusqu'à pas d'heure. J'avais toute la cuisine à faire et la salle à gérer. Je ne pouvais pas tout faire toute seule.

Le prétendant de Florence était venu dans ma boutique seulement quatre jours auparavant. Il s'en était passé des choses, en si peu de temps.

— Ce jeune homme est venu me parler alors que j'étais à bout de nerfs. Il m'a dit : « Laissez-moi vous aider aujourd'hui, et ma sœur Katya fera le service en salle. Si vous n'appréciez pas notre travail, vous n'aurez pas à nous payer. »

— Un peu comme une période d'essai, lui dis-je.

C'était malin.

— J'étais tellement désespérée que j'ai accepté. Et je dois bien le reconnaître, il fait de délicieux scones. Si seulement il n'insistait pas sur ces nouveaux plats. Pourtant, les gens ont l'air de les aimer.

— Un binôme de frère et sœur ? C'est original.

Elle acquiesça et jeta un coup d'œil vers Katya, qui regardait autour d'elle comme si elle était perdue.

— Oh, il a effectivement été chef cuisinier et il est bien formé, mais si jamais cette fille a déjà été serveuse, je suis la reine de Saba.

Je devais admettre qu'elle avait l'air un peu maladroite.

— Peut-être qu'elle est juste nerveuse.

— Peut-être. Quoiqu'il en soit, j'ai besoin d'aide, et ces jours-ci, nécessité fait loi.

Elle observait la progression de Katya avec le plateau.

— Non, Katya, pas celle-là, lança-t-elle soudain à la serveuse. C'est pour la table numéro 4.

La pauvre fille paraissait totalement désorientée, debout au milieu de la salle, en train de regarder autour d'elle. Miss Watt secoua la tête puis, presque dans un soupir, elle nous dit :

— Elle mélange systématiquement les tables. C'est sans espoir.

Puis elle nous quitta et, à voix basse, elle indiqua la bonne table à la serveuse.

Rafe et moi discutâmes pendant que je finissais mon scone avec une deuxième tasse de thé. J'étais déçue de ne pas voir Florence, mais maintenant au moins, je savais qu'elle n'avait pas renvoyé son amour perdu faire ses valises, et qu'ils n'avaient pas la bénédiction de Mary.

Soudain, je sentis un picotement au bout de mes doigts, comme une légère décharge électrique. En jetant un œil autour de moi, je vis Katya revenir de la cuisine avec un plateau surchargé. Elle observait la pièce, et je pus voir ses lèvres bouger alors qu'elle comptait les tables.

Une intervention acerbe de Miss Watt la fit sursauter. J'observai le plateau qui vacillait, comme au ralenti. Je savais qu'il allait tomber, et que tout ce qu'il contenait allait s'écraser si je n'intervenais pas rapidement.

Je concentrai mon attention sur le plateau, sur les tasses, et sur la grande théière qui commençait à peine à glisser.

— *Tiens-toi bien*, prononçai-je en un souffle.

Et à mon grand étonnement, le plateau m'obéit. Alors même que Katya, horrifiée, commençait à former un O avec sa bouche, elle reprit le contrôle de son fardeau. Je ressentis une lueur de triomphe ; j'avais défié la gravité avec succès.

Rafe, qui me regardait de l'autre côté de la table, me dit à voix basse :

— Bien joué.

Le vampire en avait vu beaucoup trop, mais il était inutile de prétendre que je n'avais pas fait ce qu'il m'avait clairement vue faire.

— Je pense que c'était la chance de la débutante.

Je gardai les yeux sur Katya au cas où elle aurait encore besoin de mon aide, mais elle parvint à décharger son plateau sans désastre.

Honnêtement, je n'étais bonne à rien en tant que sorcière. Je n'arrivais à lancer aucun des sorts du grimoire correctement. Je n'avais aucune idée de la raison pour laquelle j'avais réussi à le faire cette fois-ci.

— Tu as réussi parce que ça impliquait tes émotions. Tu voulais sincèrement éviter à cette fille de casser la vaisselle et d'être probablement licenciée.

Il avait sans doute raison, mais j'étais quand même contente de voir que je pouvais lancer un sort simple si nécessaire.

— J'aimerais que Miss Watt et son petit ami soient là. Sa sœur n'approuve manifestement pas leur relation, et je veux voir par moi-même s'il est bien pour elle ou non.

Je bus une gorgée de mon thé.

— En fait, je sais que Mamie me posera plein de questions, et je veux qu'elle se sente comme si elle était venue ici elle-même.

Il acquiesça et, baissant les yeux, passa le bout de son index sur le rebord de la soucoupe de sa tasse de thé, à laquelle il n'avait pas touché.

— Nous devons parler de ta grand-mère.

Lorsque j'entendis ces mots, mon estomac se noua.

— Pourquoi ? Tout va bien, n'est-ce pas ?

J'avais déjà perdu Mamie une fois. Je ne voulais pas la perdre à nouveau.

— Agnès s'adapte assez bien, mais ce n'est pas bon pour elle de rester trop liée aux diurnes.

— C'est à dire moi.

— Dans des circonstances normales, je suggérerais à ta grand-mère de déménager. C'est ce que la plupart d'entre nous font lorsqu'ils sont transformés. C'est difficile de rester dans le même quartier, où l'on n'ose pas être vu ou reconnu. Bien sûr, une fois quelques générations écoulées, nous pouvons retourner chez nous. Personne ne nous reconnaît plus.

J'eus une sensation de froid dans la poitrine, comme si mon cœur s'était figé.

— Tu ne peux pas renvoyer Mamie.

Même si ce qu'il disait avait du sens, je ne pouvais pas imaginer la perdre à nouveau. Notre relation n'était pas toujours facile, puisqu'elle était morte-vivante et qu'elle essayait de m'apprendre à devenir une sorcière, mais je l'aimais et j'avais toujours besoin d'elle. En plus des leçons de sorcellerie, elle me donnait de bons conseils en termes de gestion de la boutique.

Il me regarda fixement.

— Ce n'est pas à moi de décider. Je peux l'aider, mais elle doit décider de son propre avenir.

Je mordillai l'ongle de mon pouce, une habitude que j'avais lorsque j'étais nerveuse.

— Tu penses que je suis égoïste en la gardant ici. Je peux comprendre qu'il serait plus facile pour Mamie d'aller ailleurs le temps qu'elle s'habitue à sa nouvelle condition. Mais elle me manquerait tellement.

Je me sentais presque paniquée à l'idée de gérer la boutique et de traiter avec ma famille de sorciers sans Mamie, mais je voulais faire ce qu'il y avait de mieux pour elle.

— Tu lui as parlé du déménagement ?

Il arbora un sourire compatissant.

— Elle ne veut pas en entendre parler. Tant qu'elle sentira que tu as besoin d'elle, elle restera.

J'étais soulagée, bien sûr, mais je me sentais aussi coupable.

— Peut-être qu'on devrait aller ailleurs toutes les deux, si on pouvait trouver quelqu'un de fiable pour tenir la boutique de tricot...

J'étais sur le point de développer, mais en regardant vers la porte d'entrée, je sentis mes yeux s'écarquiller. Miss Watt et son petit ami venaient d'entrer dans le salon de thé, à peine une minute après que j'eus formulé mon souhait de les voir ici. Rafe suivit mon regard. Je le lui rendis en disant :

— Je pète le feu aujourd'hui. J'ai fait un vœu le concernant, et les voilà qui arrivent.

Il ne semblait pas convaincu.

— Je pense que ça pourrait juste être une coïncidence.

— Rabat-joie, rétorquai-je en faisant la moue.

Il ne savait probablement pas ce que ce terme signifiait, mais avant qu'il me questionne à ce sujet ou que j'ai le temps de développer, Miss Watt m'avait remarquée et s'avançait vers notre table.

CHAPITRE 3

— *L*ucy, quel plaisir de te voir.

C'était elle qui faisait plaisir à voir. Elle semblait avoir dix ans de moins que son âge réel, au bas mot. Elle portait du maquillage et, selon moi, une nouvelle robe. Elle s'était également fait coiffer dans un style beaucoup plus moderne, et ses cheveux, habituellement gris, étaient maintenant d'un blond cendré à l'épreuve de l'âge.

Beaucoup de choses s'étaient passées ici en quelques jours.

— C'est un plaisir pour moi aussi.

— Et je crois que tu as déjà rencontré Gerald Pettigrew ?

— Oui.

Le vieil homme m'adressa un sourire malicieux.

— Vous êtes la jeune femme d'à-côté.

Il se tourna vers Florence avant d'ajouter :

— Lucy m'a aidé à avoir le courage de revenir vers toi.

Ce n'était pas tout à fait vrai, mais c'était gentil de sa part de m'attribuer ce mérite.

Elle le présenta ensuite à Rafe, et les deux hommes se

serrèrent la main. Elle rayonnait de bonheur, et lui de fierté. C'était agréable de voir cette romance de l'âge d'or prendre son envol, et je me sentais personnellement concernée par le résultat. Je n'étais pas à l'origine des retrouvailles, mais j'avais l'impression d'y avoir contribué à ma façon.

— Vous avez dû être surprise de revoir M. Pettigrew, après si longtemps.

Elle porta la main à son cœur – elle avait également opté pour une manucure : ses ongles étaient d'un rose tendre et avaient la forme de dix parfaites amandes confites.

— Je ne peux pas décrire ce que ça m'a fait. Il est entré dans la cuisine, me surprenant les mains couvertes de farine et les cheveux en bataille...

— Tu étais magnifique. Exactement comme dans mon souvenir, dit-il en lui tendant la main.

— C'était un tel choc, poursuivit-elle. Mais un choc agréable. J'ai eu l'impression de remonter le temps et d'être jeune à nouveau.

— Je suis un homme beaucoup plus âgé, mais j'espère aussi être plus sage, dit-il en m'adressant un clin d'œil. Je ne la laisserai pas hors de ma vue une seconde fois. Et...

Il agita son index vers moi avant d'ajouter :

— Il faut m'appeler Gerald.

— Je suis si heureuse, dit simplement Florence.

Elle n'avait pas besoin de le dire, elle irradiait de bonheur.

— J'avais peur que tu ne me reconnaisses même pas, reprit Gerald. Les années n'ont pas toujours été clémentes.

Elle lui sourit.

— Tu as l'air plus âgé, oui, mais je t'ai reconnu instantanément. Je t'aurais reconnu n'importe où.

— Je t'aurais reconnue aussi.

Ils restèrent devant notre table pendant quelques minutes, discutant de la façon dont ils étaient retournés dans leurs anciens repaires en redécouvrant les choses d'un œil nouveau.

— Bien sûr, certaines choses n'ont pas changé, expliqua Gerald. Mais Harry Potter n'existait pas il y a cinquante ans. Le Christ Church College était juste une université. Et maintenant, l'endroit est envahi de touristes qui veulent des photos de la salle à manger de Poudlard.

Il leva les mains en signe d'indignation et s'exclama :

— Non mais, je vous demande un peu !

Elle posa sa main sur son bras en décrivant leur sortie au Perchoir, un pub au bord de la rivière où ils avaient vécu leur premier rendez-vous un demi-siècle plus tôt. Il posa une main sur son épaule en disant :

— Le pub a un peu changé, mais toi, ma chère, tu n'as pas changé du tout.

Elle secoua la tête en rougissant, puis elle gloussa. C'était un son très étrange venant de cette femme dont j'étais certaine qu'elle était une vieille fille confirmée.

C'était comme s'ils ne supportaient pas de ne pas être connectés physiquement. Quand l'un d'entre eux ne touchait pas la main de l'autre, ils se tenaient si près que leurs bras se frôlaient et qu'ils partageaient leur espace personnel. Miss Watt expliqua à Gerald que Rafe était un expert en restauration de livres anciens. Gerald secoua la tête.

— Tout le monde à Oxford est si intelligent. J'ai toujours l'impression d'être un terrible idiot lorsque je viens ici.

Il se pointa du doigt lui-même en ajoutant :

— Con comme un balai.

— Balivernes, s'écria Florence Watt. Tu es aussi intelligent que n'importe qui. Tu es intelligent, mais tu n'es pas un intellectuel.

Elle nous sourit.

— J'ai dit à Gerald que je prendrais ma journée et que je nous offrirais le goûter complet. Je ne me rappelle pas la dernière fois où je me suis comportée comme une cliente dans mon propre salon de thé. Probablement jamais.

L'autre Miss Watt nous avait gardés dans sa vision périphérique. Lorsque les deux tourtereaux se détournèrent de notre table, elle s'approcha d'eux.

— Vous vous joignez à nous pour le thé ? demanda-t-elle d'un ton strident et trop amical, comme s'ils étaient des touristes venus de Manchester.

— Oui. Si ça ne dérange pas ? lui répondit sa sœur, qui avait l'air décontenancée.

Il y avait comme un pincement dans sa voix. Mon instinct ne s'était pas trompé en me disant que sa sœur n'était pas ravie de leur relation.

— Bien sûr que non.

Elle voulut les installer à une table libre près du mur, mais sa sœur l'arrêta et lui dit :

— Nous aimerions nous asseoir à la table six.

Je vis Mary se pincer les lèvres. Si le retour de Gerald Pettigrew avait ôté dix ans à Florence, on aurait dit qu'ils avaient été transmis à Mary. Ses cheveux étaient plus gris, son teint plus terne, et un air troublé planait sur elle.

— Comme vous voulez.

— Et il n'y a pas besoin de nous escorter là-bas. Je connais le chemin du salon de thé.

Mary tourna les talons et regagna la cuisine. Je savais qu'elle désapprouvait le fait que sa sœur se comporte comme une cliente, et surtout qu'elle occupe l'une des meilleures tables à une heure de grande affluence. Je doutais aussi que Mary ait déjà pris une journée pour s'installer l'après-midi et boire le thé.

Les deux amants se dirigèrent vers la table récemment libérée, près de la fenêtre. Deux taches colorées embrasaient les pommettes de Miss Watt, et elle marmonna quelque chose à son partenaire, qui tendit une main et la posa sur la sienne de manière rassurante. Immédiatement, la couleur s'atténua et ses sourires réapparurent.

Je dus sûrement imiter sa posture en me penchant vers Rafe et en disant à voix basse :

— Quelque chose me dit qu'il y a de l'eau dans le gaz.

— Il y a incontestablement un vieux renard dans le poulailler.

Un moment plus tard, Katya traversa la pièce avec son pas lourd et son carnet de notes. Miss Watt commanda un thé Royal pour eux deux.

— Je prendrai un thé English Breakfast avec.

— Et pour vous, monsieur ? demanda Katya à Gerald Pettigrew.

— Une théière d'Earl Grey pour moi, s'il vous plaît.

Katya n'avait pas encore appris l'astuce qui consistait à observer constamment le salon de thé. Là où une gérante aurait renouvelé l'eau chaude à une table, retiré une assiette vide d'une autre, toujours à l'affût du moindre signe, Katya se retourna et se dirigea directement vers la cuisine avec sa commande, sans se soucier du fait que le vieil homme assis à l'autre table près de la fenêtre avait le visage rouge et lui faisait signe. Finalement, il aboya sur un ton autoritaire et agacé :

— Jeune fille, j'ai dit. Serveuse !

À l'entendre, on aurait dit un ancien militaire. Le ton de sa voix attira certainement l'attention de Katya. Probablement celle de tout le monde, d'ailleurs.

Elle se tourna vers sa table et il lui lança :

— Vous ne m'avez pas servi la bonne commande. Je ne sais pas ce qu'est cette saleté, mais j'ai commandé un Earl Grey. Ça, c'est une sorte de thé fruité. Et vous pouvez rapporter ce miel, je vais prendre du lait et du sucre.

— Vraiment désolée, monsieur, dit-elle en débarrassant sa théière et sa tasse. Bessie Yang, la professeure de yoga, intervint :

— Je pense qu'il s'agissait de ma commande, ma chère. Ce n'est pas grave. Vous pouvez me laisser la théière et le miel. J'ai déjà une tasse.

La pauvre Katya commençait à avoir l'air assez désorientée. Elle déposa la théière et le miel devant la professeure de yoga, qui ajouta gentiment :

— Et la salade de quinoa, quand vous aurez un moment.

La serveuse lui sourit en signe de gratitude et promit de se renseigner en cuisine, puis elle sortit rapidement de la salle. Le vieil homme la regarda partir en fronçant ses sourcils blancs. Sa moustache se hérissa lorsqu'il s'adressa à la femme effacée que je supposais être son épouse.

— Ces étrangers !

Rafe se pencha vers moi et me dit :

— Et moi qui pensais que le thé de l'après-midi serait une affaire ennuyeuse.

— Nous aurons tellement de choses à raconter à Mamie. Je vais juste aller aux toilettes, et ensuite j'aimerais prendre une autre tasse de thé, si ça ne te dérange pas.

— Je n'ai aucune obligation urgente.

Je n'avais jamais vraiment réfléchi au sujet des vampires avant de déménager à Oxford. Mais maintenant que j'avais rencontré Rafe et les autres membres du club des vampires tricoteurs, je compatissais à l'idée d'être condamné à parcourir la terre pour toujours, sans cesse dans l'ombre, comme un prédateur, terrifiant pour la race humaine à laquelle ils avaient appartenu. Au moins, les vampires modernes avaient des banques de sang et d'autres moyens d'obtenir ce dont ils avaient besoin. Et grâce à l'augmentation du nombre de cancers de la peau, la technologie moderne avait inventé toutes sortes de tissus pour protéger le corps du soleil. Il devait être beaucoup plus confortable d'être un vampire aujourd'hui que ça ne l'était par le passé, mais je trouvais quand même plutôt triste de devoir planifier un avenir sans fin.

Je m'excusai, puis je montai à l'étage, où se trouvaient les toilettes. Je dus passer devant Mary Watt, qui semblait avoir pleuré. Elle n'avait pas l'air dans son assiette, loin de là.

— Miss Watt, vous allez bien ?

Elle sursauta au son de ma voix.

— Oh, j'avais la tête ailleurs. Vraiment, je ne rajeunis pas. Diriger *Elderflower,* c'est trop pour une seule personne, je vais devoir penser à prendre ma retraite. C'est impossible de trouver une aide décente, et je ne peux pas me débrouiller seule.

Je lui manifestai ma compassion. Elle était de toute évidence stressée par la renaissance de l'histoire d'amour de sa sœur, et par ce que cela signifiait pour leur avenir. Elle sortit un mouchoir de la manche de son pull et elle s'essuya les yeux.

— Regarde-les. Ma sœur a complètement perdu la tête à cause de cet homme stupide. En tout cas, elle a cessé de faire quoi que ce soit d'utile depuis qu'il est arrivé. Ma foi, si elle veut être cliente chez *Elderflower*, peut-être que le salon devrait appartenir à quelqu'un d'autre.

Sa logique était un peu brouillée, mais je comprenais son sentiment.

— Je suis sûre qu'une fois passée l'excitation initiale des retrouvailles, elle redeviendra la personne travailleuse qu'elle est habituellement.

En fait, je n'en avais aucune idée, mais je voulais réconforter Mary Watt.

Elle renifla bruyamment.

— Oh, tu en es sûre, hein ? Eh bien, je peux te dire qu'elle était tout aussi folle de cet homme il y a cinquante ans, et si je n'avais pas...

Elle secoua la tête et rangea son mouchoir.

— Enfin bon, c'était il y a des années. Tu as sans doute raison. Tout ira bien. Je dois y retourner.

Lorsque je revins à notre table, Miss Watt faisait asseoir un groupe de quatre dames qui lui précisaient qu'elles avaient toutes été à l'université ensemble, à St Hilda. Elles semblaient avoir dans les soixante-dix ans. L'une d'entre elles avait un look glamour, avec d'élégants cheveux blonds, des lunettes à la mode, et un costume noir très distingué. Les trois autres avaient renoncé à leur style, si tant est qu'elles s'en soient jamais soucié. Leurs cheveux étaient gris, elles ne se maquillaient visiblement pas, et leurs vêtements étaient conçus pour le confort plutôt que pour l'apparence. Mary sourit, comme si elle n'avait pas le moindre problème, puis elle lança avec un clin d'œil :

— Les tantes Hilda !

Les dames se mirent à rire joyeusement.

— Oui, en effet. Bien sûr, c'était à l'époque où il n'y avait que deux universités ouvertes aux femmes. Nous étions heureuses d'y être admises.

— Et vous êtes ici pour des retrouvailles ?

Elles dégrisèrent immédiatement. La blonde sourit tristement, et s'essuya le coin de l'œil d'un revers de main.

— Un enterrement. Nous avons atteint l'âge où nous ne nous voyons que lorsqu'un de nos amis décède.

— Oh, je suis désolée, dit Miss Watt. Puis-je vous offrir une bonne tasse de thé ?

La blonde, qui semblait être la porte-parole officieuse, répondit :

— Oh, un sherry pour commencer, je pense. Quelque chose pour nous remonter le moral avant de prendre notre thé.

Elle jeta un coup d'œil autour d'elle.

— À moins que vous ne préfériez autre chose ?

Elles furent toutes d'accord pour le sherry.

— Bien sûr.

Miss Watt s'en alla vers le fond de la salle, où se trouvaient les boissons, croisant au passage Katya, qui portait un gros plateau en se dirigeant vers l'homme grincheux qui s'était plaint.

— Voici votre thé Earl Grey.

Lorsqu'elle le posa sur la table, l'homme la regarda fixement.

— Il était temps. J'imagine que c'est froid, maintenant. Et j'ai déjà fini mon scone.

Elle marmonna quelque chose qui aurait aussi bien pu

être des excuses qu'une malédiction polonaise, puis elle apporta son plateau branlant à Florence Watt et Gerald Pettigrew. Je gardai un œil sur elle, mais aucune intervention magique ne fut nécessaire, et elle réussit à poser le plateau à trois étages, chargé de sandwiches, de scones et de petites pâtisseries, sur la table de Miss Watt, à côté des deux théières et des deux flûtes de champagne, sans incident.

Florence Watt ôta le couvercle de sa théière, puis plissa le nez et secoua la tête. Elle remit le couvercle et échangea sa théière avec celle de Gérald. Je l'observai répéter la même routine et hocher la tête, avant de verser le thé dans sa tasse.

Mary Watt arriva avec le sherry et disposa quatre verres devant les dames de St. Hilda. Les quatre femmes portèrent un toast à leur amie disparue et, alors qu'elles sirotaient en discutant, elles me rappelèrent ma grand-mère et ses amies. Je n'étais toujours pas habituée à ce qu'elle soit partie, sans l'être véritablement. Ça devait être encore plus difficile pour elle. Peut-être que Rafe avait raison et qu'on devrait déménager ailleurs, afin qu'elle puisse sortir en public. Au moins jusqu'à ce qu'elle s'habitue à sa nouvelle vie.

Rafe s'immisça dans mes pensées.

— Ta grand-mère fera la transition, mais ça prend du temps.

Mon regard revint vers le sien.

— Est-ce que tu lis dans les pensées ?

Il avait l'air amusé.

— Pas besoin d'être devin te concernant, Lucy. Ton visage est si expressif.

Je me sentis un peu bête.

— Mon visage n'est pas impassible, ça c'est sûr.

— Comme ça tu n'as rien à cacher, ce qui est très rafraîchissant. La plupart d'entre nous dépensons trop de temps et d'énergie à essayer de dissimuler nos pensées.

Il avait l'air mélancolique, mais je ne cherchai pas à comprendre. J'imaginais qu'il valait mieux pour moi qu'il cache non seulement ses pensées, mais aussi son passé.

L'homme grincheux à l'allure militaire interpella Miss Watt à travers la pièce pour lui demander sa note. En entendant sa voix, la blonde de St Hilda se tourna vers lui.

— Eh bien, Colonel Montague. Quel plaisir de vous voir !

Quand il remarqua qui s'adressait à lui, son air maussade s'atténua.

— Miss Everly. Je vois que vous êtes de retour dans vos vieux quartiers.

Elle rit de manière coquette, se leva, puis alla discuter avec lui et sa femme pendant une minute ou deux. La femme afficha un sourire poli, mais c'est le colonel qui semblait ravi, et sa colère disparut si vite qu'on aurait dit le soleil après un orage.

Miss Watt lui apporta l'addition, et il poursuivit sa discussion avec Miss Everly. Sous la lumière grise de l'après-midi qui traversait la fenêtre, je crus remarquer qu'il était devenu tout rouge. Peut-être était-il gêné, ou qu'il se sentait idiot de discuter avec une autre femme au nez de son épouse.

Miss Everly finit par retourner à sa table.

Florence et Gerald, pendant ce temps, avaient fini leur champagne, mais avaient à peine touché leurs sandwiches et leurs pâtisseries. Ils semblaient plus intéressés l'un par l'autre que par la nourriture.

Quelqu'un se mit à tousser. Je le remarquai à peine, concentrée sur Florence et Gérald, quand la toux empira. C'était l'homme grincheux de la fenêtre.

— Excusez-moi, parvint-il à dire, toussant encore et encore, le visage de plus en plus rouge.

La conversation s'arrêta tandis que l'épouvantable quinte de toux continuait.

Miss Everly se leva d'un bond et cria d'une voix forte et tranchante :

— De l'eau ! Apportez-lui de l'eau !

Alors qu'elle avançait, il lui fit signe de s'éloigner, mais elle ignora ses protestations et lui assena un coup dans le dos.

— Vous vous étouffez ? lança-t-elle par-dessus le bruit de sa toux.

Il secoua la tête et se leva.

Sur l'ordre de Miss Everly, Florence Watt avait sauté de sa table et couru jusqu'au fond de la pièce, où se trouvaient une carafe d'eau et des verres. Elle en remplit un rapidement, puis se précipita en avant.

Le colonel saisit son cou avec ses deux mains. Je n'avais jamais vu quelqu'un l'écume aux lèvres, mais c'était exactement ce qui lui arrivait.

— Teddy ! s'écria sa femme en bondissant de sa chaise.

— Il s'étouffe, dit Miss Everly. Je vais essayer la manœuvre de Heimlich.

J'avais ce sentiment d'impuissance, cette volonté d'agir sans savoir comment. Je commençai à me lever, me disant que je pourrais peut-être desserrer son col, quand Rafe posa sa main sur la mienne.

— Laisse-le tranquille. Il n'y a rien à faire pour lui, maintenant.

Miss Everly joignit ses mains sous son diaphragme et tira vers le haut avec une énergie impressionnante. L'air fut expulsé, ainsi que des bulles. Puis l'homme s'affaissa sur le sol, entraînant Miss Everly avec lui.

Bessie Yang dit quelque chose à sa compagne de table et la femme se leva, l'air quelque peu réticente. Elle se dirigea vers l'endroit où le colonel haletait et se débattait.

— Si vous pouviez tous reculer. Je suis médecin.

À ce moment-là, on aurait dit qu'elle aurait préféré ne pas avoir fait d'études de médecine pour pouvoir boire son thé en paix. L'épouse de l'homme se remit à crier :

— Teddy, qu'est-ce qui ne va pas ?

— Aidez-moi à le tourner sur le côté, dit le médecin à Miss Everly, qui s'était mise à genoux.

Puis elle demanda à sa femme :

— Est-il épileptique ?

— Non, il n'y a jamais rien eu de tel dans notre famille.

— Des problèmes cardiaques ?

La femme commençait à pleurer, se tordant les mains.

— Rapidement, a-t-il un problème de santé que je devrais connaître ?

— Non. Il a fait une attaque l'an dernier, mais le docteur a dit que c'était bénin.

— Appelez une ambulance, ordonna la femme médecin.

Elle déboutonna sa chemise en même temps qu'elle parlait. Je ne parvins pas à voir ce qu'elle fit, mais le colonel devint plus silencieux.

Sa femme, quant à elle, semblait avoir du mal à comprendre ce qui se passait.

— Il prend des pilules, pour sa tension artérielle. À part ça, il est en excellente santé.

La femme médecin la regarda avec pitié. Il était caché

derrière elle, mais on pouvait l'apercevoir recroquevillé sur lui-même.

— Je dois vous prévenir que votre mari est gravement malade.

Rafe se pencha vers moi.

— En fait, il est mort.

APRÈS QUELQUES MINUTES, il fut clair que Rafe avait dit la vérité. L'homme avait cessé de tousser et de se débattre. Il resta immobile et silencieux. C'était anormalement calme dans le salon de thé, après toute cette agitation. Tous les regards étaient tournés vers lui.

Plusieurs clients s'étaient levés de leurs sièges, mais personne ne semblait savoir quoi faire. Le médecin se tourna vers la femme, l'air inquiet, et lui dit :

— Je suis vraiment désolée, mais votre mari est parti.

— Parti ? Mais il est juste là.

— Il est mort. Je suis vraiment désolée.

La femme la fixa un instant, son visage devint rouge vif, puis d'une pâleur mortelle, et elle se mit à sangloter. Miss Everly se leva et rapprocha son siège de la femme en pleurs. Elle jeta un coup d'œil autour d'elle :

— Mary ? Pourrions-nous avoir un autre sherry, par ici ?

— Tu connais le médecin ? demandai-je.

D'habitude, Rafe connaissait tout le monde.

— Seulement de vue. Dr. Amanda Silvester. Elle travaille dans une clinique sur Mansfield Street.

Gerald Pettigrew se leva, laissant l'essentiel du thé de l'après-midi tel quel.

— Eh bien, quel événement tragique. Je pense que la meilleure chose à faire est de laisser ce pauvre homme en paix.

Florence ne savait visiblement pas si elle devait l'accompagner ou rester aux côtés de sa sœur. Le Dr Silvester lui adressa un signe de la tête.

— Personne ne doit quitter cet endroit. Pas avant que la police ne soit arrivée.

Elle gonfla sa poitrine comme si elle allait ajouter quelque chose, quand Florence Watt s'écria :

— La police ?

Le médecin se leva.

— J'en ai bien peur. Nous devrons faire une autopsie bien sûr, mais je crois que cet homme a été empoisonné.

Les deux sœurs Watt se retournèrent pour se dévisager, puis resserrèrent instinctivement les rangs, jusqu'à se retrouver côte à côte. Mary Watt dit :

— Empoisonné ? Mais nous avons une excellente note d'hygiène, et nos pâtisseries sont fraîches tous les jours. Je suis sûre que vous devez vous tromper. Sa femme a dit qu'il prenait des pilules pour son cœur.

Le médecin la regarda avec sympathie, mais n'avait visiblement pas l'intention de débattre avec la propriétaire du salon de thé à propos de la façon dont cet homme était mort. Elle répéta simplement qu'elle n'en serait pas certaine tant qu'une autopsie n'aurait pas été effectuée.

Ensuite, ce fut absolument horrible. Un homme mort gisait au milieu du salon de thé, comme l'éléphant du proverbe au milieu d'une pièce. J'aurais donné n'importe quoi pour qu'un véritable éléphant se tienne là, à la place de l'homme mort violemment devant mes yeux. Je regardai Rafe.

— Tu crois qu'il a été empoisonné ?

Il hocha la tête.

Je n'arrivais pas à m'y retrouver.

— Tu veux dire exprès ?

— C'est ce que je pense.

— Cela voudrait dire qu'il a été...

— Assassiné. Oui, je crois que c'est le cas.

Je sentis des frissons chauds et froids me parcourir la peau. Les gens se mirent à parler entre eux à voix basse et, par-dessus tout, on entendait le son plein de douleur des sanglots d'une nouvelle veuve.

CHAPITRE 4

Lorsque la police arriva, ce fut un soulagement. L'inspecteur-détective Ian Chisholm attira mon attention le premier. Je ne l'avais jamais vu avec un air aussi sérieux. Il était accompagné d'un homme plus âgé, de forte corpulence, manifestement le responsable. Ils s'arrêtèrent tous deux à l'entrée du salon de thé, et j'imaginai qu'ils imprimaient mentalement la scène du crime.

Alors que le regard de Ian balayait la foule, il m'aperçut. Ses yeux s'éclairèrent un instant, se plissèrent aux coins, et il me fit un très léger signe de tête. Je me sentis immédiatement mieux en le sachant présent. L'homme plus âgé prit la parole sur un ton autoritaire :

— Je suis l'inspecteur en chef Roderick Blake, et voici l'inspecteur Ian Chisholm. Nous aurons besoin des déclarations de chacun d'entre vous. Dès que nous aurons trouvé un endroit approprié, nous vous y emmènerons. En attendant, restez où vous êtes.

— Vous ne pouvez pas nous laisser ici avec le mort, lança la femme américaine.

— Il ne pourra plus vous faire de mal, lança un homme.

— Seulement pour quelques minutes supplémentaires, madame, si vous le permettez, dit l'inspecteur en chef.

À ce moment-là, le photographe de la police arriva, accompagné d'un homme grand et mince, qui s'approcha immédiatement du Dr Silvester.

— C'est le Dr Fred Gilbert, médecin légiste, chirurgien de la police, me précisa Rafe. Elle a eu raison de l'appeler.

Les deux médecins s'amassèrent près du corps pendant que le photographe prenait des clichés, non seulement du cadavre, mais de tout ce qui se trouvait sur la table. Puis, après que l'inspecteur en chef nous eut demandé à tous de reprendre nos places, exactement comme nous étions assis lorsque l'homme était mort, il nous photographia l'un après l'autre.

Les ambulanciers chargèrent le corps sur un brancard et le recouvrirent d'un drap. J'étais heureuse pour la veuve qu'ils ne l'aient pas mis dans un sac mortuaire. D'une certaine manière, ç'aurait été un manque de respect. Même si je doutais qu'elle ait remarqué quelque chose. Elle était maintenant assise à la table des quatre dames qui étaient venues ici pour pleurer un autre ami.

Elle avait l'air stupéfaite, et restait assise en disant :

— Je ne peux pas le croire. Ça ne peut pas être vrai. Teddy a son voyage de golf demain. Il avait tellement hâte d'y être.

Elle croisa les bras sur la table et baissa la tête en sanglotant. Alors que le brancard passait, je remarquai que Miss Everly fermait les yeux, et que ses lèvres remuaient, formulant ce qui me sembla être une prière.

Lorsque la dépouille du colonel passa devant elle, l'Irlandaise leva la main. Au lieu de faire le signe de croix comme je m'y attendais, elle dressa le majeur.

— Tu as vu ça ? chuchotai-je à Rafe. Elle lui a fait un doigt d'honneur.

— Je me demande pourquoi.

Alors que nous la regardions toujours, la femme tourna le dos au cadavre, qui poursuivit sa route.

Je ne pouvais pas le croire.

— D'abord, elle lui fait un doigt d'honneur, et ensuite, elle lui tourne le dos. Pourquoi quelqu'un ferait-il ça ?

— Ça ressemble à quelque chose dont ton peuple est capable. Maudire quelqu'un, et ensuite l'éviter.

— Mon peuple ?

Je savais qu'il faisait référence aux sorcières, et non aux Américains, mais mon statut de sorcière était encore une chose compliquée pour moi. Je ne voulais certainement pas être associée à quelqu'un qui manquait de respect de la sorte à un homme mort.

Il avait un regard amusé, mais il me laissa sagement à mon indignation, sans ajouter de commentaire.

L'inspecteur en chef nous demanda de ne rien toucher ni déplacer, et surtout de ne pas manger ou boire ce qui se trouvait devant nous. Il n'avait pas besoin de s'inquiéter. Des assiettes de nourriture à moitié consommée, des tasses encore remplies de thé, tout était resté intact. L'Américaine, visiblement new-yorkaise, dit :

— Je commence à me sentir mal. Tu crois que c'est le botulisme ? Tu te rappelles quand ce traiteur a fermé sur la 41e ?

— C'était la salmonelle, répondit son conjoint. Tiens, prends une pastille de menthe.

Elle regarda le paquet d'un air suspicieux.

— Tu ne les as pas achetées ici, n'est-ce pas ?

— Non. À l'aéroport.

Ce fut seulement à ce moment qu'elle en accepta une.

COMME DES AGENTS de police continuaient d'arriver et qu'aucun client n'était libre de partir, le salon de thé ne faisait que se remplir. L'une des dames assises avec Miss Everly s'avéra être la sacristine de l'église du coin, et avait la clé de la salle paroissiale. On nous demanda poliment à tous de nous rendre dans la salle, où nous serions interrogés, puis enfin autorisés à partir.

Alors que nous nous levions tous pour nous diriger vers la porte, l'Irlandaise s'approcha.

— Eh bien, n'est-ce pas une chose terrible ? me dit-elle en marchant à mes côtés. Et dire que cet homme est mort en buvant son thé.

— Vous le connaissiez ?

Vu son comportement étrange, soit elle en voulait au colonel, ou bien son doigt d'honneur était dirigé contre la mort elle-même.

Elle hésita.

— Non. Je ne l'ai jamais rencontré.

D'accord, peut-être que c'était bien à la mort qu'elle en voulait. Plus je vivais à Oxford parmi les sorcières et les vampires, moins les choses me surprenaient.

En sortant d'*Elderflower* et en remontant la rue vers l'église, nous avions l'air d'un cortège funèbre. Les baies vitrées du salon de thé ressemblaient à des yeux exorbités qui nous regardaient passer. Ma boutique était éclairée et j'avais envie d'y être, entourée de toutes les laines que je ne savais pas tricoter, des modèles que je ne comprenais pas, et d'une assistante qui nous méprisait, mon magasin et moi.

Harrington Road se terminait par New Inn Hall Street, où l'église méthodiste de St. John trônait, comme au bout d'une longue table, avec son cimetière à gauche et la salle paroissiale à droite. Il y avait beaucoup de beaux bâtiments à Oxford. La salle paroissiale de St. John n'en faisait pas partie. C'était un bâtiment bas de plafond, en pierre grise, qui semblait sombre et peu accueillant, même une fois que Bessie Yang eut allumé les lumières. De longues tables étaient alignées, et un panneau sur le mur invitait les paroissiens à rejoindre la chorale. Ça sentait la poussière et la moisissure.

L'inspecteur en chef s'installa à une table à l'avant de la salle et demanda à tout le monde de prendre place. Nous allions être interrogés, et on nous fit vider nos poches et nos sacs à main.

Il invita la veuve à le rejoindre en premier. Elle semblait incapable de bouger, jusqu'à ce que la gentille et compétente Miss Everly passe son bras autour d'elle afin de la soutenir.

Ensuite, Ian ou l'un des deux officiers en uniforme rejoignait un groupe à sa table, posait des questions et prenait des notes, avant de passer à la table suivante. Rafe et moi étions assis au bout d'une des longues tables, attendant qu'ils viennent à nous. Je me penchai en avant et murmurai :

— On dirait du speed dating.

— Du quoi ? me demanda Rafe.

Évidemment, le speed dating ne devait pas exister à l'époque de Shakespeare, ou quand Rafe était jeune.

J'avais beau faire des remarques désinvoltes, je me sentais tout de même anxieuse.

— Si le colonel a été empoisonné, son meurtrier pourrait être dans cette pièce.

Je regardai autour de moi, mais tout le monde semblait tellement ordinaire. Les quatre dames qui étaient venues pleurer leur amie. La femme qui enseignait le yoga, et son amie médecin. Des tables de touristes à l'air perplexe, et le pauvre Gerald Pettigrew qui était assis, à présent seul, et souhaitait clairement se trouver ailleurs.

Florence et Mary étaient ensemble, non loin de nous.

— C'est épouvantable, dit Florence. Nous ne pourrons jamais vivre avec ça.

Mais Mary semblait relever le défi.

— N'importe quoi. C'est un incident malheureux, mais nous le surmonterons. Nous avons une entreprise à gérer.

C'était une réalité. Et moi aussi, j'en avais une.

— Je ferais mieux d'appeler Agatha, dis-je à Rafe.

Elle allait sûrement devoir fermer la boutique. Mon portable à la main, je me rendis dans le coin le plus éloigné du hall, pour ne pas perturber l'enquête. Je prévins mon assistante que je risquais d'avoir du retard, essayant de trouver une excuse plausible, mais elle ne montra aucun signe de curiosité quant aux raisons de mon absence, et elle me dit simplement qu'elle fermerait la porte à clé si je n'étais pas de retour à cinq heures.

Je passai devant Katya, qui se trouvait près du fond de la pièce. Elle était accompagnée d'un jeune homme que je n'avais jamais vu auparavant. Ils parlaient ensemble à voix basse. Je ne pouvais que supposer qu'il s'agissait de son frère, le chef. C'était un homme musclé et beau, peut-être de mon âge ou un peu plus – la fin de la vingtaine – et de taille moyenne. Sous son T-shirt à manches courtes, je pouvais apercevoir un dragon tatoué sur son biceps.

La sacristine apporta une caisse de bouteilles d'eau et les fit circuler pendant que nous attendions. Les gens regardaient leur montre ou l'horloge ronde sur le mur, qui semblait retenir le temps avant de l'éjecter d'un coup sec. Le seul qui ne semblait pas préoccupé, c'était Rafe, comme s'il avait tout le temps du monde, ce qui, bien sûr, était le cas.

Ce fut Ian qui vint à notre table, par hasard ou à dessein, je n'en étais pas sûre.

— Je suis désolé qu'une chose aussi choquante soit arrivée alors que vous dégustiez une bonne tasse de thé.

Sans doute avait-il dit ça à toutes les personnes qu'il avait interrogées.

— C'était affreux, admis-je.

Il hocha la tête et ouvrit son carnet.

— Lucy, je vais commencer par toi. Je pense que je connais la plupart des informations, mais revoyons tout cela pour le dossier officiel. Il me faut ton nom complet, ta date de naissance, et ton adresse. J'ai bien peur de devoir te demander une pièce d'identité officielle.

— Bien sûr.

Je pris mon sac à main. Je me demandai comment Rafe allait se débrouiller pour la pièce d'identité. C'était quelqu'un qui avait plutôt tendance à rester dans l'ombre. Possédait-il quelque chose d'aussi banal qu'un permis de conduire ou un passeport ? Il fouilla calmement dans sa poche et en sortit un portefeuille d'allure moderne, contenant des papiers d'identité parfaitement en règle. Nos regards se croisèrent et il m'adressa un clin d'œil discret.

Après cette introduction, Ian me demanda de décrire tout ce que j'avais vu.

— Prends ton temps.

Qu'avais-je vu ?

— C'est un peu confus. Laisse-moi réfléchir.

J'essayai de penser à tous les détails dont je pouvais me souvenir.

— L'homme qui est mort, le colonel Montague, était très impoli au sujet de son thé. C'est comme ça que je connais son nom. Il a appelé la serveuse, d'une voix très forte, parce qu'elle ne lui avait pas servi le bon thé. Il voulait un Earl Grey, et elle lui a apporté le thé aux fruits qui était destiné à Bessie Yang, la prof de yoga. Une des dames de la table voisine a reconnu sa voix et l'a interpellé par son nom. Je crois qu'elle s'appelle Miss Everly. Elle et ses amies étaient ici pour les funérailles d'une de leurs camarades d'université.

Je me rendis compte que je divaguais. Il était difficile de se concentrer, mon esprit passant sans cesse d'une pensée rationnelle à « Oh, mon Dieu, ce vieil homme est mort juste devant moi ! » Je ne le dis pas à voix haute, mais un sentiment d'agitation perturbait ma concentration.

Ian ne me demanda pas de précisions et n'essaya pas de m'interrompre. Il me regarda calmement, comme si tout ce que j'avais à dire était fascinant, et, d'une certaine manière, cela m'aida à me stabiliser.

Rafe, assis là, si calme et plein de contrôle, me rassurait également. Je parvins à faire abstraction des bavardages nerveux et des questions-réponses qui se déroulaient autour de moi, et à me concentrer pour aider la police à trouver qui avait commis cet acte terrible.

Je pris une profonde inspiration et jetai un coup d'œil

vers Bessie, assise deux tables plus loin. Elle représentait une autre oasis de sérénité au milieu de cette terrible expérience, et j'essayai d'imaginer que je me trouvais dans l'un de ses cours de yoga, ici même, un mardi soir ou un samedi matin, et que sa voix calme et grave disait : « Il n'y a que vous et votre tapis. » Je fermai les yeux et laissai la scène dont j'avais été témoin se dérouler comme un film.

— Lorsque nous sommes entrés, le colonel et la femme que je supposais être son épouse étaient déjà assis à la table. Puis ces quatre dames sont arrivées. Miss Florence Watt et son... – j'hésitai, cherchant le mot juste – ... ami sont arrivés peu après. Ils se sont arrêtés à notre table et ont bavardé quelques instants. Puis ils se sont installés à la table près de la fenêtre.

— Celle qui est à côté de la table du Colonel Montague.

— C'est exact. La serveuse, Katya, a pris notre commande, avant de retourner en cuisine.

J'avais envisagé de lui parler de l'animosité entre les deux sœurs Watt, mais je décidai que ce n'était pas pertinent.

— Elle est revenue pour prendre la commande de Miss Watt et de son ami et, après l'avoir fait, le Colonel Montague l'a appelée pour se plaindre qu'on lui avait servi le mauvais thé. Il a dit que c'était un thé aux fruits et qu'il avait commandé...

Je m'arrêtai de nouveau.

— Désolée. Je l'ai déjà dit.

— Ce n'est pas grave. Il vaut mieux me dire les choses deux fois plutôt qu'omettre quoi que ce soit.

Il était si calme, si rassurant, si gentil. Je lui souris avec reconnaissance, puis je retournai à mon récital.

— Katya a emporté sa théière et le miel, les a donnés à

Bessie, puis elle est retournée à la cuisine. Elle est ensuite revenue avec une nouvelle théière pour lui. Il s'est plaint qu'il avait déjà fini son scone, mais il l'a acceptée quand même.

— Tu l'as vu boire le thé ?

Je fermai les yeux. L'homme était dans mon champ de vision, mais le fait qu'un vieux grincheux boive son thé ou non ne m'intéressait pas beaucoup. Cependant, en me concentrant, je me souvins de la façon dont la fenêtre faisait ressortir sa silhouette. Je l'avais effectivement vu faire.

— Oui. Je l'ai vu le boire. Il a pris une gorgée, puis il a fait une grimace avant d'ajouter du sucre.

Je fis une pause, essayant de me souvenir des événements dans l'ordre.

— Ensuite, Katya a apporté du thé avec du champagne à la table de Miss Watt et M. Pettigrew.

— Sais-tu quelle sorte de thé ils ont commandé ?

— Florence Watt a pris un English Breakfast et Gerald Pettigrew a commandé un Earl Grey.

Me revint même en mémoire la chorégraphie du thé reniflé puis échangé.

— Ils ont chacun pris le thé de l'autre, puis ils ont échangé.

Je soupirai.

— La nouvelle serveuse avait du mal à se rappeler les numéros des tables, et qui avait commandé quoi. Elle est nouvelle.

Il ne notait pas grand-chose, il écoutait surtout. Il avait probablement déjà entendu tout ça. Il me demanda :

— Et vous avez eu ce que vous avez commandé ?

Je fus heureuse de lui dire que Katya, dans notre cas du

moins, n'avait fait aucune erreur, et je lui récitai notre commande.

— As-tu vu quelqu'un d'autre se rendre à la table du colonel Montague ?

— Miss Everly a discuté avec lui. Elle s'est levée de son siège, ils se sont serré la main, puis je crois qu'elle a parlé à sa femme. Mais je n'ai vu personne d'autre s'approcher de la table, à l'exception de Miss Watt qui, bien sûr, vérifie au moins une fois que tout le monde est satisfait, et qui, je crois, leur a apporté l'addition. Mais les gens se promènent, vont et viennent, cherchent les toilettes.

— As-tu vu le colonel prendre un quelconque médicament ?

Je secouai la tête.

— Non. Mais je ne l'ai pas regardé continuellement.

J'étais bien plus intéressée par le drame qui se jouait entre les sœurs Watt.

— Tu as vu ce qu'il a mangé ?

— Non. Comme je l'ai dit, il avait déjà été servi quand nous sommes arrivés. C'est seulement l'agitation autour du thé qui a attiré mon attention. Mais quand elle lui a finalement apporté le bon thé, il lui a fait remarquer qu'il avait déjà fini son scone.

— C'est bien la jeune Polonaise qui l'a servi ?

— Oui. Même si nous ne sommes pas certains qu'elle soit polonaise.

— Je te demande pardon ?

Je lui racontai comment elle avait réagi bizarrement quand Rafe lui avait parlé polonais.

Ian balança son regard entre nous deux, puis il se tourna vers Rafe, qui avait l'air résigné et légèrement ennuyé.

— Vous parlez polonais ?

— Oui. Peut-être pas comme un autochtone, mais assez bien pour me débrouiller.

Ian le regardait toujours avec curiosité, et le vampire ajouta :

— Je m'intéresse aux langues. Et bien sûr, cela m'aide dans mon travail.

Ian regarda en direction de Katya et de son frère, qui se trouvaient ensemble dans un coin, buvant de l'eau à la bouteille. Un policier en uniforme était avec eux. Ian attira son attention et lui fit signe de s'approcher. Il demanda au policier d'amener Katya à notre table. Après avoir jeté un coup d'œil en direction de Rafe, elle murmura quelque chose à son frère. Il hocha la tête et ils vinrent tous deux dans notre direction.

La fille paraissait maussade et effrayée, pensai-je, tandis que lui avançait avec un air de bravade. Il me rappelait les culturistes de mon club de gym à Boston, qui se pavanaient avec une insouciance maladive, soulevant les poids les plus lourds qu'ils pouvaient tout en se regardant dans le miroir. Je comprenais bien que c'était pour contrôler leurs silhouettes, mais j'avais toujours soupçonné un profond narcissisme dans cette pratique.

Ils s'assirent tous deux aux places que Ian leur indiqua, en face l'un de l'autre. Ian se déplaça pour avoir une vue dégagée sur leurs visages. Il les informa qu'il avait besoin de noter leurs noms et adresses complets, et qu'il aimerait voir une pièce d'identité officielle.

Ils échangèrent un regard, puis le jeune homme dit :

— Nous n'en avons pas sur nous. Elles sont à l'appartement.

Son accent était aussi prononcé que celui de Katya. Pour un frère et une sœur, ils ne se ressemblaient pas beaucoup. Il avait une bien meilleure apparence qu'elle, avec de grands yeux gris-bleu bordés de cils sombres et incurvés, pour lesquels n'importe quelle femme tuerait, une ossature robuste, et une bouche aux lèvres pulpeuses. Quand il remarqua que je l'observais, il me sourit. Même ses dents étaient belles. Grandes et blanches, comme s'il avait envie de me croquer. Son sourire effronté suggérait que j'aurais aimé ça.

— Quelqu'un vous escortera chez vous plus tard, et nous les vérifierons à ce moment-là. Si j'ai bien compris, vous venez de Pologne ?

Encore une fois, ils échangèrent le même regard furtif, avant d'acquiescer tous les deux. Katya commença à remuer les mains, frottant ses ongles avec son pouce d'avant en arrière, comme pour les polir.

— De quelle région de Pologne, exactement ?

— Cracovie.

— Je n'y suis jamais allé, dit Ian. J'ai entendu dire que c'était magnifique.

— Oui, c'est très bien.

— Et qu'est-ce qui vous amène ici ?

Le chef haussa les épaules.

— De meilleures opportunités.

Katya regarda brièvement Rafe de côté, puis baissa les yeux sur la table.

Ian poursuivit :

— Je crois que vous connaissez très bien Cracovie, M. Crosyer.

Le chef déglutit, sa pomme d'Adam sursautant.

— Ça fait quelques années que je n'y suis pas retourné.

Rafe sourit. Je me demandai s'il s'agissait du même sourire que celui qu'il offrait à ses victimes avant de les mordre dans le cou. Je commençais à me sentir un peu désolée pour Katya et son frère.

— Ce n'est pas une ville qui change beaucoup, cependant. De quel quartier venez-vous ?

Le jeune homme hésita, puis répondit finalement :

— Des quartiers Est.

Rafe hocha la tête.

— Volzhskiy ou Nie mówię po polsku ?

Bien qu'étant probablement conscient qu'il s'enfonçait, le frère joua le jeu jusqu'au bout. Il se frotta la nuque et répondit :

— Le deuxième.

Ensuite, évidemment, comme ça paraissait inévitable depuis le début, Rafe se mit à lui parler en polonais.

À côté de moi, la fille baragouina un juron à voix basse, mais il s'agissait d'un mot très anglo-saxon – pas même un soupçon d'accent polonais.

Son frère continua :

— Vous parlez très bien le polonais, mais dans ce pays, ma sœur et moi préférons parler anglais.

Rafe semblait avoir fini de jouer avec sa proie. Il sourit et s'adossa sur sa chaise.

— Volzhskiy se trouve en Russie, près de Volgograd. Le deuxième quartier que j'ai mentionné est en fait une phrase qui signifie « Je ne parle pas polonais ».

Ian prit alors le relais et se pencha sur le sujet, avec plus de fermeté que je n'en avais jamais vu chez lui. Je ne savais pas qu'il savait jouer le mauvais flic, mais il se débrouillait bien.

— Pourquoi ne pas arrêter de me faire perdre mon temps, et me dire qui vous êtes vraiment, et d'où vous venez ?

La fille à côté de moi lança :

— Oh, dis-leur, Jim. Ils savent qu'on n'est pas Polonais, alors ça ne sert à rien de faire semblant.

Elle parlait avec un accent australien, et semblait étonnamment différente lorsqu'elle s'exprimait naturellement. Tout son visage s'était transformé, et sa voix était plus aiguë et plus agréable.

L'homme qu'elle avait appelé Jim haussa les épaules en écartant les deux mains. Il se pencha en arrière, renouant avec son air insolent. Il esquissa un sourire.

— Très bien. C'était une plaisanterie, en quelque sorte. Nous sommes des acteurs, vous voyez. On s'est demandé si on pouvait endosser un ou deux rôles et rester dans le personnage, non pas sur scène quelques heures par soir, mais vingt-quatre heures sur vingt-quatre. Ça a bien marché !

— Jusqu'à ce qu'un homme soit assassiné ; après avoir mangé de la nourriture que vous aviez préparée.

Jim se pencha vers Ian et tapota sur la table avec l'index.

— Je n'ai pas tué ce vieux schnock. Pourquoi l'aurais-je fait ?

Le détective se tourna vers Katya.

— Quel est votre vrai nom ?

— Katherine Ainsley. Mais tout le monde m'appelle Katie. Nous avons gardé nos noms de scène proches de nos vrais noms, pour que ce soit plus facile pour nous.

— Katie. C'est vous qui avez apporté toute la nourriture et

le thé à cette table. Vous et Jim aviez un maximum de moyens et d'opportunités pour empoisonner le Colonel Montague.

Elle écarquilla les yeux avec effroi, puis me regarda comme si je pouvais lui venir en aide.

— Nous n'avons fait de mal à personne. C'était un vieux con grossier, et j'aurais été capable de lui servir un scone qui serait tombé par terre, mais je ne l'aurais pas tué. Pourquoi l'aurais-je fait ?

Jim avait posé la même question rhétorique, mais cette fois, Ian répondit :

— Peut-être que vous jouiez le rôle de meurtriers ? Pour voir si vous pouviez vous en tirer, comme en jouant les Polonais.

Katie secoua la tête avec tant de véhémence que j'eus peur qu'elle ne se blesse.

— Je ne ferais jamais une chose pareille. Jamais.

Jim lui prit la main et lança à Ian :

— Écoute, mon pote. Je te l'ai dit. C'était pour rire. On ne faisait de mal à personne. On ne ferait jamais ça.

Ian laissa le silence s'épaissir.

— Alors, vous avez fait semblant d'être polonais. Vous avez aussi fait semblant d'être un cuisinier professionnel ?

— Non. J'ai payé mon école d'art dramatique en travaillant dans des restaurants. Je sais cuisiner, et je peux certainement le faire sans empoisonner les clients.

— Nous aurons besoin d'une liste des endroits où vous avez travaillé, lui stipula Ian.

Il se tourna vers Katie.

— Vous aussi avez fait l'école d'art dramatique en travaillant dans des restaurants ?

— Non, ce n'est pas le cas, répondit-elle, renfrognée de

nouveau. C'est un travail terrible. Je ne le referais plus jamais. En fait, j'ai prévenu Jim que j'allais démissionner. Ce travail est éreintant. Les vieilles dames sont plutôt gentilles, mais elles sont aussi exigeantes. Ce n'est plus drôle. J'avais l'intention de démissionner et de trouver un autre emploi.

Je pouvais sentir la sueur de Katie. Elle était terrifiée. Elle déglutit bruyamment, puis elle ajouta :

— Et nous ne sommes pas frère et sœur. Jim est mon petit ami.

Ian demanda :

— L'un d'entre vous a-t-il déjà eu des problèmes avec la justice ?

Les deux se regardèrent l'un l'autre.

— Nous le découvrirons assez facilement, alors mieux vaut être honnête dès maintenant.

— Non, dit Katie.

— Jim ?

Il bougea sur sa chaise. Je pouvais voir son genou s'agiter de haut en bas, comme s'il suivait le rythme d'une chanson très rapide.

— J'ai passé un peu de temps en maison de redressement, admit-il finalement.

Il prit un accent un peu bourgeois et ajouta :

— J'ai traîné avec les mauvaises personnes.

Ian les renvoya, accompagnés par un agent en uniforme. D'abord, ils devaient être escortés jusqu'à leur lieu de résidence, récupérer leurs papiers d'identité, puis se rendre au poste de police, où on prendrait leurs empreintes digitales avant de les interroger.

— Oh, et vous devrez restituer vos passeports.

— Quoi ? fit Katie, l'air indigné. Mais nous n'avons rien fait !

— Jusqu'à ce que l'on prouve que c'est bien le cas, on ne veut pas que vous preniez l'avion pour retourner à Sydney.

— Melbourne, dit Jim. Je vais appeler mon avocat. Et le consulat.

— Polonais ou australien ? demanda doucement Rafe.

Avant que Jim n'ait pu grommeler la réponse qui se formait dans son cerveau de Néandertalien, Ian ajouta :

— Vous pouvez appeler qui vous voulez.

Lorsqu'ils furent partis, je demandai à Ian :

— Tu crois vraiment que l'un d'eux a tué le colonel ?

Je pensais qu'il allait balayer ma question déplacée, mais il les regarda partir en fronçant les sourcils.

— Je ne sais pas. Ce sont principalement eux qui avaient accès à la nourriture. Mais quel lien pourrait-il y avoir entre deux acteurs de Melbourne, en Australie, et un colonel retraité d'Oxford ?

Une hypothèse se formait doucement dans ma tête.

— Je me demande même si c'était lui qui était visé.

Les deux hommes me regardèrent fixement, et je développai :

— Cette pauvre fille est la pire serveuse que j'aie jamais vue. Elle n'arrêtait pas d'apporter les mauvaises commandes aux mauvaises tables. Si ça se trouve, le colonel Montague est mort parce qu'elle a confondu la table deux avec la table sept.

— Ce qui veut dire que la cible pourrait être n'importe qui dans cette pièce, déduit Rafe.

CHAPITRE 5

*J*an prit son carnet et se leva.

— Si vous voulez bien aller à la table près de la porte, pour que l'agent qui est là-bas puisse jeter un coup d'œil à votre sac et au contenu vos poches... Ensuite vous pourrez partir.

— Bien sûr.

Je ramassai mon sac sur le sol et me dirigeai vers la porte. Une femme et un homme se tenaient derrière une table. Ils portaient des gants. Deux dames étaient avant moi et attendaient l'agent féminin, mais l'homme avait une table vide devant lui, et il fit signe à Rafe de s'approcher.

Je le regardai subrepticement vider ses poches, curieuse de savoir ce sans quoi un vampire moderne ne quitterait pas sa maison. Il n'y avait pas grand-chose : seulement son portefeuille et ses clés. C'était tout. L'agent jeta un œil à son portefeuille, mais il n'y avait rien d'autre que des cartes de crédit, de l'argent liquide, et quelques cartes de visite.

Rafe m'attendit, sans doute pour qu'on puisse rentrer ensemble à la boutique.

Quand ce fut mon tour, je donnai mon nom et mon adresse à l'agent, puis je lui ouvris mon sac. Elle prit une lampe de poche et a regarda à l'intérieur. Dans son autre main, elle tenait un bâton en plastique noir servant à séparer les articles. Pendant qu'elle fouillait, mes aiguilles à tricoter sortirent de mon sac comme des bras squelettiques.

Puis elle se figea et observa plus attentivement l'intérieur de mon sac.

J'aurais souhaité ne pas avoir amené mon tricot. Elle regardait sans doute toutes les mailles qui étaient tombées.

J'étais sur le point d'expliquer que je n'étais qu'une débutante, quand elle appela :

— Monsieur, pouvez-vous venir par ici ?

Au ton qu'elle avait employé, Ian s'approcha immédiatement.

— Qu'est-ce qu'il y a ?

Il passa derrière la table, me regarda curieusement, puis fouilla dans mon sac. J'aurais aimé être plus soigneuse et ordonnée, comme Rafe. Dans mon sac, il y aurait dû y avoir seulement mon portefeuille, mon téléphone, et peut-être un rouge à lèvres. Pas les piles de déchets dont j'étais persuadée d'avoir besoin, les demi-paquets de bonbons à la menthe, les vieux billets de train, les mouchoirs usagés, et les pièces de monnaie de tous les pays que j'avais visités qui s'agitaient au fond.

Il n'y avait rien de sorcier là-dedans, n'est-ce pas ? Cette pensée fit bégayer mon cœur. Le visage de Ian se figea. Il enfila des gants et plongea la main dans mon sac, pour en sortir une coupure de journal.

— Voudrais-tu m'expliquer ?

Le flic sexy avait disparu et le méchant flic était de retour en force, brandissant une coupure de journal froissée avec la photo du Colonel Montague dessus. La photo était abîmée, et une croix avait été tracée sur son visage au stylo bille.

S'il existait une réponse correcte à donner à un officier de police vous montrant une preuve incriminante qu'il venait de sortir de votre sac, je ne la connaissais pas. Durant quelques secondes sûrement, nous fixâmes tous la coupure de presse.

Puis mon cerveau gelé dégela.

— Ce n'est pas à moi. Je n'ai jamais vu cette chose avant.

Ma voix était aiguë et stridente. J'étais exactement comme Katie quand elle avait essayé de nous convaincre qu'elle était innocente. Elle avait dû avoir la même sensation, comme si quelque chose de chaud et de lourd pressait ses poumons.

Ian glissa la coupure de journal dans un sac de preuves.

— Je dis la vérité, ajoutai-je en poussant ma voix dans une tonalité plus grave. Quelqu'un a dû mettre ça dans mon sac.

Je sentis tous les regards braqués sur moi. De la même façon que tout le monde avait fixé le colonel Montague dans ses dernières minutes, ils étaient maintenant tous concentrés sur moi. J'avais si chaud et me sentais si troublée que j'aurais aimé porter quelque chose sous mon pull, afin de pouvoir l'enlever.

— Finissons cette conversation au poste, dit Ian.

Je voulais que le gentil Ian revienne. Je regardai autour de moi, comme s'il se cachait quelque part, mais je ne vis que des visages fixes.

— Tu m'arrêtes ?

— Nous aimerions que tu viennes au poste pour nous aider dans notre enquête.

Qu'avais-je fait pendant les deux dernières heures ? Je sentis ma nuque se rafraîchir et je sus que Rafe s'était rapproché de moi. Je n'avais jamais été aussi heureuse de sa présence.

— Lucy dit la vérité. Elle a ouvert son sac quand nous avons quitté sa boutique, pour me montrer son tricot. Cette coupure de presse n'y était pas.

Il regarda autour de la pièce avant d'ajouter :

— N'importe qui aurait pu la laisser tomber dans son sac.

Le même « n'importe qui » qui avait véritablement empoisonné le colonel.

En rentrant chez moi après le goûter le plus mouvementé auquel j'avais jamais assisté, je n'avais plus qu'une envie : voir ma grand-mère. Il était presque six heures du soir quand j'arrivai à la boutique.

C'était tellement humiliant d'être embarquée au poste de police. Il ne restait pas beaucoup de gens du coin dans la salle paroissiale, mais suffisamment pour que je sache que les ragots se répandraient. J'avais été escortée par la même policière qui avait contrôlé mon sac. Elle n'était pas du genre bavard. Ou peut-être n'avaient-ils pas le droit d'être amicaux avec les pauvres individus assis à l'arrière de la voiture de police. Le quartier général de la police de Thames Valley était un complexe banal situé à Kidlington, caché derrière une grande haie.

Après une demi-heure d'attente sur une chaise inconfortable, on m'emmena dans une salle d'interrogatoire. Ian et le sergent-détective Elizabeth Drei me posèrent encore de nouvelles questions, mais je ne pouvais pas leur dire ce que je ne savais pas. Je leur répétai que la coupure de presse n'était pas à moi, et que je n'avais jamais vu le colonel ni ce morceau de papier. Je me dis que le fait qu'ils aient retrouvé la coupure de presse dans un article du London Times datant de plusieurs mois les avait aidés. J'étais encore à Boston à ce moment-là.

Après cela, Ian me demanda si j'avais laissé mon sac quelque part, ou si quelqu'un s'était assis particulièrement près de moi. J'étais si fatiguée de me rappeler les détails de la journée. Un homme avait été assassiné sous mes yeux. Franchement, comparé à ça, quelqu'un assis à côté de moi ne faisait pas le poids.

Cependant, comme la personne à qui appartenait la coupure de presse avait manifestement eu besoin de s'en débarrasser avant d'être fouillée, j'essayai de me souvenir. Rafe et moi avions marché ensemble, l'Irlandaise nous avait rejoints, et nous avions fait le chemin depuis le salon de thé en discutant. Je précisai à Ian qu'elle avait fait un doigt d'honneur au mort lorsqu'il était passé devant elle, et qu'elle lui avait tourné le dos. J'étais assise à côté de Katie, alias Katya, mais j'étais certaine que l'un de nous l'aurait remarquée, si elle avait glissé quelque chose dans mon sac.

— Oh, fis-je en me rappelant soudainement. Je suis allée dans un coin pour passer un coup de fil et j'ai laissé mon sac pendant peut-être cinq minutes.

Je n'avais pas surveillé le sac. N'importe qui dans la salle paroissiale aurait pu y glisser la coupure de presse.

Ian tapota le bout de ses doigts l'un contre l'autre, faisant un léger bruit de claquement. Il fixait le mur comme si la peinture beige le fascinait.

L'article portait sur une étude du ministère de la Défense visant à moderniser les forces britanniques. Le colonel

Montague y était longuement cité comme un colonel à la retraite ayant des opinions tranchées sur la façon dont la réduction des effectifs et des budgets avait décimé l'armée britannique, autrefois fière. De telles opinions pourraient-elles vraiment avoir conduit à sa mort ?

— Cet article doit être lié à son meurtre, avançai-je. Aurait-il pu mettre en colère quelqu'un qui soutient les réductions militaires au point de le tuer ?

Ian glissa son regard vers le mien, et je pus voir que mon hypothèse ne lui inspirait rien.

— C'est possible. Mais il est plus probable qu'il ait contrarié quelqu'un pendant qu'il était dans l'armée.

Il pointa du doigt les quelques éléments biographiques fournis dans l'article, qu'il avait manifestement étudié avant de m'interroger. Il lut à voix haute :

— *Le colonel Montague a servi en Allemagne dans les années 1960, et en tant que jeune lieutenant en Irlande dans les années 1970.*

Il me lança un regard et je fis des pieds et des mains pour me rappeler mon histoire moderne.

— Le conflit nord-irlandais ? devinai-je. L'IRA ?

Il hocha la tête, puis tapota ses doigts encore un peu. Il dit ensuite au sergent-détective Drei :

— Renseigne-toi sur la carrière du colonel. Je suis particulièrement intéressé par son mandat en Irlande.

Je le regardai.

— Tu crois que l'Irlandaise qui s'est montrée si hostile envers son cadavre pourrait lui en vouloir depuis si longtemps ?

— Il y a de nombreuses pistes dans notre enquête.

Ce qui, pour moi, signifiait « ne te mêle pas de ça ». Mais

on avait fourré mon nez dans une affaire de meurtre et, à cause de ce papier, mon nez et le reste de mon corps avaient été traînés jusqu'ici pour que je sois interrogée. Pour moi, ça me donnait le droit de spéculer.

— Merci pour ta coopération, me dit-il. Si tu veux bien attendre devant, quelqu'un va te raccompagner chez toi.

Quelqu'un ? Je voulais que ce soit Ian. Il y avait eu tellement de contact visuel lors de notre première rencontre que j'étais certaine qu'il allait m'inviter à sortir. Maintenant, j'avais l'impression que son affaire de meurtre était plus excitante pour lui que je ne l'étais. C'était compréhensible, bien sûr, mais pas vraiment flatteur.

J'étais debout devant la porte du commissariat, faisant la moue, me demandant s'ils m'avaient oublié et si je devais prendre le bus pour retourner à Harrington Street, quand une vieille Mini Cooper déglinguée s'arrêta devant moi. C'était la voiture de Ian. Soudain, je sus que j'étais au moins aussi intéressante que le cadavre du Colonel Montague.

Ma journée s'améliorait enfin.

Tout comme celle de Ian. Non seulement il pouvait me ramener chez moi, mais j'avais découvert quelque chose d'intéressant sur le colonel récemment décédé.

CHAPITRE 6

— *J*e pensais que tu allais me renvoyer chez moi avec un agent de police, dis-je à Ian, plaintive, en me glissant à côté de lui sur le siège passager.

La petite voiture était un espace intime et sentait son odeur, un parfum subtil, mélange de menthe et de romarin. Inhabituel et très attirant.

Il passa une vitesse et nous glissâmes vers la sortie.

— Il faut faire attention lorsqu'on mêle travail et plaisir, dit-il en me jetant un regard qui indiquait clairement de quel côté de l'équation je me trouvais.

J'étais aussi nerveuse qu'une adolescente, et je résistai à l'envie de jouer avec mes cheveux. Je n'avais jamais été très douée pour flirter, et comme je ne savais pas quoi dire, je restai silencieuse.

Il s'attendait peut-être à ce que je lui renvoie la balle niveau drague, mais naturellement, je la laissai tomber sur un sol détrempé. Il y eut un silence pendant quelques instants, puis il me revint à l'esprit que même si je n'étais pas très douée pour le flirt, je pouvais faire des recherches sur Internet et en tirer le meilleur.

J'avais déjà épuisé tout ce que le Web avait à dire sur Ian depuis des mois, mais le cas du Colonel Montague s'avéra plutôt intéressant.

— J'ai trouvé un article plus récent sur le Colonel Montague, lui annonçai-je, plutôt fière de moi.

— Et qu'est-ce que ça donne ?

On aurait dit qu'il se moquait de moi, au lieu de saliver devant mes informations. Peu importe.

— C'est tiré du Daily Express. Du mois de mai. Voici le titre : *Les chefs de l'armée sont FURIEUX alors que des soldats britanniques sont persécutés au sujet du conflit nord-irlandais*, lus-je à voix haute. Et le mot « furieux » est écrit en majuscules.

— C'est la patte de L'Express, expliqua-t-il.

Ma mâchoire se décrocha.

— Tu n'es pas content que ta supposition soit probablement la bonne ?

Il haussa les épaules.

J'attendis un moment. Je n'étais peut-être pas une détective d'Oxford, mais je n'étais pas stupide. Bien sûr, après un silence d'environ trente secondes, il demanda :

— Alors ? Tu ne lis pas le reste de l'article ?

Ha !

— *Les anciens chefs de l'armée sont en colère face au refus du gouvernement d'accorder l'amnistie aux soldats britanniques qui, disent-ils, sont harcelés au sujet du CONFLIT nord-irlandais*. Et « conflit » est écrit en majuscules.

— Eh bien, c'était une grosse affaire à l'époque. Ça l'est toujours.

— *D'anciens soldats sexagénaires et septuagénaires sont pour-*

suivis pour des meurtres commis dans les années 1970. Le colonel Montague aurait déclaré : « *Il est ridicule d'essayer de poursuivre des soldats pour des faits qui se sont produits il y a près de quarante ans. Le gouvernement britannique a conservé des dossiers détaillés, mais l'IRA n'en a conservé aucun. Il est tout simplement injuste de nous poursuivre maintenant. Il est temps de procéder à une amnistie.* »

— C'est intéressant.

— Il y a mieux. Il est écrit : *Le colonel Montague était commandant de peloton à Belfast. Il a été impliqué dans un incident au cours duquel un manifestant non armé a été tué et plusieurs autres gravement blessés, y compris un prêtre qui a essayé d'intervenir.*

J'avais réfléchi à tout cela. Si l'Irlandaise avait aujourd'hui soixante-dix ans, elle devait avoir une vingtaine d'années à l'époque.

— L'Irlandaise pourrait-elle avoir un frère ou un amant qui aurait été tué ou blessé ? Peut-être qu'elle tenait le Colonel Montague pour responsable.

— Mais pourquoi avoir attendu si longtemps pour se venger ?

Je balançai mes cheveux par-dessus mon épaule.

— Je ne suis que l'enquêtrice. C'est toi le détective.

Ça le fit rire. Puis il me demanda comment je m'en sortais avec la boutique de tricot. Je lui répondis que ça me plaisait plus que je ne l'avais d'abord imaginé, mais bien sûr j'évitai de lui parler de Mamie et des vampires. De plus, je ne tenais pas non plus à lui révéler mon côté sorcière.

Je regrettai l'époque où mon plus gros problème avec les mecs était ma timidité.

J'ALLAIS RETROUVER Mamie et le reste de ses amis morts-vivants au club de tricot le soir même, mais je me pensais incapable d'attendre jusque-là pour lui raconter ce qui s'était passé aujourd'hui.

— Elle sera heureuse de savoir que tu as lancé un sort avec succès aujourd'hui, me dit Rafe, qui m'avait attendu à la boutique.

— Pardon ?

Je n'avais pas arrêté de penser au meurtre, mais en me rappelant la manière dont j'avais sauvé ce plateau du désastre, je réalisai qu'il avait raison. Puis je mis mes mains devant mes yeux en gémissant.

— Et si jamais le plateau dont j'ai évité la chute contenait la nourriture empoisonnée ? J'ai peut-être aidé le meurtrier !

Rafe réfléchit à mon horrible théorie, avant de conclure que c'était peu probable.

— J'étais censée m'entraîner avec le grimoire cette semaine, mais j'ai été si occupée que je n'ai pas eu beaucoup de temps pour le faire.

C'était faux. J'étais surtout effrayée par le livre de sorts.

— Connaissant ta grand-mère, elle sera tellement happée par l'excitation et les ragots qu'elle ne te reprochera pas de ne pas avoir fait tes devoirs.

— J'espère que tu as raison.

Je prévoyais de m'entraîner avant la réunion du club de tricot, mais bien sûr, impossible de me concentrer sur le lancement de sorts ou quoi que ce soit d'autre avant d'avoir discuté avec Mamie du meurtre qui venait de se produire au salon de thé.

Rafe repoussa le tapis et ouvrit la trappe de l'arrière-boutique. Je descendis les solides marches qui menaient aux galeries caverneuses qui s'entrecroisaient en dessous d'Oxford. Nous frappâmes le bon code sur la porte ancienne en bois encastrée dans la pierre, très discrète et à peine visible. Après nous avoir observés à travers le système de sécurité high-tech que Rafe avait installé, Sylvia ouvrit la porte.

Sylvia était l'une des femmes les plus élégantes que j'avais jamais vues, vivante ou morte. C'était une star de la scène et du cinéma dans les années 20. Pas un nom célèbre, mais elle avait connu son succès. Elle avait un air glamour et s'habillait toujours magnifiquement. Elle avait la soixantaine au moment de sa transformation, et ses cheveux étaient d'une splendide couleur argent qui se mariait bien avec ses grands yeux gris-vert. Sa silhouette était encore superbe, et elle portait des vêtements de marque qui la mettaient en valeur.

Étant donné qu'elle ne pouvait pas voir son reflet, j'étais toujours impressionnée par la façon dont elle réussissait à s'arranger.

— Eh bien, Lucy, s'étonna-t-elle. Quelle surprise ! Nous ne pensions pas te voir avant ce soir.

Elle jeta un coup d'œil à mon compagnon puis ajouta :

— Et Rafe. Toujours un plaisir.

— Je n'avais pas prévu de venir, mais quelque chose d'extraordinaire s'est produit aujourd'hui, et je dois parler à Mamie.

Ses sourcils finement dessinés se levèrent sous la surprise, mais soit elle était trop bien élevée pour être indiscrète, soit elle savait que je ne dirais rien tant que ma grand-mère ne serait pas dans la pièce.

— Je pense qu'elle est réveillée, j'ai entendu du bruit dans sa chambre. Pourquoi ne pas t'asseoir dans le salon ? Je vais voir si elle est prête à recevoir de la compagnie.

Dans d'autres circonstances, j'aurais insisté, n'ayant jamais eu à user des bonnes manières avec ma grand-mère, mais maintenant que Mamie était un vampire, ses habitudes étaient complétement différentes. Je remerciai Sylvia avant d'aller m'asseoir sur l'un des luxueux canapés en velours.

Deux vampires étaient assis là en train de tricoter, essayant visiblement de terminer leurs projets à temps pour la démonstration de ce soir. L'une d'entre eux était Silence Buggins, la personne la moins silencieuse qu'il m'avait été donné de rencontrer. Elle était née et elle avait vécu à l'époque victorienne, et même si les modes et les attitudes avaient changé, elle portait toujours des corsets, n'exposait jamais ses chevilles, et relevait ses cheveux sur sa tête avant de quitter sa maison. Dans la plupart des endroits, elle aurait pu paraître très excentrique, mais Oxford est remplie de gens étrangement vêtus, on la remarquait donc rarement.

Alors que ses aiguilles bougeaient si vite que son travail était flou, ses lèvres bougeaient presque à la même vitesse.

— Et je lui ai dit : « si vous sous-entendez que je ne connais pas bien le code de la route, vous vous trompez, monsieur. Ma bicyclette avait certainement le droit de passage. »

Alfred hocha la tête et acquiesça poliment de la voix, mais à mon avis, il ne l'avait pas vraiment écoutée. Malheureusement, je fus privée de la fin de son histoire poignante. Rafe n'eut qu'à leur lancer un seul regard, et ils marmonnèrent tous deux des excuses, rangèrent leur tricot dans leur sac et quittèrent la pièce.

— Tu n'avais pas besoin de les jeter, lui dis-je, choquée comme toujours par le pouvoir qu'il exerçait.

— De terribles commères, ces deux-là. On peut parler plus librement quand ils ne mettent pas le nez dans nos affaires.

C'était tout à fait vrai, mais il aurait pu s'épargner cette peine, ma grand-mère étant elle-même un peu bavarde.

Je m'étais toujours sentie un peu mal à l'aise dans leur repaire. L'endroit était magnifique, rempli d'antiquités et d'œuvres d'art sans doute inestimables. Je soupçonnais Sylvia d'avoir influencé la décoration. Avec les canapés en velours rouge, les dorures et l'opulence générale, on se croirait dans un décor de film muet. Pourtant, être entourée d'autant de vampires, surtout en début de soirée, lorsqu'ils viennent de se réveiller, me rendait toujours un peu nerveuse. Rafe, comme s'il sentait mon malaise, me demanda :

— Je peux t'offrir quelque chose ? Une tasse de thé ?

Je frissonnai.

— Je ne suis pas sûre de pouvoir boire du thé à nouveau après ce qu'on a vu.

— C'est compréhensible, mais nous ignorons si c'est le thé qui l'a tué. Selon le poison et sa rapidité d'action, la dose fatale pouvait se trouver dans la nourriture qu'il a mangée au restaurant, dans quelque chose qu'il a ingéré plus tôt dans la journée, ou même dans ses médicaments.

— Tu veux dire que ça pourrait être un accident ?

Il secoua la tête.

— J'en doute. Non, je crois qu'il a été assassiné.

— Comme c'est horrible pour les pauvres sœurs Watt.

Il s'installa en face de moi, délibérant intérieurement avant de parler.

— Je n'en suis pas certain.

Il ne donna pas de précision et je me surpris à dire :

— Mais elles pourraient perdre le salon de thé à cause de ça !

— Elles ne seraient pas les premières à saboter délibérément leur affaire pour pouvoir réclamer l'argent de l'assurance.

— Tu ne peux pas être sérieux. Suggères-tu que ces charmantes vieilles dames auraient pu tuer un homme pour obtenir de l'argent ?

Il haussa les épaules.

— Je suggère qu'au lieu de supposer que les sœurs Watt sont également des victimes, nous fassions une petite recherche. Vérifier leurs finances. Ont-elles un accord écrit sur ce qui se passe si l'une d'elles veut quitter le salon ?

J'avais si rarement été confrontée à une affaire de meurtre dans ma vie, à part bien sûr celui de ma propre grand-mère, qu'il était presque inconcevable pour moi que l'une ou l'autre de ces gentilles vieilles dames aient pu faire quelque chose d'aussi atroce. Mais d'un autre côté, le mal faisait partie de ce monde, et seule une personne aussi naïve que je l'avais été autrefois croirait encore le contraire. Et elles étaient ouvertes à la vente auprès de cet horrible promoteur qui voulait acheter tout notre bâtiment. De plus, avec un nouvel arrivant qui causait des problèmes entre elles, elles auraient pu être heureuses de partager l'argent de l'assurance et de partir chacune de son côté.

— La plupart des gens qui veulent réclamer l'argent de l'assurance ne brûlent-ils pas leur établissement ?

— L'incendie criminel est une méthode éprouvée, certes, mais ce n'est pas la seule.

J'avais envie d'argumenter davantage mais il avait sans doute raison. Il valait mieux prouver qu'elles étaient innocentes avant de passer à d'autres suspects plus probables. Comme celui qui avait mis la coupure de journal incriminante dans mon sac. Au moins, la police avait relevé le nom de l'Irlandaise, et avait une copie de sa carte d'identité. Elle ne devrait pas être difficile à trouver.

À ce moment-là, ma grand-mère entra dans la pièce. Ses cheveux blancs étaient enroulés en chignon, comme d'habitude. Son visage aimable et placide m'emplit du même plaisir que chaque fois que je la voyais. Elle portait un pantalon noir avec une cape diaphane noire qui, je crois, était confectionnée au crochet. J'avais fait un long chemin avant même d'être capable de faire la différence entre le tricot et le crochet. Vampire ou pas, Agnès Bartlett était toujours ma grand-mère. De plus, c'était quelqu'un qui connaissait ce quartier et la plupart des gens qui y vivaient.

— Lucy, je suis tellement heureuse de te voir. Veux-tu une tasse de thé ?

Une fois de plus, je réprimai le frisson que le mot thé fit courir le long de ma colonne vertébrale.

— Non, je te remercie. J'en ai bu à côté.

Et heureusement, Katya-Alias-Katie avait réussi à nous apporter la bonne commande : un thé English Breakfast. Sans poison.

Mamie s'installa à côté de moi et prit ma main entre ses mains froides. Elle regarda mon visage et je remarquai de l'inquiétude dans ses yeux bleus délavés.

— Mais que s'est-il passé ? Tu as l'air bouleversée.

— Oh, c'est le cas.

Puis je racontai à ma grand-mère tout ce qui s'était passé

cet après-midi-là, depuis le moment où Rafe et moi étions entrés dans le salon de thé, jusqu'au moment où nous étions partis. À part quelques interjections comme : « oh ma pauvre chérie », « Colonel Montague, tu dis ? » ou encore « comme ça doit être dur pour Mary et Florence ! », elle écouta attentivement. Jusqu'à ce qu'on arrive à la partie où la coupure de journal avait été trouvée dans mon sac. Alors ses mains volèrent jusqu'à sa bouche.

— Oh, Lucy, c'est terrible pour toi. Mais qui ferait une telle chose ?

CHAPITRE 7

*R*afe n'ajouta rien à mon récit, mais il écouta chaque mot avec une grande attention, presque comme s'il n'avait pas été lui-même présent et qu'il essayait de voir les événements à travers mes yeux. Sylvia s'assit tranquillement à côté de lui. Elle ne dit rien non plus, même si je pouvais sentir l'intensité de son regard.

Après avoir raconté à Mamie le meurtre et ma visite au poste de police, je me sentis aussitôt un peu mieux. J'avais la gorge sèche, alors je demandai un peu d'eau. Sylvia alla me chercher une bouteille et je bus à petites gorgées.

Mamie était toujours assise et réfléchissait. Elle finit par dire :

— Colonel Montague, empoisonné dans le salon de thé. Cela ressemble à un de ces jeux de société pour enfants, n'est-ce pas ?

— Tu le connaissais ?

Elle ramena son attention sur moi.

— Oh oui. Oui. Je le connaissais. Edward Montague et sa femme, Elspeth. Elle avait l'habitude de tricoter, mais elle a arrêté, prétextant que ça lui faisait mal aux yeux. Je ne pense pas que ce soit la vérité. Je pense qu'il ne supportait pas qu'elle dépense de l'argent.

Je repensai à l'homme que j'avais aperçu. Il portait une belle veste en tweed, un pantalon en laine gris et des mocassins.

— Il donnait l'impression d'être quelqu'un d'assez aisé.

— Oh, il était très riche, mais il avait des oursins dans les poches. La pauvre Elspeth a toujours eu du mal à lui soutirer de l'argent. Si elle avait eu plus de jugeote, je l'aurais soupçonnée de l'avoir empoisonné elle-même.

Sylvia intervint :

— Tu crois que c'est elle qui l'a fait ? Elle était assise en face de lui, elle aurait facilement pu glisser du poison dans son thé. C'est probablement à elle que sa mort profite le plus.

Grand-mère ajouta :

— Ils ont deux enfants. Il était dur et avare avec eux aussi. Cet homme n'était absolument pas aimable.

Rafe demanda :

— Une idée de l'identité de son avocat ?

— Oui. Il passait par le même cabinet que moi. *Elliot, Tate & Mills*. Je le sais car c'est le colonel qui me les a recommandés. C'était peut-être un homme épouvantable, mais il était très astucieux en affaires.

Rafe étendit ses longues jambes devant lui.

— Je pense que je vais passer faire une visite dans leurs bureaux après les heures de travail, pour jeter un coup d'œil à son testament et voir à qui la mort de cet homme profite le plus.

Je trouvais cet axe d'enquête absurde. Les femmes et les enfants ne tuaient pas leur mari ou leur père pour de l'argent.

Et de braves dames irlandaises n'allaient pas non plus prendre le thé en pensant au meurtre... seulement, voilà, à l'évidence, elles le faisaient.

— On dit que le poison est l'arme préférée des femmes, ajouta Sylvia.

Elle sourit en se remémorant quelques souvenirs :

— J'ai joué le rôle de ce genre de femme une fois. Dans une pièce de théâtre. Elle utilisait de la mort-aux-rats pour se débarrasser de son mari.

Elle inclina la tête comme si elle recevait un bouquet de fleurs et ajouta :

— J'ai eu une très bonne critique.

— La femme de votre pièce a-t-elle été arrêtée ?

— Oui. Elle a été pendue pour meurtre.

Elle poussa un soupir et prit un air mélancolique.

— Ma dernière scène a cassé la baraque.

Rafe reprit :

— Lucy a suggéré que le Colonel Montague n'était peut-être même pas la victime visée. Cette serveuse était désespérée et mélangeait constamment les commandes. Elle a très bien pu apporter le poison à la mauvaise table.

Grand-mère hocha la tête.

— Mais cela voudrait dire que le poison a été ajouté à sa nourriture ou à sa boisson dans la cuisine. Il me semble que n'importe quelle personne passant devant une table dans un restaurant très fréquenté pourrait facilement glisser quelque chose dans le thé d'une personne, ou dans sa nourriture. J'imagine que nous ne savons pas de quelle sorte de poison il s'agissait ?

Ce fut Rafe qui répondit :

— Non. Ça pourrait être du cyanure ou de la strychnine,

quelque chose qui agit rapidement. Nous ne le saurons pas avant qu'ils aient terminé l'autopsie.

Bien sûr, normalement la police ne partagerait pas ces résultats avec le commun des mortels, mais Rafe possédait le plus incroyable réseau d'amis et d'informateurs, du genre qui se faufilait dans des bâtiments fermés à clé tard dans la nuit sans laisser de trace. Je n'avais aucun doute quant au fait que nous aurions les résultats de l'autopsie dès qu'ils tomberaient. Peut-être même avant la police elle-même.

— Qui d'autre était présent ?

— J'aurais aimé que tu sois là, Mamie. Tu aurais connu tout le monde. Il y avait quelques touristes, mais beaucoup de gens du coin. Laisse-moi réfléchir. Bessie Yang, la prof de yoga, prenait le thé avec une femme médecin d'une quarantaine d'années qui a pris en charge le colonel Montague au moment des faits. Amanda Silvester. L'Irlandaise qui a pris le thé toute seule et s'est comportée très étrangement quand le corps du colonel est passé devant elle. Je suis convaincue que c'est elle qui a mis l'article dans mon sac. Miss Watt et Gerald Pettigrew étaient là également, bien entendu.

J'avais honte d'être allée au salon de thé uniquement pour mettre mon nez dans le déroulement de leur idylle.

Mamie secoua la tête.

— Son comportement était déplacé. Elle n'avait manifestement pas prévenu Mary qu'elle serait cliente cet après-midi. Les deux sœurs doivent se serrer les coudes durant ce terrible moment.

— Peut-être qu'elles le feront, mais avant la mort du colonel, il y avait incontestablement une dispute qui se préparait.

— Quel dommage que Gerald Pettigrew ait causé des frictions entre ces deux sœurs.

Elle regarda dans le vide en ajoutant :

— Même si je suppose que c'était à prévoir.

— Tu te souviens de lui, Mamie ?

— Oh, oui. À l'époque, il était très beau et très charmant. Les deux sœurs Watt ne payaient pas de mine, et je ne me souviens pas qu'elles aient eu une vie sociale très active. Puis Gerald est arrivé. Florence était comme transformée durant les quelques mois où elle et Gérald étaient ensemble. Je n'ai jamais su ce qui s'était passé. Les deux sœurs étaient très discrètes sur le sujet, mais je sais qu'elles ne se sont pas parlé pendant des années après son départ. Si l'une entrait dans la pièce, l'autre la quittait. Et puis finalement, elles ont enterré la hache de guerre.

— Je pense que la hache de guerre a été redéterrée.

Je me demandai si ça risquait de les séparer une seconde fois.

Sylvia avait dit que le poison était une arme de femme et, bien que ce soit l'un de ces vieux clichés dignes d'un roman policier auquel je ne croyais pas tout à fait, je me posais tout de même la question.

— Le poison aurait-il pu être destiné au petit ami de Miss Watt ? Si Mary Watt voulait vraiment se débarrasser de lui...

Je ne parvins pas à aller au bout de ma pensée. Je plaçai mes mains devant ma bouche, comme si je pouvais faire disparaître les mots que je retenais.

— Ne m'écoutez pas. C'est une idée folle.

— C'est une théorie parfaitement valable, ma chérie. Elles le sont toutes à ce stade, lorsqu'on en sait si peu. Ce meurtre est un puzzle auquel il nous manque beaucoup de pièces, et qui comporte encore beaucoup trop de blancs. Mais si Mary Watt avait voulu empoisonner Gerald, je ne pense pas qu'elle aurait laissé le service à une employée incompétente. C'est une femme pleine de ressources. Si elle avait voulu qu'il meure, l'homme serait mort à l'heure qu'il est.

Il s'agissait d'une analyse plutôt sombre venant d'une de ses amies les plus chères, mais il y avait dans ses paroles un fond de vérité. Mary Watt était assurément une femme très efficace.

Rafe nous rappela que Florence Watt et Gerald Pettigrew avaient échangé leurs théières, et qu'il était tout aussi probable que Florence fut la cible. À ce moment-là, mon cerveau m'abandonna. Mes pensées ressemblaient à l'un de mes tricots : un enchevêtrement de faux départs et de nœuds inexplicables qui formaient une masse qui ne ressemblait à rien.

Je tâchai de me rappeler qui était présent.

— Oh, la table des dames. L'une d'elles s'appelait Miss Everly. Elle était accompagnée de trois amies de Hilda's College, et elles étaient là pour les funérailles d'une amie commune. L'une d'elles était la sacristine de St John's et elle nous a fait entrer dans la salle paroissiale.

Mamie lissa sa jupe.

— Sarah Everly ?

— Je ne crois pas que nous connaissions son prénom.

— C'est bien Sarah, précisa Rafe. J'ai entendu la veuve du colonel l'appeler Sarah.

Évidemment, son ouïe était particulièrement fine.

— Mon Dieu. Sarah Everly était autrefois la fiancée du colonel. Ça devait être à la fin des années 50 ou au début des années 60. Ils étaient tous les deux très jeunes. Elle venait d'obtenir son diplôme et il revenait de l'école militaire. Sandhurst, je crois.

— Que s'est-il passé ?

Comme elle avait été présentée en tant que Miss Everly, on pouvait supposer que si elle n'avait pas épousé le colonel, elle n'avait épousé personne d'autre non plus.

— Il l'a plaquée. Pour son épouse actuelle.

Je me remémorai la blonde séduisante, qui m'avait semblé être une femme bien plus dynamique que l'épouse plutôt terne du colonel.

— Mais pourquoi ?

— Parce qu'Elspeth avait beaucoup d'argent. Oh, oui, c'était un mariage entièrement basé sur la cupidité de son côté et je crois, pauvre âme, une affection sincère de celui d'Elspeth.

— Et Miss Everly ne s'est jamais mariée ?

— Non, jamais. Elle était mieux sans lui, bien sûr, mais peut-être qu'elle ne voyait pas le fait de se faire plaquer comme une chance.

Les quatre femmes m'avaient paru plutôt joviales, et presque girly, lorsque je les avais vues discuter de l'époque de l'université autour de verres de sherry.

— Savez-vous ce qu'elle a étudié à l'école ?

— Biochimie, je crois.

Nous regardâmes tous Mamie, et personne ne prit la peine d'exprimer la pensée évidente que nous partagions tous. Une femme qui avait étudié la biochimie savait certainement tout des différentes façons d'empoisonner un homme...

CHAPITRE 8

*L*es nouvelles concernant le meurtre préoccupaient bien trop Mamie pour qu'elle songe à m'interroger sur mes progrès en matière de magie, mais je savais que mon sursis ne durerait pas. J'avais bien l'intention d'avoir quelque chose à rapporter avant la réunion du club du club de tricot des vampires ce soir-là.

Je pensais peut-être utiliser mes pouvoirs tels qu'ils étaient, pour de bon, et voir si je pouvais aider à résoudre cette affaire.

Katie et son petit ami étaient les principaux suspects, étant donné qu'ils avaient avoué avoir menti sur bien des choses. Avaient-ils tué le colonel ?

Mais pourquoi ? Impossible de me concentrer sur un sort... Je pouvais peut-être essayer le miroir de divination. Son fonctionnement paraissait assez simple. Il suffisait de lui demander qu'il me montre un lieu, ou ce que quelqu'un faisait, et le miroir m'offrait alors cette information. Un peu un ancêtre des réseaux sociaux que les sorcières avaient dû inventer pour pouvoir se suivre.

J'essayai de faire le vide dans mon esprit, ce qui était presque impossible. Je soupçonnais mes capacités de sorcière d'être comparables à celles de Katie en tant que serveuse. Et ce n'était pas une pensée réconfortante. J'essayai de la mettre de côté, avec toutes les autres qui se pressaient dans mon cerveau.

Je fixai le miroir. Il était si vieux que sa surface ressemblait plus à de l'étain qu'à une glace. Cependant, c'était une belle pièce, avec un épais cadre en or constellé de symboles et de bijoux, que je savais pouvoir être authentiques. Il n'avait jamais été volé, ce qui m'amenait à penser qu'il était protégé par un sort puissant.

Mamie m'avait appris à me concentrer sur une question. Je récitai la brève incantation qui activait la magie, un peu comme un mot de passe ouvre un fichier informatique, et la surface du miroir commença à onduler. J'y étais. Je m'accordai un moment pour savourer l'euphorie d'avoir accompli la première étape de l'utilisation du miroir de divination, puis je lui posai la question qui m'obsédait.

— Montre-moi Jim et Katie dans leur appartement.

Je n'avais aucune idée de leur nom de famille, ni de l'endroit où cet appartement pouvait être situé, et j'étais certaine qu'il y avait beaucoup de Jim et de Katie dans le monde.

Mais il s'avérait que les miroirs de divination possédaient une magie bien plus puissante que les moteurs de recherche informatiques. Je commençai à apercevoir une forme, un peu comme une très vieille photographie décolorée par la lumière et le temps, de sorte que les contours étaient à peine visibles. Alors que je regardais, en me concentrant et en répétant la question dans mon esprit, l'image devint plus claire et plus nette. Et bientôt, je reconnus la Katie et le Jim que je voulais voir. Elle était dans les bras du garçon et pleurait.

Quant à lui, il l'entourait de ses bras et je pouvais voir ce que Katie ne voyait pas, une perplexité impuissante sur son visage. Il lui tapota le dos maladroitement. Il n'y avait pas de son, seulement du visuel, mais il récitait sans doute le genre de platitudes inutiles qu'un homme dit à une femme qui pleure : « Là, là. Ne pleure pas. Tout va bien se passer. » Et ainsi de suite.

Ses mots eurent le même effet que ceux de la plupart des hommes sur les femmes en larmes. Aucun. Elle continua à pleurer, et il continua à lui tapoter le dos, toujours aussi peu adroitement.

L'appartement lui-même était quelconque et sans intérêt. Il ressemblait à n'importe quelle piaule d'étudiant. Il y avait une vieille cuisine avec, sur le plan de travail, une pile de vaisselle qui attendait d'être lavée, et un salon derrière avec des meubles miteux probablement compris dans la location. Les rideaux étaient tirés, je ne pouvais donc pas voir ce qu'il y avait à l'extérieur. De fait, même si je voyais ce qu'ils faisaient, je n'avais aucune idée de l'endroit où ils se trouvaient. Je les observai pendant quelques minutes encore, jusqu'à ce que je commence à me sentir comme une voyeuse. Alors l'image s'estompa, et le miroir redevint miroir.

Il s'agissait tout de même d'une petite victoire. C'était la deuxième fois que je réussissais à faire fonctionner ce miroir. La première fois, j'avais fait passer cela pour de la chance de débutante, mais cette fois, je l'avais vraiment fait correctement.

Je jetai un coup d'œil à ma montre et je me rendis compte qu'il me restait moins de trente minutes avant que la réunion du club de tricot des vampires ne commence. Je me coiffai, j'enfilai un jean propre, puis je mis l'un des pulls que ma grand-mère m'avait tricotés avant de descendre.

Normalement, il y avait une douzaine de vampires qui venaient à l'atelier de tricot bi-hebdomadaire, mais mon instinct me disait qu'avec cette histoire de meurtre, ils seraient plus nombreux ce soir.

J'avais appris quelques trucs sur les vampires depuis que je connaissais ce club de tricot. Je savais parfaitement qu'autrefois, c'étaient des créatures nocturnes terrifiantes qui se jetaient sur toute personne assez imprudente pour s'engager seule dans une ruelle sombre, et en particulier les jeunes vierges. Mais les temps avaient changé, depuis. Bien sûr, il existait encore des vampires malveillants qui tuaient pour le plaisir, mais aujourd'hui, la plupart d'entre eux trouvaient beaucoup plus facile et plus pratique d'utiliser les banques de sang. Les vampires locaux étaient très bien approvisionnés par la banque de sang privée dirigée par le docteur Weaver. Le plus gros problème pour eux n'était donc pas de trouver leur prochain repas, mais de tromper l'ennui de l'éternité. Je savais donc parfaitement, au vu du défi que représentait une enquête criminelle, que davantage de membres de notre groupe local viendraient à mon atelier de tricot ce soir-là.

J'installai vingt chaises, formant un grand cercle irrégulier. C'était calme, et l'on entendait seulement le raclement des chaises sur le plancher en bois pendant que je les disposais. Nyx était assise dans un coin de la pièce, gardant un œil responsable sur le déroulement des choses tout en léchant ses pattes pour passer le temps.

Même si elle n'avait pas regardé soudainement derrière moi en écarquillant les yeux comme elle le fit, j'aurais su grâce au picotement froid dans ma nuque que je n'étais plus seule. Je me retournai, et Rafe se trouvait là.

— Je me suis dit que tu aurais besoin d'aide pour l'installation. Je dois te prévenir qu'il y aura plus de monde que d'habitude ce soir.

Puis il remarqua le nombre de chaises que j'avais disposées.

— Tu t'en doutais déjà.

Il commença à former un cercle encore plus parfait avec les chaises pendant que je me rendais à l'avant de la boutique pour m'assurer que les stores étaient complètement fermés et empêchaient quiconque à l'extérieur de remarquer les lumières allumées.

Mamie et Sylvia arrivèrent les premières, comme à leur habitude. J'étais tellement excitée par mes aventures avec le miroir de divination que je me précipitai vers ma grand-mère pour lui raconter mon succès.

— C'est merveilleux, ma chérie. J'espérais que tu n'avais pas laissé tomber ta formation.

— Bien sûr que non. J'ai travaillé avec le miroir de divination, et j'ai réussi à voir Jim et Katie dans leur appartement.

— C'est très prometteur. Que faisaient-ils ?

Je ne savais pas trop si elle me posait la question pour jauger mes pouvoirs magiques ou parce qu'elle se demandait ce que les deux meurtriers potentiels faisaient lorsque personne ne les regardait. Je penchais plutôt pour la seconde hypothèse.

— Ils avaient les bras l'un autour de l'autre et Katie pleurait, rapportai-je.

Grand-mère me félicita d'y être parvenue, et me dit combien elle était fière de moi.

— Mais j'aimerais qu'on en sache plus. Celui qui a tué le colonel peut frapper à nouveau. En fait, j'ai réfléchi. Ces funérailles auxquelles ces femmes de St Hilda ont assisté... Savons-nous comment leur amie est morte ?

Je n'avais pas pensé à faire le lien entre la mort d'une vieille copine d'université et celle du colonel Montague, mais Rafe, apparemment, oui, puisqu'il expliqua :

— J'ai vérifié. Leur amie est morte de causes naturelles. Elle avait plus de 80 ans et elle a succombé à une attaque cardiaque foudroyante. Entre son obésité et son tabagisme, je suis surpris qu'elle ait tenu aussi longtemps.

— Eh bien, c'est un soulagement. Donc on a affaire à un seul meurtre, pas à un tueur en série.

J'aurais juré que ma grand-mère semblait déçue de n'avoir qu'un seul meurtre à élucider. Mais j'étais fatiguée, j'imaginais sûrement des choses.

On frappa doucement à la porte d'entrée, ce qui me fit sursauter. Je venais tout juste de m'assurer qu'on ne pouvait pas voir la lumière depuis la rue. Qui pouvait bien frapper à la porte ?

— Je m'en occupe, dit Rafe.

— N'y fais pas attention. Ils vont s'en aller, répondis-je.

— Je ne veux pas qu'il s'en aille. J'ai demandé à cette personne de passer.

Nous le suivîmes toutes des yeux alors qu'il se dirigeait lentement vers la porte d'entrée. À vrai dire, il n'y avait rien de déplaisant à regarder Rafe marcher. La seule autre personne chez qui j'avais déjà vu cette démarche était Colin Firth. Une silhouette longiligne jetant ses hanches en avant et balançant ses épaules d'une façon des plus attirantes. D'après la manière qu'avaient les autres femmes de le regarder également, je savais ne pas être la seule personne à penser ainsi.

Il jeta un bref coup d'œil entre les lattes des stores, déverrouilla la porte et l'ouvrit. Un homme entra. J'avais déjà vu Rafe le saluer rapidement devant le salon de thé. Ils avaient discuté brièvement, puis l'homme avait continué son chemin tandis que notre groupe se dirigeait vers la salle paroissiale.

Rafe l'amena jusqu'à l'arrière-boutique, et l'homme parcourut la pièce du regard avec attention. Il nous salua toutes d'un signe de tête très courtois.

— Bonsoir, mesdames.

— C'est l'un de mes amis, annonça Rafe. Anthony Billing. Tu as trouvé quelque chose ?

— Oh oui. C'était assez facile de les suivre, répondit-il avec un accent écossais très agréable. Après que l'officier de police a emmené le couple au poste, j'ai fouiné un peu.

— Et qu'avez-vous trouvé ? demanda ma grand-mère avec enthousiasme.

— Eh bien, chère madame, ils sont exactement qui ils prétendent être. Ils s'appellent Katherine Ainsley et James Walker. Ils se sont rencontrés dans une école de théâtre à Melbourne. Après leur diplôme, aucun des deux n'a eu beaucoup de succès. Il a joué dans quelques publicités et a fait beaucoup de théâtre communautaire, tandis qu'elle a presque réussi à percer en jouant dans un pilote pour une série qui, malheureusement, n'a jamais été reprise par une chaîne. J'ai l'impression qu'ils ont pensé qu'ils auraient de meilleures opportunités ici.

— Est-ce qu'il a bien été chef ?

Il fallait que je pose la question. J'avais mangé ses scones et ils étaient véritablement savoureux.

— Oh oui, en effet. À vrai dire, je pense qu'il devrait s'en tenir à la cuisine. C'est une carrière plus viable que ce métier d'acteur.

— As-tu trouvé un lien quelconque avec le colonel Montague ?

— Non, j'ai bien peur que non. Il y a quelque chose d'intéressant, cependant.

— Qu'est-ce que c'est ?

— D'après le journal intime de la fille, il veut l'épouser dès qu'ils seront sur une meilleure pente, financièrement. Ils vivent au jour le jour, ces deux-là.

Je lui demandai :

— Quelqu'un aurait-il pu les payer pour tuer le colonel ?

Je me raccrochais à n'importe quoi, je le savais.

Il sembla considérer ma question sérieusement.

— Comme tueurs à gages, vous voulez dire ? Eh bien, je suppose que c'est possible. Cela dépendra du testament. Et de ce qu'il adviendra des biens du colonel. Nous verrons bien si ce couple s'enrichit soudainement.

Il me paraissait évident que Rafe et son réseau de vampires surveilleraient les comptes bancaires de Katie et Jim. Son ami et lui avaient déjà obtenu plus d'informations que moi et mon miroir de divination.

— Vous savez tricoter, monsieur ? lui demanda ma grand-mère. Notre petit cercle de tricot se réunit dans quelques instants, et vous êtes le bienvenu si vous désirez vous joindre à nous.

— Oh, merci beaucoup. Mais non, j'ai des copies à corriger ce soir.

— Je comprends tout à fait, dit ma grand-mère avec son air le plus gracieux. Nous nous réunissons tous les mardis et jeudis à dix heures du soir. Vous serez toujours le bienvenu.

Il la remercia avant de se diriger vers la porte d'entrée. Je le laissai sortir, puis je verrouillai fermement la porte derrière lui.

Des copies à corriger ?

— Ton ami est professeur dans l'une des universités ? demandai-je à Rafe en chuchotant.

— Oh, oui. Tu serais étonnée de savoir combien de tuteurs sont des morts-vivants.

CHAPITRE 9

Il y avait tellement de monde au club de tricot des vampires ce soir-là qu'il me fallut encore plus de chaises. Nous étions vingt-trois en tout. Notre réunion se déroula selon le schéma habituel, en commençant par la démonstration, où chacun exposait le projet sur lequel il travaillait en ce moment et demandait les conseils dont il avait besoin. Ensuite, nous nous mîmes tous au travail.

Je travaillai sur la paire de chaussettes que j'avais commencée plusieurs semaines auparavant. Je me sentais mieux d'avoir au moins essayé de m'intégrer, mais j'avais l'impression que nous expédions tous les préliminaires afin d'arriver à la meilleure partie de notre soirée de divertissement.

Les ragots.

Tous les vampires voulaient aider à élucider le meurtre, non pas par altruisme, mais pour avoir enfin quelque chose à faire.

— Je crois que j'ai besoin de retourner au yoga, dis-je.

Je tapotai mon ventre où, en effet, la chair s'était un peu relâchée ces derniers temps.

— J'ai besoin de renforcer mon centre, ajoutai-je. J'irai à un des cours de Bessie et j'essaierai de discuter avec elle après. Pour savoir si elle sait ou si elle a vu quelque chose.

— Excellent, s'enthousiasma ma grand-mère. Et nous devons trouver un moyen de parler à Elspeth Montague, la veuve du colonel. Je ne peux pas m'en occuper car elle me reconnaîtra, et elle a déjà subi un assez gros choc en perdant son mari. Elle n'a sûrement pas envie de voir une vieille amie revenir d'entre les morts.

Nous admîmes tous que ce serait quelque peu déconcertant. Sylvia proposa :

— Elle ne me connaît pas. Je pourrais me faire passer pour une fleuriste et livrer un bouquet dans le cadre de son deuil. Vous pouvez compter sur moi, je saurai m'y prendre pour la mettre en confiance.

— Et la femme médecin ? demandai-je. Y a-t-il un intérêt à en apprendre davantage sur elle ?

Silence Buggins désespérait d'être impliquée. La pauvre femme désirait plus que tout se retrouver au centre de l'attention, mais son bavardage incessant, au lieu d'exaucer son souhait, poussait plutôt les gens à s'éloigner ou à faire la sourde oreille lorsqu'elle leur adressait la parole.

— Je pourrais me rendre chez le médecin, dit-elle. Je prétendrai que j'ai des vapeurs, par exemple. Ou alors que je souffre de consomption.

Elle mit une main sur sa bouche et toussa de manière très distinguée.

Sylvia et Mamie échangèrent un regard, et toutes deux secouèrent la tête imperceptiblement. Sylvia répondit :

— Silence, ma chère, la consomption, qu'on appelle maintenant tuberculose, est très rare de nos jours. Et personne n'est allé voir un médecin pour des *vapeurs* depuis plus d'un siècle. D'ailleurs, que penses-tu qu'il se passera quand le médecin t'examinera ?

Silence avait l'air tellement déçue qu'Alfred s'arrêta de tricoter et ajouta :

— Tu pourrais peut-être essayer de lui vendre quelque chose.

— Comme quoi ?

Hester, l'éternelle adolescente revêche, lança :

— Des billets pour un spectacle costumé, j'imagine. Tu ressembles assez à une bête de foire pour qu'elle puisse le croire.

Le visage de Silence serait devenu tout rouge si elle avait eu assez de sang en elle pour ça. En lieu et place, elle raidit la moindre partie de son corps qui n'était pas déjà raidie par les baleines de ses corsets.

— Je ne tolérerai pas qu'on s'adresse à moi de manière aussi insolente.

— En fait, lui dis-je, ce n'est pas une mauvaise idée. Tu n'as qu'à lui dire que l'une des universités monte une pièce sur... sur...

Je regardai autour de moi avant d'ajouter :

— Les femmes médecins à l'époque victorienne ?

— Il y en a eu quelques-unes, dit le Dr Weaver en hochant la tête.

— C'est une femme médecin, elle sera forcément intéressée. Tu peux la faire parler de cette terrible tragédie.

Le visage de Silence s'illumina immédiatement.

— Oui. C'est une excellente idée, Lucy. Je ferai ça.

Hester roula des yeux et commença à poignarder sa laine avec ses aiguilles. Ma grand-mère, toujours prête à faire en sorte que les gens se sentent bien, intervint :

— C'était une excellente suggestion, Hester. Quant à toi, tu pourrais peut-être te lier d'amitié avec le jeune homme. Jim, le chef cuisinier.

— J'ai seize ans. Ne sois pas dégoûtante.

— Ce n'est pas ce que je voulais dire. Dis-lui que tu as remarqué qu'il travaillait en cuisine au salon de thé, et que tu espères toi-même devenir chef un jour.

— Oui, peut-être, lâcha-t-elle avec son air blasé habituel.

Mais je remarquai qu'elle avait cessé de poignarder la laine avec des gestes assassins, et qu'elle commençait vraiment à tricoter. C'était déjà un début.

À la fin de la réunion, tous ceux qui désiraient participer à notre enquête avaient une mission, et ceux qui ne le voulaient pas avaient accepté de garder les yeux et les oreilles ouverts en parcourant Oxford, et de rapporter toute information intéressante. C'était incroyable tout ce que les vampires, avec leur ouïe surdéveloppée, pouvaient entendre dans les pubs ou dans la rue.

— Et toi, Rafe ?

J'avais remarqué qu'il ne s'était pas attribué de mission. Il me regarda avec l'un de ses sourires détachés.

— Je vais me pencher sur le passé du colonel Montague. Et, je pense, sur celui de Gerald Pettigrew.

— Tu crois qu'il aurait pu tuer le colonel, ou alors être lui-même la cible ?

— Je ne sais pas. Mais j'aime bien Florence et Mary Watt. Si cet homme a des secrets, j'ai l'intention de les découvrir avant qu'il ne cause des problèmes.

— Mais Florence est si heureuse.

— Et nous voulons qu'elle le reste.

— Et toi, Lucy ?

Avant que je puisse répondre, Sylvia dit :

— De toute évidence, Lucy sera notre lien avec l'inspecteur Ian Chisholm, qui ne peut pas la quitter des yeux.

La chaleur me monta aux joues.

— Ce n'est pas vrai.

— Bien sûr que si. Utilise son attirance pour obtenir quelques informations.

Je sentis le regard froid de Rafe sur moi, ce qui me fit encore plus rougir.

— Je ne suis pas... Il n'est pas...

Ce fut Alfred, le vampire au long nez, qui me sortit d'affaire.

— Mon Dieu, jeune fille, qu'as-tu fait à cette chaussette ? On dirait une éponge à récurer les casseroles.

Je baissai la tête et, à mon grand désarroi, il avait raison.

— Essaie de la démêler avec un sort, lança Mamie en essayant de transformer mon désastre en leçon de magie.

Ce que je souhaitais vraiment à ce moment-là, c'était pouvoir disparaître.

CHAPITRE 10

e jour suivant débuta sans incident, tout du moins à *Tricotti Tricotta*. À côté, à l'*Elderflower*, c'était une autre histoire. Des véhicules de police arrivèrent, et des équipes médico-légales entrèrent dans le salon de thé. De temps en temps, ils repartaient avec une boîte ou un sac qui avaient l'air très officiel et très mystérieux.

Agatha et moi fîmes comme si de rien n'était, mais nous passions toutes deux plus de temps que nécessaire à l'avant de la boutique, à ranger et réarranger la vitrine qui nous offrait une excellente vue sur la rue.

Alors que je plaçais un des pulls tricotés main dans la vitrine avec un modèle, la laine, et les aiguilles pour le réaliser, dérangeant Nyx qui poussa un miaulement de contrariété, une équipe de télévision arriva. Le meurtre était passé aux infos la veille, mais ils voulaient sûrement des images fraîches pour l'actualisation du soir.

J'en avais appris un peu plus sur le colonel Montague, mais rien qui me permettait de comprendre pourquoi il avait été assassiné dans le salon de thé des sœurs Watt. D'après le journal télévisé de la veille, le colonel était né en 1945 et avait fait ses études à Eton et Sandhurst. Il avait servi en Allemagne avant d'être affecté en Irlande pendant le conflit des années 1970. Après cela, il avait occupé des fonctions administratives jusqu'à la retraite. Le reportage mentionnait également qu'il laissait derrière lui une femme et deux enfants.

Si je n'avais pas été aussi curieuse, si je n'avais pas porté toute mon attention sur ce qui se passait à côté de chez moi, j'aurais peut-être pu éviter la catastrophe qui se produisit dans ma propre boutique.

Il n'y avait pas de clients à ce moment-là.

J'observais l'extérieur à travers la vitrine quand Nyx se mit à grogner en regardant derrière moi, les yeux aussi ronds que des lunes jumelles.

Je me retournai et Mamie se tenait debout dans la boutique, regardant autour d'elle comme si elle ne savait pas où elle se trouvait. Elle était plus qu'à moitié endormie et, avant que je puisse rassembler mes esprits, elle lança à Agatha :

— Bonjour. Je peux vous aider ?

Agatha fixa Mamie, puis pointa un doigt tremblant sur la belle photo commémorative à son effigie, sur laquelle était aussi inscrite la date de son décès.

— *Mon Dieu*, croassa-t-elle. *Vous êtes morte !*

Puis elle fit un signe de croix. Toujours en baragouinant quelque chose en français, elle se précipita vers la porte.

Une équipe de télévision se tenait juste à l'extérieur.

Fais quelque chose.

Mais quoi ? Je lançai un regard vers Mamie, encore dans son monde imaginaire.

Je n'avais pas le temps de courir chercher le grimoire à

l'étage. Pas le temps de réfléchir, alors j'agis. Je m'interposai entre Agatha et la porte.

— Agatha, attends. Il y a une explication très simple.

Elle me regarda, puis regarda Mamie en faisant le signe de croix une fois de plus.

— *Non.* Ôtez-vous de mon chemin.

Elle commença à m'écarter pour me dépasser.

Le désespoir m'aiguisa la mémoire. Je parvins à me rappeler une page que j'avais lue la veille. Un sortilège d'amnésie. Pour être honnête, je pensais bannir tous mes souvenirs de Todd, alias Le Crapaud, mon ancien petit ami infidèle. C'était la dernière chose que j'avais lue avant de m'endormir.

Je fixai les yeux effarés et terrorisés d'Agatha. Nos regards se croisèrent et, en ressentant sa peur, un sentiment de compassion pour cette pauvre femme qui subissait un tel choc m'envahit. Pour elle comme pour nous, je fis appel à toute ma concentration et je chassai mes doutes.

Nyx frôlait mes jambes, m'offrant sa présence, chaleureuse, et une source d'énergie supplémentaire.

À voix basse, je récitai :

Oublieuse de ce temps et de cet espace
Poursuis ton chemin dans la paix et la grâce
Ce souvenir n'est rien d'autre que poussière
Si vite balayée que toute sensation se perd

Puis je tendis une main, paume vers le haut, et je soufflai dessus en imaginant que ses souvenirs les plus récents s'envolaient.

Comme je le veux, qu'il en soit ainsi.

Un silence absolu s'ensuivit. Je retins mon souffle. Agatha cligna des yeux et jeta un coup d'œil autour d'elle, le regard confus, mais plus du tout effrayé.

— *Que s'est-il passé ?*

Je lui apportai son sac.

— Je suis désolée de ne pas avoir pu vous aider à trouver la laine que vous cherchez, dis-je en espérant avoir l'air professionnelle. Passez une bonne journée.

Je lui ouvris la porte et elle sortit en regardant autour d'elle, comme si elle ne savait pas où elle était. Le journaliste, resté inactif en attendant de nouveaux événements à l'*Elderflower*, s'approcha d'elle le micro à la main.

— Vous travaillez ici ?

Agatha le regarda avant de se retourner vers la porte déjà à moitié fermée. Elle avait le regard de quelqu'un qui débarque dans un aéroport après de longues heures de vol.

— Non. Je ne suis jamais venue ici auparavant.

Puis elle s'en alla.

Je récupérai en vitesse le panneau « *je reviens dans dix minutes* » et l'accrochai sur la porte. Après quoi je me tournai vers Mamie, tâchant de ne pas laisser transparaître ma frustration dans ma voix :

— Mamie ! Qu'est-ce que tu fais ici ?

Mamie paraissait aussi confuse qu'Agatha. Et toujours aussi endormie.

— Je ne sais pas. Je me suis réveillée en réalisant que j'étais en retard pour l'ouverture de la boutique.

Elle remarqua la photo et s'en approcha pour l'examiner.

— Oh, c'est une belle photo de moi ! D'habitude, j'ai l'air

d'une idiote sur les photos. Je suis très mal à l'aise devant un appareil.

Après avoir remarqué les dates de sa naissance et de sa mort, elle mit une main devant sa bouche.

— Oh, maintenant je me souviens. Je ne suis pas censée être ici, n'est-ce pas ? C'est si difficile pour moi de me rappeler que je suis morte.

— Je sais.

Comment pouvais-je rester en colère alors qu'elle se sentait tellement coupable ?

— Et j'ai fait peur à cette pauvre femme. C'était ta nouvelle assistante ?

Je haussai les épaules.

— Elle ne faisait pas trop l'affaire, de toute façon. Très hautaine.

— Tu as fait du bon travail en lui lançant ce sort d'amnésie. Tu as un peu trafiqué la rime, mais ça se remarquait à peine.

C'était comme si j'avais joué une fausse note à mon récital de piano.

— Les mots ne doivent-ils pas être précis ?

— Pas vraiment. La rime t'aide à te concentrer. Avec un peu d'exercice, ma chérie, tu deviendras une sorcière très puissante.

— Assez puissante pour t'empêcher de débarquer dans la boutique à n'importe quelle heure ?

Elle me regarda, les yeux pétillants.

— Probablement pas. J'étais une sorcière bien avant ta naissance.

Après m'avoir remise à ma place, elle retourna dans la

pièce du fond, et je l'entendis ouvrir et fermer la trappe qui la ramenait vers son lit.

Il fallait vraiment que je me mette au travail avec le grimoire. Soit j'allais souvent devoir changer d'assistante, soit je devais trouver un sort assez puissant pour garder cette trappe fermée. Plus puissant que la capacité de Mamie à le briser.

Je n'avais jamais imaginé mener une lutte de pouvoir contre ma propre grand-mère. Encore moins un combat de magie.

Comme je n'avais plus d'assistante, je ne pris pas de pause déjeuner. Mais l'avantage, c'était qu'il n'y avait pas non plus de Française à moitié folle qui racontait que ma grand-mère décédée se promenait dans la boutique au beau milieu de la journée ; je décidai donc que c'était un compromis raisonnable.

J'affichai une annonce sur ma vitrine, indiquant que je cherchais une assistante, ce qui ne me prit pas beaucoup de temps. Je n'eus qu'à mettre la même annonce que la semaine précédente.

À la fin de la journée, je me rendis à la banque avec un dépôt plutôt maigre et assez décevant, puis je fis un saut à l'épicerie pour afficher une annonce supplémentaire sur le tableau communautaire.

La femme qui tenait l'épicerie me lança un regard par-dessus ses lunettes.

— Quoi ? Encore une assistante ?

Elle me regardait comme si je battais mes employés, ou que je les enfermais dans la cave entre deux clients.

Je lui souris aussi insouciamment que possible.

— C'est si difficile de trouver du personnel compétent de nos jours.

— Pas si vous les payez bien et si vous les traitez correctement.

Elle avait un air tellement suffisant. La seule personne qu'elle employait était son mari opprimé. Il était dur d'oreille, c'était probablement la seule raison pour laquelle ils étaient encore mariés.

Une fois mon annonce épinglée, je le vis de la réserve qui portait un carton de barres de céréales. Il commença à les disposer sur l'étagère avec les gâteaux et les biscuits. Elle le vit faire et se mit à hurler :

— Non, Dennis ! J'ai dit des biscuits digestifs, pas des Weetabix ! Retournes-y et recommence, espèce d'idiot.

— Merci pour vos excellents conseils en matière de relations de travail, lui lançai-je en partant.

Elle n'était pas la seule à savoir faire preuve de suffisance.

CHAPITRE 11

*L*e lendemain, je jetai un sort sur la trappe. Il était censé me protéger du mal qui m'approchait. C'était le seul que j'avais pu trouver dans mon grimoire, alors que ce que je voulais vraiment, c'était un sortilège qui éviterait une visite embarrassante de ma grand-mère dans la boutique.

Si j'écrivais un livre de sortilèges, les formules anti-embarras seraient tout en haut de la liste...

C'était encore une journée calme, et il n'y avait aucun signe d'activité du côté de l'*Elderflower*. Peut-être que travailler sur mon tricot m'aiderait à me détendre... J'ignorais pourquoi ça m'était venu à l'esprit. C'était ce que les tricoteurs disaient. Pour moi, le tricot était une épreuve, un combat contre une pelote de poils d'animaux. Et bien sûr, la pelote triomphait toujours.

Ce modèle de chaussette était censé être simple, pour les débutants, mais c'était loin d'être facile pour moi. Tout le monde a des talents différents, et à mon grand regret, le tricot ne faisait pas partie des miens.

Normalement, ça n'aurait eu aucune importance, mais

comme j'avais malencontreusement hérité d'une boutique spécialisée dans le tricot, j'aurais au moins dû savoir m'occuper d'une paire de chaussettes.

Quand la porte s'ouvrit, faisant sonner la cloche qui annonçait un nouveau client, je fus soulagée d'avoir une occasion de poser mes aiguilles. Seuls un cochon, une vache, ou n'importe quel être avec un pied minuscule et un mollet très fin aurait pu porter cette chaussette. Je devais la défaire et tout recommencer une nouvelle fois.

Je levai les yeux et fus surprise de voir Katie, anciennement connue sous le nom de Katya, entrer dans la boutique. Elle avait l'air un peu penaude, et elle rougit en remarquant mon étonnement. Cela dit, un magasin est un lieu public. Je ne pouvais pas la jeter dehors. Alors je lui demandai, aussi détachée et professionnelle que possible :

— Bonjour. Puis-je vous aider ?

Elle avait l'air mal à l'aise et donnait l'impression qu'elle aurait préféré se trouver à des milliers de kilomètres de là. Ça m'aurait convenu aussi.

— J'ai vu que vous cherchiez une assistante.

Il y eut un silence. Était-elle sérieusement en train de se proposer comme candidate ? Cette fille… qui était incapable de porter un plateau sans le faire tomber, ou d'apporter une théière sans se tromper de table, et qui avait prétendu être une tout autre personne que celle qu'elle était. Oh, et oui, elle était également suspectée de meurtre.

Elle vit probablement toutes ces pensées me traverser le visage, et avant que je puisse lui dire qu'elle ne convenait pas pour ce poste, elle ajouta rapidement :

— Je suis une très bonne tricoteuse.

— Vraiment ?

Ce fut tout ce que je pus répondre.

Elle étira un coin de sa bouche, comme si elle avait mangé quelque chose d'acide.

— Bien meilleure tricoteuse que serveuse.

Si elle voulait me prouver qu'elle savait tricoter, j'avais le test parfait pour elle. Je lui glissai l'écheveau pour cochon sur le comptoir.

— Si vous pouvez arranger ce bazar et le transformer en une paire de chaussettes convenable pour un être humain, vous êtes engagée.

À vrai dire, je n'avais pas vraiment réfléchi à cela. Car même si elle était aussi douée que ma grand-mère en matière de tricot, en tant qu'assistante, c'était un très mauvais choix. Premièrement, je ne lui faisais absolument pas confiance. Deuxièmement, elle ne ressemblait en rien à l'employée que je recherchais. Dans mon esprit, l'assistante idéale ressemblait bien plus à ma grand-mère : une dame âgée, excellente tricoteuse sachant analyser les modèles, et douée pour la vente. Katie ne semblait posséder aucune de ces qualités.

Toutefois, elle saisit la masse de laine informe et l'examina.

— Que s'est-il passé ? Le chat s'en est mêlé ?

— Non, répondis-je. C'est moi. Pour être tout à fait honnête, je ne sais pas tricoter, et comme je tiens une boutique de tricot, je me suis dit qu'il fallait que j'apprenne. Mais ça ne se passe pas très bien.

Elle ne prit pas la fuite. Elle ne se moqua pas de moi non plus. Elle mit mon chantier à plat et l'étudia d'un œil avisé.

— Votre premier problème, c'est que vous serrez trop les mailles.

Je commençais à penser que cette femme qui mentait sur tout s'y connaissait peut-être véritablement dans ce domaine.

Elle me lança un regard hésitant.

— Ça vous dérange si je défais tout et que je recommence ?

Je repensai à toutes les heures et à tous les jurons investis dans le désordre qu'elle tenait entre ses mains. Mais, à ce stade, ça ne deviendrait jamais une paire de chaussettes, donc autant réutiliser la laine.

— Bien sûr.

Avec beaucoup d'efficacité, Katie démêla le chaos et retira mes points. La laine s'accrocha à quelques reprises, et elle dut s'arrêter pour défaire des nœuds, mais je pouvais voir aux mouvements de ses doigts qu'elle avait une affinité avec la laine. Les gens ont chacun des dons différents. Certaines personnes peuvent s'asseoir derrière un piano et ressentir la musique, d'autres peuvent peindre ou écrire, comprendre les mathématiques, ou le métier de serveur.

Katie n'avait aucun talent de serveuse, mais je commençais à penser qu'elle savait être douée avec des aiguilles.

Lorsqu'elle eut terminé d'enrouler la laine en pelote, elle s'installa dans le fauteuil destiné aux visiteurs, prit le modèle, et l'étudia brièvement. Puis elle commença à tricoter.

J'avais mal aux doigts à cause de l'effort fourni pour tricoter les quelques rangées de mailles gâchées aujourd'hui, mais il y avait une certaine fluidité dans le mouvement des siens. C'était rythmé et apaisant.

— Eh bien, si vous vous asseyez ici pour tricoter, je suppose que je devrais en profiter pour vous faire passer l'entretien.

En cela, je me montrais quelque peu sournoise. Je n'avais

pas l'intention de l'embaucher, je jouais un peu à la détective amateure. J'interrogeais la suspecte.

— Super !

Elle était plus détendue maintenant qu'elle tricotait. Je voulais qu'elle se sente à son aise.

— Parlez-moi de vous.

C'était une question ouverte que tout le monde détestait lors d'un entretien d'embauche.

Elle réalisa quelques points de plus et dit :

— Je suis née à Melbourne, mais nous avons déménagé à Sydney quand j'étais petite. C'est ma grand-mère qui m'a appris à tricoter. Elle s'occupait de moi pendant que ma mère était au travail.

Elle leva les yeux vers moi, puis les baissa sur le tricot. Elle avait l'air beaucoup plus douce que la Katie serveuse.

— Je me sens proche d'elle quand je tricote.

— C'est également ce que je ressens avec ma grand-mère. Lorsque je suis dans cette boutique, je veux dire. De toute évidence, elle n'a pas réussi à m'apprendre à tricoter.

Cela la fit sourire.

— J'étais dévastée quand ma grand-mère est morte. Mais elle était vieille et son heure était venue. Je ne m'en suis jamais vraiment remise. Bref, après mes études, j'ai travaillé dans un magasin de tricot et d'artisanat à Melbourne. Je pourrais vous donner l'adresse électronique du propriétaire. En fait, j'y travaillerais encore si Jim ne m'avait pas convaincue de faire ce voyage.

J'appuyai mon dos contre la caisse enregistreuse. La façon dont le tricot coulait de source pour elle rendait ses mots plus limpides.

— Parlez-moi de votre relation avec Jim.

Elle s'arrêta une seconde, jeta un œil sur le modèle, puis revint à son travail.

— Pas grand-chose à raconter, dit-elle. Nous nous sommes rencontrés à l'académie des arts dramatiques de Melbourne, la MADA. Mais, bien sûr, nous l'avons raccourci en MAD. Je n'étais pas faite pour l'université, et je pense que Jim non plus. Nous aimions tous les deux jouer la comédie et nous nous sommes retrouvés dans le même cours d'improvisation.

— D'improvisation ? Je n'arrive pas à l'imaginer.

— C'était très amusant. Il a toujours été blagueur et bon imitateur. Il faisait tout le temps des numéros en se faisant passer pour d'autres personnes. Il disait que c'était un bon entraînement. Après en avoir fini avec le cours, on a trouvé du travail ici et là, mais pas assez pour vivre. Il gagnait sa vie comme cuisinier et je travaillais à l'atelier de tricot. Quand il a suggéré de tout plaquer et de partir en Angleterre pour un an, j'ai d'abord cru qu'il plaisantait.

— Mais ce n'était pas le cas.

Elle avait déjà terminé la pièce pour les orteils, et ce que je voyais me donnait l'impression que des orteils humains se sentiraient tout à fait à l'aise à l'intérieur. J'étais impressionnée.

— Les Australiens aiment voyager. C'est dans notre nature. Jim voulait vraiment partir. Il a dit que tant que nous étions jeunes et que nous n'avions pas d'enfants, c'était le moment de voyager. Je suppose qu'il avait raison.

— Et vous avez choisi Oxford ?

— Nous avons passé quelques jours à Londres, mais il voulait venir à Oxford. Il disait qu'une fois rentrés chez nous, on pourrait toujours dire : « on a *fait* Oxford ».

Elle leva les yeux à l'évocation de la bêtise de Jim.

— Comme je l'ai déjà dit, c'est un blagueur.

Ses doigts bougeaient si rapidement et avec une telle assurance que c'était un plaisir de les observer. Elle poursuivit :

— Quand nous sommes arrivés ici, nous avons pris un peu de vacances. Un jour, nous sommes venus dans cette rue et il a dit qu'il voulait m'emmener boire un véritable thé anglais, mais que nous devions faire semblant d'être Polonais. Juste pour plaisanter, vous voyez.

— Pourquoi Polonais ?

— Sans raison. La veille, nous avions fait semblant d'être Italiens toute la journée.

— Donc, vous êtes entrés à l'*Elderflower* en prétendant être Polonais.

— Oui. C'est Miss Mary Watt qui nous a installés. Puis sa sœur est arrivée avec son compagnon. Et il se passait clairement quelque chose. Florence a dit qu'ils allaient sortir. Elle avait l'air d'être vexée. Mary a demandé qui allait s'occuper de la cuisine et du service.

— Elles se sont disputées comme ça, devant leurs clients ?

— Oh, oui. Je vous laisse imaginer la fin de la scène. Puis Florence est partie avec son ami. Jim m'a dit qu'il fallait saisir l'occasion. Nous avons fini notre thé, puis nous sommes retournés à l'appartement. Il m'a demandé de me démaquiller et de mettre une jupe classique et un haut avec un col montant et des manches longues. Il a enfilé son plus beau jean et sa jolie chemise. Il a dit qu'on prétendrait être un frère et une sœur travaillant ensemble. Je trouvais que c'était de la folie, mais nous y sommes retournés, et la pauvre vieille dame était dans tous ses états. Un grand groupe d'Allemands est arrivé devant nous. Elle a failli pleurer.

— Oh, pauvre Miss Watt.

Je n'arrivais pas à croire à quel point Florence, aveuglée par la passion, pouvait se montrer irréfléchie.

— Je ne pense pas qu'elle nous aurait engagés si elle n'avait pas été aussi désespérée. Et Jim, égal à lui-même, lui a proposé un marché. Il lui a assuré que si la journée ne se déroulait pas sans la moindre plainte, elle n'aurait qu'à nous virer sur le champ, sans nous payer le moindre centime. Elle était tellement perdue qu'elle a accepté.

— C'est pour cette raison que vous n'avez jamais eu à lui montrer une pièce d'identité ou à fournir des références.

— Exact. Une fois la première journée terminée, Jim ayant préparé tous les scones, les sandwiches et les quiches mieux qu'elles ne savent le faire elles-mêmes, elle a dit qu'elle nous garderait. Il est rapide, vous savez. C'est un excellent cuisinier.

— Et audacieux, aussi.

— Je crois que dès le départ, elle ne m'aimait pas beaucoup, mais Jim lui a dit qu'on faisait équipe, donc je suppose qu'elle a décidé qu'elle devait faire avec. Elle a probablement pensé qu'elle pourrait me former. Mais c'est un travail horrible. Je ne pourrai jamais être serveuse. Plus jamais.

C'était probablement préférable pour tous les établissements de restauration de cette planète.

— Au début, c'était amusant de faire semblant d'être Polonais. C'était comme être sur scène en permanence. Le seul endroit où nous parlions normalement, c'était dans notre appartement. Même quand nous étions dans la rue, il insistait pour que nous restions dans le personnage.

— Eh bien, je ne suis pas aussi naïve que Miss Watt. J'aimerais que vous me donniez le nom, l'adresse e-mail et le numéro de téléphone de l'atelier d'artisanat où vous avez travaillé.

Elle releva les yeux, l'air satisfaite.

— Vous voulez dire que vous allez m'engager ?

Lorsque je l'avais vue entrer dans la boutique et qu'elle avait émis cette folle idée, je n'avais pas eu la moindre intention de le faire. Mais observer cette femme tricoter, c'était comme regarder quelqu'un s'asseoir au piano, attendre le signal de la baguette, et se retrouver finalement en plein concerto de Beethoven. On aurait dit de la poésie en mouvement. Une chaussette naissait déjà entre ses doigts avisés.

— J'imagine que vous avez une sorte de visa de travail ?

Elle hocha la tête.

Elle me donna son numéro de téléphone portable, ainsi que les informations que je lui avais demandées, et je lui promis de la recontacter.

Elle avait l'air triste de se séparer de la chaussette en chantier.

— Ça vous dérange si je l'emporte chez moi ? Ça fait tellement longtemps que je n'ai pas travaillé sur un projet de tricot. Ça me détend. Comme vous pouvez l'imaginer, je suis un peu stressée en ce moment.

— Ça devait être horrible avec la police.

Elle frissonna.

— Ce n'était pas une partie de plaisir. J'aurais préféré qu'on ne fasse pas semblant d'être Polonais. Je n'aurais jamais accepté de me mettre dans la peau de Katya si j'avais su qu'elle verrait une personne mourir sous ses yeux.

Aussi éprouvant que cela ait été pour moi, assise dans le

salon de thé en tant que cliente, il était facile de voir que ça avait été pire pour elle, qui avait potentiellement servi le poison responsable de la mort du Colonel Montague.

— Oui, lui répondis-je. Bien sûr que vous pouvez ramener les chaussettes chez vous.

Je prenais sûrement le risque de ne plus jamais revoir la laine, le modèle, les chaussettes, ni même Katie, mais de mon point de vue, rien de tout ça ne constituait une grande perte.

Elle rassembla ses affaires.

— J'espère que vous m'engagerez. Je ne me soucie même pas du salaire. J'ai besoin de faire quelque chose. Je revois encore la scène, vous savez.

Vu le nombre de fois où j'avais revécu ce terrible moment dans le salon de thé, je ne pouvais qu'imaginer ce qu'elle éprouvait.

— Vous souvenez-vous de quelque chose que vous auriez pu oublier de dire à la police ?

— Je me suis creusé la tête, vraiment. La seule chose à laquelle je pense, c'est la mort-aux-rats.

CHAPITRE 12

*U*n frisson tout aussi impressionnant que le sien me parcourut le corps tout entier.

— De la mort-aux-rats ?

— Je ne devais le dire à personne. C'est un terrible secret, mais Jim a aperçu un rat en rangeant les provisions.

— Un rat ?

J'avais conscience d'avoir crié comme une fillette, mais j'étais une fille, et le salon de thé se trouvait juste à côté. Je ne pouvais qu'imaginer les rats trouver un joli panier de laine pour s'y blottir, ou faire un tour du côté du garde-manger. N'importe quel rat qui se respecte serait ravi de vivre dans notre quartier.

J'étais tellement heureuse que Nyx m'ait adoptée.

— Il a dit que c'était juste un bébé rat.

Comme si ça changeait quelque chose... S'il y avait des bébés rats, il y avait sans doute aussi des parents, des frères et des sœurs, des oncles et des tantes, et des cousins à plusieurs degrés et sur plusieurs générations.

Je m'étais à peine habituée à l'idée de vivre au-dessus

d'un nid de vampires. Un nid de rats, c'était au-delà de mes forces. J'avais beau être une femme tolérante, c'était ici que ma tolérance s'arrêtait.

— Enfin bref, il l'a raconté à Miss Watt et naturellement, elle a piqué une crise. Ensuite, elle a déboulé dans la cuisine avec de la mort-aux-rats et nous a demandé de ne rien dire à personne. Jim a rétorqué qu'il y avait des rats dans toutes les cuisines, mais Miss Watt a prétendu qu'il n'y en avait jamais eu dans la sienne.

S'il y avait de la mort-aux-rats dans la cuisine, alors en glisser dans la tasse d'un client paraissait facile.

Qui avait eu accès à la cuisine ? Les deux sœurs Watt évidemment, Jim et Katie, mais qui d'autre ? N'ayant pas la réponse, je posai la question à Katie.

Elle fronça les sourcils.

— Avant-hier, vous voulez dire ?

— Oui, avant-hier.

— Eh bien, tous les gens que vous avez cités, bien sûr. Et M. Pettigrew, l'ami gentleman de Florence Watt. Il est venu demander la recette de la quiche. Je ne l'ai pas vraiment écouté. L'une des vieilles dames est entrée, confondant la cuisine avec les toilettes. Ça arrive au moins une fois par jour. Ce n'est pas indiqué correctement, et les gens se rendent tout droit à la cuisine au lieu de monter les escaliers.

— Une vieille dame ? Quelle vieille dame ?

— Je ne connais pas leurs noms. Il y avait une table de quatre. Ce n'est pas moi qui les ai servies.

Miss Everly et ses amies.

— Mais si vous avez vu cette dame entrer, vous lui avez sans doute dit de faire demi-tour en lui indiquant les toilettes.

— Oh oui. Mais si elle était revenue lorsqu'il n'y avait plus personne ?

Intriguée, je sentis mes sourcils se froncer.

— Pourquoi n'y aurait-il personne en cuisine ?

Elle eut l'air de regretter ce qu'elle venait de dire.

— Écoutez, je ne veux pas lui causer de problèmes, mais Jim fume.

Elle leva les yeux vers moi, puis vers la fenêtre, et ajouta :

— En fait, on fume tous les deux. On se faufilait dehors pour faire une pause cigarette lorsqu'il n'y avait pas trop de monde.

— Je vois. Donc il y avait des moments où la cuisine était vide. Et tout le monde dans le restaurant avait accès à de la mort-aux-rats.

— Je suppose que oui. Et quelqu'un aurait aussi pu entrer par la porte de derrière. La cuisine donne sur la ruelle.

Visiblement, la police avait du pain sur la planche. Et en parlant de travail, c'était censé être un entretien d'embauche.

— Alors vous fumez.

— Seulement trois cigarettes par jour, environ. Une après le petit-déjeuner, une autre à l'heure du déjeuner, et une autre après le dîner. Honnêtement, si jamais je travaille ici, je ne ferai pas le mur. Vous pouvez me faire confiance.

Rien dans ses activités récentes n'était susceptible de me mettre en confiance, mais étrangement, je la croyais. J'étais peut-être idiote, mais mon instinct me disait qu'au fond, c'était une bonne personne. Nyx, qui roupillait derrière la vitrine, où trois touristes l'avaient prise en photo, se leva subitement et s'étira. Puis elle sortit délicatement du panier, sauta sur le sol et avança directement vers Katie, frottant son nez contre la jambe de la jeune Australienne.

— Eh bien, salut toi, fit Katie.

Lorsqu'elle prit la chatte dans ses bras, Nyx s'y blottit, émit un son de satisfaction, puis me fixa avec ses yeux verts. Certaines personnes affirment que les chats ne sont pas très communicatifs. Ces gens-là n'avaient jamais rencontré Nyx.

Nyx était très certainement en train de confirmer mon jugement : Katie était une personne en qui je pouvais avoir confiance. Elle se laissait caresser sous le menton et roucouler. Elle récompensa Katie en ronronnant bruyamment, et je ne pus m'empêcher de rire.

— Nyx vous aime bien.

Katie rit aussi, et tout son visage s'illumina.

— Est-ce que son opinion pèse dans la balance ?

Je regardai Nyx. Nous n'étions pas ensemble depuis longtemps, mais elle était déjà très importante dans ma vie.

— Oh oui, l'opinion de Nyx compte beaucoup.

Une fois Katie partie, je pris mon ordinateur pour me renseigner sur l'atelier dans lequel elle avait travaillé, pendant que Nyx sautait derrière la vitrine et observait Katie s'éloigner.

L'un des avantages d'avoir Nyx avec moi, c'était de pouvoir lui parler à haute voix sans avoir l'air d'une folle.

— Tu l'aimes bien, n'est-ce pas ?

Nyx se lécha la patte avant.

— Tu ne trouves pas ça risqué d'engager une personne qui est l'une des principales suspectes dans une affaire de meurtre ?

Nyx se mit à bâiller.

Je n'avais pas d'idée précise quant au décalage horaire entre Melbourne et Oxford, mais je me dis que plus tôt j'enverrais mon courriel, plus tôt j'obtiendrais une réponse. Je fus impressionnée par leur site Web et par l'étendue de leurs offres. Ils proposaient les cours classiques de tricot et de crochet, mais également le filage, le tissage, et le feutrage. Un futur cours, consacré à la teinture de la laine, avait d'ailleurs l'air intéressant.

Après avoir envoyé mon e-mail, dans lequel je posais des questions sur les antécédents professionnels de Katie, son attitude, sa ponctualité et sa fiabilité, je consultai ma boîte de réception. J'avais un courriel de ma mère. J'espérai qu'elle fixait une date pour venir me rendre visite en Angleterre, comme elle et mon père n'avaient cessé de promettre depuis que j'avais déménagé à Oxford.

Cependant, ils étaient incroyablement occupés par les fouilles archéologiques en Égypte.

— Les momies peuvent être très accaparantes, dis-je à haute voix, avant de rire de mon mauvais jeu de mots.

Elle m'informait que les fouilles se passaient bien et qu'ils viendraient peut-être à Oxford pour recruter de nouveaux étudiants, mais ce ne serait probablement pas avant quelques mois.

J'avais également reçu un courriel de mon amie Jennifer, à Boston. Elle m'y racontait bien des choses à propos de nos amis, et elle faisait déjà des projets pour les vacances de Noël. Un groupe de vieux copains louait un appartement à New York pour le Nouvel An. Ça paraissait tellement amusant.

Je fus saisie par un léger mal du pays. Ici, je n'avais aucun ami de mon âge, principalement parce que j'étais trop occupée pour sortir et rencontrer de nouvelles personnes. Les quelques propositions que l'on m'avait faites, comme le dîner de sorcières, ne m'enthousiasmaient pas vraiment, et je passais la plupart de mon temps libre avec une bande de vampires qui avaient des siècles de plus que moi.

La cloche sonna, m'annonçant de nouveaux clients. Je fermai ma boîte mail et mis de côté mon mal du pays momentané.

On était samedi et j'étais pratiquement certaine que j'allais passer la soirée avec Nyx et mon grimoire. J'allais probablement aussi commencer à fouiller dans ma garde-robe pour choisir ce que j'allais porter à mon rendez-vous du dimanche après-midi avec un vampire.

CHAPITRE 13

Ce dimanche était une journée sans pluie. Si elle s'était présentée comme nuageuse ce matin, le soleil fit petit à petit son apparition à mesure de l'avancement de la journée. J'avais essayé à peu près tout ce qui se trouvait dans ma garde-robe, pour finalement me contenter d'un jean noir moulant, de bottes, et du pull-over couleur canneberge parsemé de feuilles mortes qu'Alfred avait tricoté pour moi. Je laissai mes cheveux détachés et je passai un peu plus de temps que d'habitude à me maquiller, c'est-à-dire environ cinq minutes au lieu des deux habituelles.

J'attendais dehors quand une élégante voiture noire s'arrêta sans un bruit. Derrière mes lunettes de soleil, je roulai des yeux. Évidemment, il conduisait une Tesla.

Je montai à bord de la voiture et il démarra. Je me rendis compte de mon excitation, me demandant si mon plaisir n'était pas en partie dû au fait de m'éloigner du magasin et de la proximité de la scène de meurtre attenante.

— Belle voiture.

— Merci.

— Très respectueuse de l'environnement.

Il sourit.

— J'ai plus de raisons que la plupart des gens de m'inquiéter de l'avenir de la planète.

Nous quittâmes le centre d'Oxford pour nous enfoncer dans les rues verdoyantes de la banlieue, avec leurs maisons victoriennes en brique. Mais il poursuivit sa route, et je réalisai que nous nous dirigions vers la sortie de la ville.

— Je n'ai aucune idée de l'endroit où tu vis.

— Près de Woodstock.

Woodstock était à quinze minutes d'Oxford en voiture, et principalement célèbre pour une chose.

— Tu vis à Blenheim Palace ?

Je l'avais visité une fois. Un immense palais construit par le Duc de Marlborough, lieu de naissance de Winston Churchill.

Il me lança un regard.

— Trop de touristes.

Sa réponse me fit rire.

— OK. Surprends-moi.

Je regardai par la fenêtre, profitant du plaisir de m'éloigner un peu de la boutique. Après avoir quitté Oxford, nous longeâmes des champs verdoyants où vivaient quelques moutons, dont une partie de la laine finirait sans doute dans mon magasin. Je pouvais voir les collines des Cotswolds s'élever devant nous, parsemées de maisons en pierre grise. Nous croisâmes trois bus touristiques qui se dirigeaient vers Blenheim, un groupe de cyclistes habillés en Lycra qui semblaient s'entraîner pour une course, et d'innombrables voitures remplies de familles qui profitaient de leur dimanche après-midi, peut-être en direction d'un pub pour le déjeuner dominical.

Nous traversâmes la ville de Woodstock, avec ses maisons de pierre pittoresques, ses hôtels et ses pubs, puis nous sortîmes de l'autre côté. La route devint beaucoup moins fréquentée, puis nous bifurquâmes sur une plus petite route avec des arbres anciens qui s'arquaient au-dessus de nos têtes. L'endroit était si calme.

Au bout de cinq minutes environ, Rafe sortit un petit boîtier électronique alors que nous nous approchions d'une paire de colonnes en pierre surmontées de statues de lions, entre lesquelles se dressait un portail en fer noir. Il appuya sur un bouton et le portail s'ouvrit avec une majestueuse lenteur.

Après avoir passé le portail, nous descendîmes une avenue privée qui débouchait sur une grande demeure seigneuriale. Le jardin intérieur était entouré de murs, et un jardinier était en train de tailler les hortensias qui fanaient. Sur les pelouses vertes et veloutées qui bordaient l'allée, trois paons picoraient le sol.

Un autre observait du haut d'un mur, ses plumes vertes et bleues irisées par le soleil de l'après-midi. Je n'en croyais pas mes yeux.

— Des paons ? Tu as des paons ?

D'une certaine façon, il était plus facile de se concentrer sur les oiseaux que sur le palais qu'il appelait maison.

— Oui, j'ai des paons.

Au passage de la voiture, l'un des trois paons qui picoraient leva la tête, nous regarda, puis commença à se dandiner en essayant de suivre le rythme. Ce n'était pas le plus beau des quatre. Il était un peu grassouillet et sa queue faisait peine à voir. Il n'avait plus qu'une plume qu'il traînait dans l'herbe derrière lui, comme un skieur nautique solitaire derrière un hors-bord surdimensionné.

Lorsque la voiture s'arrêta devant le large escalier qui menait à la maison, l'oiseau accéléra, si bien que lorsque Rafe ouvrit sa portière, il était planté devant la voiture comme un chien au retour de son maître. Je n'aurais raté ces retrouvailles pour rien au monde, alors je courus en contournant la voiture pour observer la scène.

— Eh bien, Henri, je vois que tu gardes la forme, dit Rafe en prononçant le nom de l'oiseau avec l'accent français.

Il plongea une main dans sa poche et en sortit une sorte de boulette, qu'il plaça au creux de sa main. Lorsqu'il s'accroupit, le paon tourna son regard vers moi et je restai immobile, jusqu'à ce qu'il décide que je n'étais pas une menace et se penche en avant pour picorer dans la main de Rafe.

C'était dans le top 10 des choses les plus mignonnes que j'avais jamais vues.

— Pourquoi tu l'appelles Henri ?

— Il est français. Il a été élevé dans un château près de Toulouse, mais ses propriétaires ont vécu des périodes difficiles et, quand ils ont vendu, ils m'ont demandé de le prendre.

Je ne voulais pas être impolie, mais l'oiseau était un peu grassouillet et ne semblait pas en très bonne santé.

— N'est-il pas un peu en surpoids ?

— Oh, terriblement. Henri a le corps d'un paon et l'âme d'un cochon. Il mangerait n'importe quoi, mais il a un faible pour le steak.

Il leva les yeux vers moi et ajouta :

— Il mue en ce moment, c'est pour ça qu'il a l'air si négligé. Tu veux lui donner à manger ?

— Il me laissera faire ?

— Je pense que oui.

Rafe me fit signe d'approcher, et je m'agenouillai à côté de lui. Henri recula de quelques pas, mais lorsque Rafe mit la graine dans ma main et que je la lui tendis, l'avidité de l'oiseau prit le dessus, et il s'avança en se dandinant pour prendre délicatement la graine au creux de ma main.

Puis Rafe dit :

— Ça suffit, Henri. Va faire un peu d'exercice.

L'oiseau secoua la tête comme un enfant répondrait « c'est pas juste ! », puis il fit demi-tour et repartit en se dandinant, caressant la route de l'unique plume de sa queue.

— Bienvenue, dit Rafe alors que nous nous relevions.

— Cet endroit est incroyable.

— Merci. À l'origine, c'est une Tudor. Elle était plutôt délabrée quand je l'ai achetée. J'ai ajouté les ailes de chaque côté à la fin du XVIIe siècle. C'est Capability Brown qui a conçu le jardin et le parc.

Construit en pierre locale, le manoir était le genre d'endroit que l'on visite en excursion, pas un endroit habité par quelqu'un d'autre qu'une célébrité.

Avant que nous ayons monté les marches, la porte s'ouvrit et un homme d'âge moyen en costume bleu nous attendait à l'entrée.

— Bonjour, mademoiselle, me dit-il.

Puis s'adressant à Rafe :

— Bienvenue à la maison.

— Bonjour, fis-je en bafouillant.

Je franchis les portes pour me retrouver au milieu d'un

roman de Jane Austen. Honnêtement, c'était l'impression que j'avais. Je me sentais comme Elizabeth visitant Pemberley. Cette maison était peut-être moins grande, mais elle combinait abondance, bon goût et Histoire. Et ce n'était que le hall d'entrée. Il comportait des sols carrelés et des tapis luxuriants, un escalier monumental au milieu, et une cheminée assez grande pour faire rôtir un éléphant.

L'homme en costume bleu referma la grande porte à double battant.

— Merci, William, lui dit Rafe.

— Sonnez quand vous serez prêts pour le déjeuner.

Puis l'homme disparut.

Je lançai un regard à Rafe.

— C'est Alfred et tu es Bruce Wayne ?

Rafe me regarda comme si je délirais.

— Je te demande pardon ?

— Tu sais, Batman ?

Il semblait n'avoir toujours aucune idée de ce dont je parlais. Je roulai des yeux.

— La culture populaire américaine t'a-t-elle complètement échappée ?

— J'espère bien.

Finalement, le grand mort-vivant ténébreux ne savait pas tout. J'étais déterminée à l'emmener dans une salle de cinéma dans un futur très proche pour affiner son éducation culturelle.

Alors que je pensais aux films et émissions de télé que je voulais lui faire voir, il me conduisit au bout du hall, à gauche du grand escalier. Il ouvrit l'un des deux battants de la porte et nous entrâmes dans une grande pièce avec des canapés et des fauteuils modernes et confortables, une grande cheminée géorgienne, et un lustre aux proportions gigantesques. Mais tout cela n'était rien face aux peintures regroupées sur les murs lambrissés.

Je faillis avaler ma langue, ce qui aurait probablement été préférable, car ça m'aurait empêché de dire quelque chose de stupide. Un mur entier était consacré à Monet. Les bleus et les verts étaient si purs que les nénuphars auraient pu avoir été peints dans la semaine. Si purs que je me sentis obligée de demander :

— Monet n'est quand même pas un vampire, si ?

Était-il possible qu'il soit encore parmi nous ? Le fantôme de Giverny, peignant dans un endroit isolé et vendant ses œuvres via des circuits souterrains, au sens propre du terme.

Rafe parut amusé.

— Si jamais c'est le cas, je n'en ai jamais entendu parler.

— Tu as l'air d'adorer les impressionnistes, constatai-je en étudiant un mur qui portait deux Van Gogh, quelques Turner, un Pissarro, et quelques toiles d'artistes dont je n'avais jamais entendu parler.

— Mes murs varient en fonction de mon humeur.

Lorsqu'il me vit lever des sourcils interrogateurs, il tourna une poignée en laiton au pied d'une section de lambris, et deux panneaux s'ouvrirent comme des portes. Derrière eux se trouvait une autre série de peintures.

Je reconnus le Rembrandt, je dus loucher sur la signature pour identifier le Van Dyck, et en voyant une série de croquis de De Vinci, je faillis avoir une crise cardiaque.

— Ce sont des originaux, très anciens. As-tu une idée de ce qu'ils valent ?

Il vint se placer à côté de moi, et nous étudiâmes tous deux les croquis.

— De mon point de vue, ils n'ont pas de prix, tout comme le plaisir qu'ils m'ont procuré au fil des ans. L'argent n'a plus aucun sens au bout d'un moment.

Je ne pouvais pas m'imaginer aussi blasée par l'argent, mais je ne pouvais pas non plus m'imaginer être un vampire.

Il ouvrit une autre série de panneaux pour révéler un mur entier de Picasso.

— Gertrude Stein et moi avions l'habitude de nous disputer à son sujet.

— Gertrude Stein et toi. À Paris, dans les années 20 ?

Bien sûr. Ses salons étaient tout à fait remarquables.

Il esquissa un sourire mélancolique et ajouta :

— Ces gens me manquent. C'était une époque passionnante.

Il me fit visiter le reste de sa maison, et chaque pièce me fascinait plus encore ; j'apprenais à découvrir l'homme derrière le vampire que je connaissais.

Évidemment, sa bibliothèque était étonnante, et en plus de ses murs couverts de livres sur deux niveaux, du sol au plafond, elle possédait un système élaboré d'échelles avec des rails en laiton sur lesquels elles pouvaient glisser.

Derrière la bibliothèque, il y avait un bureau très moderne avec deux ordinateurs et du mobilier récent. Dans les chambres, le moderne côtoyait l'ancien : matelas, literie et rideaux dans le style contemporain, quand le reste du mobilier était principalement d'époque.

Sa chambre était la plus moderne, avec un lit king-size et des fauteuils profonds et confortables. La peinture, les tapis et la literie étaient d'un gris froid et apaisant. Les rideaux étaient tirés pour atténuer la lumière. La salle de bain attenante comprenait une grande douche vitrée avec environ dix-sept pommeaux, un sauna, ainsi qu'une grande baignoire.

Même si je n'avais pas su qu'il était insomniaque, je l'aurais aisément deviné. Tout dans cette pièce était voué à l'apaisement, et vu le nombre de livres, il était clair qu'il passait bien plus de temps à bouquiner qu'à dormir.

Nous ne déjeunâmes pas dans la salle à manger officielle, mais dans un jardin d'hiver, sous une verrière. Le parfum des roses et des orchidées emplissait l'air, et les murs de verre empêchaient le froid de nous saisir, et offraient une vue imprenable sur les hectares de terrain. Il possédait même son propre lac, scintillant comme la surface en étain de mon miroir de divination.

Je n'avais jamais déjeuné avec un vampire auparavant et j'étais un peu inquiète de ce qu'on allait me servir, mais William arriva avec un plateau de sandwiches assortis, de viandes froides, de saumon cru et de salades.

Il me proposa également plusieurs boissons – boissons gazeuses, vin, thé, café – et j'optai pour l'eau gazeuse. Je remplis mon assiette. Parcourir tous les hectares de cette maison m'avait donné faim, et j'avais intérêt à faire le plein de glucides si je voulais arpenter l'immense jardin. Rafe se servit une généreuse portion de saumon cru avec de la salade. Il prit également de l'eau gazeuse.

— C'est tellement beau, lui dis-je pendant le repas. Comment l'appelles-tu ? Le château de Crosyer ?

Il secoua la tête.

— Woodbridge House, en fait. C'était le nom original et je l'ai gardé. Je préfère rester aussi anonyme que possible.

Je terminai mon repas avec du café et un délicieux gâteau

au citron que William avait lui-même préparé. Rafe se resservit de l'eau et me regarda manger.

— Je me sens mal que William ait fait ce gros gâteau juste pour moi.

— Je pense qu'il est heureux d'avoir quelqu'un pour qui cuisiner. Mes repas ne sont pas si intéressants à préparer.

Après un moment d'hésitation, je lui demandai :

— Est-ce qu'il est au courant ?

— Oh, oui. Sa famille assure mon service depuis des siècles. Chaque génération a été élevée dans cette perspective, et tous sont restés fidèles et discrets. La jardinière en chef est la sœur de William, et son cousin s'occupe des réparations. Ils embauchent tous du personnel supplémentaire si nécessaire, mais à eux trois, ils dirigent l'endroit.

— Ça doit être super de travailler dans un endroit pareil.

— Je pense que oui. C'est ici que je travaille la plupart du temps, moi aussi.

Je poussai mon assiette en léchant le reste de citron sur mes lèvres.

Il m'attrapa la main et me tira sur mes pieds.

— Viens, allons faire un tour dehors avant qu'il ne fasse froid.

Et c'est ce que nous fîmes, autour du lac, puis à travers un bois.

— Ici, c'est un ancien sentier public, dit-il en désignant un chemin manifestement très fréquenté. C'est donc toujours accessible aux marcheurs et aux cavaliers.

— Ça ne te dérange pas ?

Il semblait tellement à cheval quand il s'agissait de sa vie privée.

— Il n'y aurait aucun intérêt à s'en soucier. L'Angleterre

est remplie de sentiers publics qui traversent des terrains privés. Mais non, ça ne me dérange pas. Je suis heureux de partager ces terres avec ceux qui les apprécient.

Nous retournâmes à la maison, et en allant remercier William pour le déjeuner, je le retrouvai dans une cuisine très moderne, équipée d'appareils électroménagers haut de gamme et de plans de travail en granit. Le plancher en bois avait l'air plutôt ancien et, par la fenêtre, je pouvais apercevoir un potager regorgeant d'herbes aromatiques qui avaient probablement été plantées des centaines d'années auparavant.

— Merci pour le déjeuner, William. C'était délicieux.

— Je suis ravi que ça vous ait plu.

Puis il me tendit un panier.

— Qu'est-ce que c'est ?

— Des restes de gâteau. Vous avez eu l'air de l'apprécier.

— Oh, mais il vous revient. C'est vous qui l'avez préparé.

Il secoua la tête en se tapotant le ventre.

— Comme Rafe n'aime pas beaucoup le sucré, je finirais par tout manger. S'il vous plaît, vous me rendriez service en l'emportant avec vous.

M'était-il réellement possible de refuser ?

Sur le chemin du retour, je remerciai Rafe.

Il me regarda du coin de l'œil et ses lèvres se courbèrent.

— Pour quoi ?

— Pour tout. Pour cette journée, mais surtout, pour ne pas avoir mentionné le meurtre. C'était agréable d'avoir un peu de répit.

Mais mon répit ne dura pas bien longtemps.

CHAPITRE 14

*L*e lundi matin, et comme à mon habitude, j'ouvris la boutique.

— Puis-je vous aider ? demandai-je au groupe de dames qui entra.

Je reconnus les quatre femmes qui prenaient le thé le jour où le colonel Montague était mort.

Sans surprise, Miss Everly menait le groupe. Elle était toujours aussi bien habillée, avec cette fois un manteau camel et des chaussures à talons. Ses amies avaient l'air aussi mal fagotées que la dernière fois que je les avais vues. Miss Everly s'avança :

— Nous avons toujours adoré cette boutique, n'est-ce pas, les filles ?

J'aimais bien la façon qu'elle avait de les appeler « les filles » alors qu'elles devaient toutes avoir entre soixante-dix et quatre-vingts ans.

— Je crois que c'est votre grand-mère qui dirigeait cet endroit. Agnès Bartlett, c'est bien ça ? Oh, mon Dieu, c'est une belle photo d'elle sur le mur. C'était une femme si gentille. J'ai été navrée d'apprendre son décès.

Quand j'avais repris la boutique, les condoléances me poignardaient le cœur chaque fois. Mais maintenant que je savais que ma grand-mère était morte-vivante et somnambule, cela m'angoissait.

Ce n'était pas trop grave si des étrangers ou des touristes apercevaient une octogénaire au teint un peu pâle et à l'air très endormi errer dans le magasin, mais lorsque c'était quelqu'un qui l'avait connue durant sa vie... Je frissonnai. Le sort que j'avais lancé sur Agatha m'avait sauvé une fois cette semaine, et je ne voulais pas compter sur mes pouvoirs naissants plus que nécessaire. J'espérais simplement que le sortilège que j'avais lancé sur la trappe tiendrait le coup.

J'admis que c'était très triste de la perdre. Et, oui, j'étais sa petite-fille, Lucy. Les quatre dames flânèrent dans la boutique comme le faisaient les clients, fouillant dans les paniers et feuilletant les catalogues de tricot.

Les clients de *Tricotti Tricotta* se divisaient en deux catégories. Il y avait les flâneurs et les acheteurs. La plupart des acheteurs venaient avec un projet spécifique en tête ou une idée générale de ce qu'ils voulaient. Par exemple : « Je veux faire un pull épais et chaud pour mon petit-fils. Sa couleur préférée est le bleu. » Ou encore : « Ma fille attend un enfant. C'est mon premier petit-enfant, et depuis que j'ai appris à tricoter, je suis impatiente de confectionner mon premier pull pour bébé. Je suppose que je vais devoir faire quelque chose en jaune ou en vert, puisque nous ne connaissons pas le sexe. »

Les flâneurs, quant à eux, déambulaient, le regard bifurquant d'une chose à l'autre. Parfois ils achetaient par impulsion, mais généralement, ils étaient plutôt là pour tuer le temps. Ces quatre-là me donnaient l'impression d'appartenir à cette deuxième catégorie.

Bien sûr, le plus amusant pour moi était d'essayer de transformer les flâneurs en acheteurs.

Miss Everly, après avoir fait semblant d'étudier les pulls islandais, reposa le livre soudainement.

— Il me semble vous avoir vue au salon de thé. Lorsque le pauvre colonel Montague est décédé.

Je hochai la tête.

— C'est exact. C'était un choc terrible.

— Je le connaissais, vous savez.

Oh, je savais tout de son histoire avec le colonel. Mais comme elle ne me connaissait que comme la jeune Lucy d'outre-Atlantique, elle n'avait aucune idée des informations que ma grand-mère m'avait transmises. Je pris un air poliment intéressé.

— Comme ça doit être triste pour vous de perdre un ami.

Elle me lança un regard étrange et je me demandai si je n'avais pas trop insisté sur terme « ami ».

— Je me suis creusé la tête pour savoir qui pourrait vouloir faire du mal au colonel. Même si j'étais assise plus près de lui que vous, je lui tournais le dos. Mais vous aviez une assez bonne vue, n'est-ce pas ?

Est-ce qu'elle faisait sa propre enquête de détective amateure ? Se demandait-elle vraiment si je pouvais avoir des informations supplémentaires ? Ou vérifiait-elle si j'étais en mesure de l'impliquer ? Je n'avais aucun moyen de le savoir, mais je me décidai à lui dire la vérité.

— J'avais probablement une meilleure vue que vous sur

la table du colonel, mais j'étais en train de discuter avec mon ami. Je n'ai pas vraiment vu grand-chose de ce qui s'est passé.

— Il y a eu ce malheureux incident, quand on lui a servi le mauvais thé. Je ne peux m'empêcher de me demander si le thé était destiné à quelqu'un d'autre ?

Une de ses trois amies gloussa nerveusement au-dessus des crochets.

— Et si n'importe laquelle d'entre nous aurait pu être la victime visée ? Ça fait réfléchir, n'est-ce pas ?

— Mais l'empoisonnement ne pouvait-il pas être accidentel ? Une sorte d'intoxication alimentaire ?

Miss Everly secoua la tête.

— J'étais biochimiste. Aucun des symptômes ne concordait. Non, il a été empoisonné délibérément.

Je les observai toutes, et elles me parurent si innocentes. Quatre gentilles vieilles dames qui venaient seulement prendre une tasse de thé après les funérailles de leur amie, et qui se retrouvaient mêlées à une mort aussi horrible...

Et pourtant, les vieilles dames ne pouvaient plus me duper. Ma grand-mère et son amie Sylvia avaient deux des esprits les plus aiguisés que je connaissais.

— Avez-vous des ennemis potentiels ? leur demandai-je.

Il me semblait que les gens qui se faisaient assassiner avaient généralement des ennemis qui voulaient leur mort.

La réponse de Miss Everly fut pour le moins surprenante :

— J'imagine que nous avons tous des ennemis. Il s'agit de savoir jusqu'où ils sont prêts à aller.

Je fus soulagée lorsque la porte s'ouvrit et qu'une jeune mère entra en poussant un landau avec un bébé endormi. Naturellement, les quatre dames passèrent en mode grand-mère et gazouillèrent au-dessus de l'enfant. La mère paraissait fatiguée et me regarda :

— Avez-vous des modèles de couvertures pour bébé ?

Cette femme appartenait aux groupes des acheteurs. Je ne savais pas combien de temps encore ce bébé dormirait, mais je la soupçonnais de chronométrer ses expéditions de shopping en fonction de la durée de la sieste. Je devais faire preuve de vivacité si je ne voulais pas que la vente me passe sous le nez, ou avoir un bébé hurlant sur les bras. Je l'accompagnai immédiatement vers les modèles et les brochures, et je choisis trois patrons de couvertures : l'un plutôt simple, un autre légèrement plus compliqué, et un modèle avancé.

Elle me prit le plus facile des mains, puis me regarda avec perplexité.

— Je ne sais plus quoi faire. Avant, j'étais banquière, et j'avais une équipe de huit employés. Je me faisais faire les ongles chaque semaine et je partais en voyage d'affaires à Zurich, Francfort et Paris. Aujourd'hui, j'ai à peine le temps de prendre une douche. Quand le bébé s'endort enfin, je suis si fatiguée que j'ai envie de faire quelque chose d'abrutissant avec mes mains.

De toute évidence, elle ne faisait aucune publicité pour la maternité. La pauvre avait l'air complètement épuisée, avec ces cernes sous les yeux et ces vêtements couverts de lait ou de ce qui ressemblait à de la bave de bébé.

— Ce modèle ne vous demandera pas trop de concentration.

Puis je lui proposai une sélection de laines appropriées. Elle choisit plusieurs couleurs presque au hasard et me remercia. J'enregistrai ses achats et elle les glissa dans le panier de la poussette alors que le bébé commençait à pleurnicher.

Elle tourna le landau en direction de la porte lorsqu'un bruit ressemblant au cri d'un bébé mouette retentit. La mère gémit de désespoir. Je compris rapidement pourquoi. Après les quelques cris de l'oiseau, l'enfant se mit à hurler. Qu'une créature aussi petite que cet enfant parvienne à faire autant de bruit me surprit.

— Ça alors, voilà une paire de poumons en pleine forme, dit l'une des amies de Miss Everly en reculant d'un pas.

La maman semblait sur le point de se mettre elle-même à crier.

— Je veux juste un peu de paix et de calme, soupira-t-elle. Je veux tricoter, c'est trop demander ? Une demi-heure de paix et de calme pour que je puisse tricoter ?

C'est ce moment que choisit Sylvia pour passer la porte d'entrée. Elle portait un sac qui provenait du magasin de chaussures le plus cher d'Oxford. Elle salua tout le monde poliment puis, faisant semblant d'être une cliente, commença à regarder au hasard dans les différents paniers.

Je sentis la détresse de la pauvre jeune maman et du bébé. Je fis le tour du comptoir et m'avançai vers elle.

— Vous permettez ? J'ai toujours été douée avec les bébés.

Je n'attendis même pas l'approbation de la mère. Je me penchai et pris le bébé en pleurs dans mes bras. C'était un petit garçon tout de bleu vêtu, à l'exception du rouge qui colorait son visage. Un rouge vif. Il criait si fort qu'il respirait à peine entre deux hurlements. En le tenant comme un ballon de football, je regardai ses yeux, si bleus, si confus, si furieux. Il les ouvrit en grand et les fixa droit dans les miens.

Je me rapprochai et lui murmurai :

— Je sais que ça va te paraître étrange au début, mais c'est un bel endroit et on s'y habitue.

Il prit une autre inspiration mais cria moins fort cette fois. Il me regarda, perplexe, comme si nous nous étions déjà rencontrés sans qu'il ne se souvienne d'où on se connaissait. Je lui souris. Je pouvais sentir son odeur de bébé et la chaleur de son petit corps blotti contre le mien. Je me mis à danser en suivant un rythme ancien. Ce n'était pas quelque chose qu'une femme apprenait, peut-être que c'était dans les gènes. Il commença à respirer à mon rythme et se rendormit.

Je dis à la jeune maman, encore secouée par le stress :

— Vous n'avez qu'à vous asseoir sur cette chaise et tricoter un peu. Je m'occupe de votre bébé.

Elle hocha la tête et fit comme je lui conseillais. Une des vieilles dames me regarda :

— On dirait que vous avez des pouvoirs magiques avec les enfants.

Je la regardai en retour. Enfant déjà, quand j'avais commencé à faire du baby-sitting, j'avais toujours eu un don pour calmer les bébés. Est-ce que j'utilisais la magie sans même le savoir ?

Les quatre dames soupiraient béatement pendant que je me dandinais avec le bébé. L'une des amies mal fagotées dit :

— Ma fille et mes petits-enfants me manquent. Je sais que tu nous as demandé de rester, Gina, mais je crois vraiment que je vais prendre un train demain et rentrer à Warwick.

Son amie admit qu'elle aussi aimerait bien partir. Miss Everly n'avait pas l'air très heureuse qu'on l'abandonne. Il n'y avait plus que la sacristine pour la soutenir, et je la soupçonnais d'être occupée par sa fonction.

— Pourquoi ne viendrais-tu pas avec nous ? Il n'y a plus rien que tu puisses faire ici.

Miss Everly secoua la tête.

— Je ne peux pas partir. Quelqu'un doit soutenir la femme du colonel. Cette chère Elspeth, la pauvre.

La pauvre femme du colonel n'avait sans doute pas besoin que l'ancienne petite amie de son mari la réconforte. Et j'étais pratiquement sûre que les trois autres partageaient mon opinion. Elles échangèrent toutes un regard, l'air désapprobateur. Au fond, c'était peut-être la curiosité qui retenait Miss Everly à Oxford, et elle aurait sans doute mieux fait de prendre le train et de rentrer chez elle.

Toutefois, je gardais mes opinions tranchées d'Américaine pour moi.

L'une d'entre elles dit :

— Cette séance de shopping me fatigue. Je prendrais volontiers une bonne tasse de thé. Quel dommage que le salon soit fermé.

Elle eut un petit sursaut, réalisant à quel point elle sa remarque pouvait sembler déplacée, et s'enfonça en essayant d'expliquer qu'elle n'avait pas voulu dire que le magasin devait rouvrir, mais qu'il était dommage qu'il n'y ait pas un autre salon de thé à proximité. Puis, en me regardant :

— Mais après tout, ça fait tellement longtemps que je n'ai pas vécu à Oxford. Peut-être y en a-t-il un autre près d'ici ?

Il y avait deux chaînes de cafétéria sur High Street. J'étais persuadée qu'elles le savaient, mais je le leur indiquai malgré tout et elles s'en allèrent toutes les quatre.

Une fois qu'elles furent parties, Sylvia alla chercher une chaise à l'arrière-boutique et s'assit à côté de la jeune mère accablée. Toutes deux restèrent côte à côte à tricoter tranquillement. Je m'installai dans le fauteuil derrière mon bureau, tenant le bébé contre moi, son souffle chaud sur mon cou et ses petites mains agrippées à mon chemisier. Ce fut une demi-heure très agréable.

La mère consulta son téléphone portable.

— Je dois y aller. Mais je vous remercie. Je ne pense pas que j'aurais pu tenir une minute de plus.

Je n'avais malheureusement pas le moindre conseil à lui donner. Tout ce que je pouvais lui offrir, c'était la possibilité de m'amener son bébé chaque fois qu'elle avait besoin de faire une pause.

Une fois qu'elle fut partie, Sylvia me dit :

— J'ai vu que tu avais exercé ta magie. Ta grand-mère sera contente.

— J'ai cette capacité depuis toujours. Je n'ai jamais su que c'était spécial.

Elle sourit.

— La magie consiste en grande partie à s'inspirer du monde naturel, et à communiquer à un niveau plus profond. C'est ce que tu as fait avec cet enfant, n'est-ce pas ?

— Je pense que oui.

— J'aime regarder tes pouvoirs se renforcer. Je me demande jusqu'où tu pourras aller ?

Je me posais moi-même la question. Il y avait des jours où tout me semblait insurmontable.

CHAPITRE 15

*J*e lisais le rapport étonnamment élogieux sur Katie en Australie lorsque Rafe apparut à côté de moi comme une bouffée de fumée noire. Il ne s'était pas véritablement matérialisé, mais sa démarche était si souple et il ne se souciait tellement pas des portes et des serrures que ça me faisait toujours cet effet.

— Tu as l'air sérieuse.

— Pas sérieuse, perplexe. Katie est une terrible serveuse, mais une excellente tricoteuse.

— C'est bien d'avoir un hobby en prison. Ça aide à passer le temps.

C'était probablement ce qui me donnait cet air si sérieux.

— Je ne pense pas que ce soit une meurtrière. Et en plus, Nyx l'aime bien.

Nyx était justement en train de se frotter contre les jambes de Rafe, qui baissa les yeux.

— Nyx juge très mal la personnalité des gens.

Puis il la prit dans ses bras. Elle escalada jusqu'à son

épaule et s'y accrocha comme un sac de grains. Si tant est que les grains puissent ronronner.

— Je pense que je vais engager Katie.

— Pourquoi ?

— Parce qu'elle sait tricoter, et qu'elle a d'excellentes références d'un autre atelier de tricot. Elle s'est occupée de cet amas de laine que j'avais tricotée et l'a transformé en une vraie chaussette. C'était magique.

Il n'avait pas l'air impressionné.

— Peut-être que c'était vraiment de la magie. Peut-être que c'est l'une de tes sœurs sorcières ?

Je le regardai fixement.

— Il existe des sorts pour démêler le tricot ?

Pourquoi ça ne m'était jamais venu à l'esprit ? Ce grimoire massif et orné était rempli de sortilèges liés à l'amour et à l'oubli, d'autres servant à retrouver des objets perdus, ou encore de nombreuses manières de maudire ses ennemis, mais je ne me rappelais pas avoir vu quoi que ce soit concernant le démêlage d'un tricot bâclé. Si j'avais su que je pouvais utiliser la magie pour cela, je l'aurais fait il y a fort longtemps.

— Demande à ta grand-mère, je suis sûr que c'est possible.

— Mamie ne m'a jamais parlé d'un tel sort, rétorquai-je en faisant la moue.

— C'est sans doute parce qu'elle veut que tu apprennes à tricoter.

— Elle était bien plus gentille de son vivant.

Ce n'était pas vrai, mais j'aimais faire semblant de me plaindre.

— Lucy, nous en savons si peu sur Katie. Elle pourrait très bien être une meurtrière.

Selon moi, elle n'avait aucune raison de vouloir me tuer. Mais elle ne semblait pas en avoir de tuer le colonel non plus.

— Elle m'a livré une information très intéressante. Il y avait de la mort-aux-rats dans la cuisine.

— Je ne suis pas un expert, mais je ne pense pas que ce soit le poison qui a été utilisé. D'abord, ça a un goût très fort. Le thé ne suffirait pas à le masquer. Et la victime mettrait plus de temps à mourir.

Je n'avais vraiment aucune envie de m'attarder sur cette image.

— Je continue à me demander qui pourrait vouloir la mort du Colonel Montague.

— Je me suis renseigné. Le vieil homme agissait de façon irrationnelle. Probablement de la démence. Jusqu'à ce que l'autopsie soit terminée, il sera impossible de dire de quelle maladie il souffrait. Ça pourrait être Alzheimer, Parkinson, ou même de la bipolarité. Toujours est-il qu'il dépensait des sommes astronomiques dans des achats très bizarres. Il a acheté un cheval de course sans avoir aucune expérience dans le domaine, puis une vieille Aston Martin de collection, et il parlait d'acheter une propriété à Ibiza, alors qu'il n'aimait pas voyager.

— Et s'il s'était trompé en prenant ses médicaments, au point de s'empoisonner ?

— Non Lucy, désolé. Pour ton bien, j'aimerais pouvoir faire passer ça pour un accident, mais il a été assassiné, c'est certain. Je me suis renseigné sur ses enfants. Aucun d'eux ne roule sur l'or. Ils ont peut-être voulu protéger leur héritage.

— Et sa veuve ?

— Elle pourrait avoir le même mobile. Mais elle avait l'air

tellement bouleversée. Ça m'étonnerait qu'elle soit si bonne actrice.

Il fallait se rendre à l'évidence : elle semblait vraiment accablée par le chagrin.

Je lui racontai la visite de Miss Everly à la boutique.

— Je me demande pourquoi elle veut rester. Est-ce véritablement dans le but d'épauler la veuve du colonel ? La femme qui a épousé l'homme qu'elle aimait ?

— Qui sait ?

— Et si elle l'avait tué et enfin assouvi sa vengeance, après toutes ces années ? Peut-être qu'elle ne tient pas à quitter la scène du crime. N'ayant jamais tué personne auparavant, elle est un peu trop fascinée par les retombées pour reprendre sa petite vie sans histoire.

— Tuer un homme n'est pas aussi excitant que tu sembles le croire, dit Rafe sur un ton ironique.

C'était sans doute l'expérience qui parlait, et je ne voulais pas en savoir plus.

— Tu ne penses pas que c'est une possibilité ?

Il me gratifia de son plus charmant sourire.

— Je pense que ta théorie est un peu tirée par les cheveux. Mais si jamais Miss Everly te propose de prendre le thé, je te suggère quand même de décliner l'invitation.

J'avais eu le temps de réfléchir pendant la demi-heure que j'avais passée à bercer le bébé, et je décidai finalement de donner le job à Katie. Certes, il existait toujours la possibilité qu'elle soit une tueuse, mais je voulais lui laisser le bénéfice du doute. En espérant qu'elle ferait de même pour moi si jamais elle découvrait que j'étais une sorcière. Et que nos voisins du dessous étaient tous des vampires.

Pour l'heure, j'observais une autre jeune femme passer

devant la boutique, s'arrêter, regarder à deux reprises, puis sortir son téléphone portable pour prendre une photo de Nyx qui se prélassait dans le panier de laine colorée. Comme je n'avais jamais pu vendre la laine sur laquelle Nyx avait dormi, j'avais pris l'habitude de la laisser dans ce panier. Alors que la jeune femme publiait la photo sur Internet, je pris la décision de mettre des brochures de notre boutique à côté du panier, de sorte que quiconque publierait des photos du chat dans la vitrine ferait en même temps de la publicité pour la boutique.

— Je devrais t'embaucher, lançai-je à Nyx en plaçant stratégiquement les brochures autour d'elle.

Elle ouvrit un œil puis bascula sur le dos, exposant son ventre, encore plus mignonne. Pendant que je la caressais, je vis Florence Watt et Gerald Pettigrew en train de se promener bras dessus bras dessous. La romance qui les animait n'avait pas faibli, malgré l'hostilité de Mary et le récent meurtre qui avait secoué le salon.

Ils me remarquèrent et me saluèrent joyeusement. Je les saluai en retour, tout en me disant que c'était agréable de les voir si heureux ensemble.

Entre deux clients, j'assemblai quelques kits pour tricoter des pulls, ce que Mamie m'avait appris à faire. Je prenais un modèle, rassemblais toutes les fournitures nécessaires, puis j'emballais l'ensemble. Cela faisait gagner du temps et des efforts au client.

Je consultai également les commandes spéciales. Les expéditions se faisaient dans le monde entier, et je relevai une commande pour l'Écosse et une autre pour le Canada. J'étais occupée à collecter les différentes laines lorsqu'une autre commande arriva. Celle-ci était locale, et devait également être livrée. Nous proposions la livraison à Oxford principalement par courtoisie, dans le cas où le client ne pouvait pas se rendre au magasin pour une raison quelconque. Nous facturions à moindre coût et j'allais moi-même livrer la commande sur mon vélo, ou braver le trafic dans la petite voiture de Mamie.

Heureusement, cette commande était assez proche de la boutique pour que je puisse m'y rendre à vélo, mais en la lisant plus attentivement, mes yeux s'écarquillèrent. Elle venait d'Elspeth Montague. Il ne devait pas y avoir beaucoup d'Elspeth Montague à Oxford, et Mamie avait dit qu'elle avait été une de ses clientes par le passé. Était-il possible que la femme du colonel se soit remise au tricot, une fois de plus ?

Après tous nos stratagèmes pour essayer de l'approcher, voilà qu'elle me demandait d'aller la voir.

Je préparai les trois commandes, et après avoir fermé la boutique, j'enfilai mon manteau et pris le colis d'Elspeth Montague. Je posterais les autres le lendemain.

Lorsque j'enfourchai mon vélo pour me rendre rue St. John, il faisait plutôt frais dehors. Là-bas, les maisons étaient mitoyennes et de style aristocratique géorgien. Beaucoup d'entre elles avaient été démantelées pour laisser place à des logements étudiants, mais celle devant laquelle je me trouvais semblait encore intacte. Je sonnai, me demandant ce que je devais dire ou faire, quand la porte s'ouvrit, Elspeth Montague apparaissant devant moi.

Le plus gros de son chagrin semblait être passé, mais elle me sembla encore livide et secouée. En voyant le sac de *Tricotti Tricotta*, elle me sourit d'un air soulagé.

— Oh, merci infiniment ! Cela fait quelques jours que je suis dans tous mes états, et j'ai pensé qu'il serait bon pour moi de me concentrer sur un projet. Même la télévision ou la lecture ne suffisent pas à me calmer. Mais le tricot est tellement apaisant, n'est-ce pas ?

— Oui. Pour certaines personnes, ça l'est vraiment.

Pas pour moi, mais ce n'était ni le moment ni l'endroit pour ce genre de révélation.

J'avais prévu de la questionner subtilement à propos du meurtre, mais je ne trouvai pas le courage. La seule question qui sortit de ma bouche fut :

— Comment allez-vous ?

Elle sembla surprise par la question et me regarda plus attentivement. Puis elle hocha la tête.

— Vous étiez là. N'est-ce pas ?

— Oui. Je suis vraiment désolée.

— Mon mari n'a jamais été un homme facile, mais on se sent soudain tellement perdu sans lui.

J'étais presque convaincue que nous pouvions rayer Elspeth de la liste des meurtriers potentiels, mais qu'en était-il du reste de la famille ?

— Comment vos enfants vivent-ils cette tragédie ?

Une fois de plus, elle ne masqua pas sa surprise. La plupart des gens étaient probablement trop délicats pour lui poser des questions aussi directes. Surtout les étranges livreurs qui arrivaient à vélo.

— Aussi bien qu'on peut s'y attendre.

Puis elle pinça les lèvres, comme si elle essayait de ne pas pleurer.

— En vérité, je pense qu'ils sont soulagés. C'est terrible à dire, je le sais, mais ce n'était pas un père très gentil.

Elle haleta, puis elle m'arracha pratiquement le sac des mains.

— Ce n'était peut-être pas un homme très gentil, tout simplement.

Je ne savais pas quoi dire. Je ne pouvais pas acquiescer, mais je ne pouvais pas non plus la contredire, car tout ce que j'avais entendu sur cet homme donnait à penser que c'était un vieux grincheux.

— Vous avez déjà débité ma carte de crédit, je crois.

— Oui. Merci. Tout est pris en charge. J'espère que vous apprécierez tricoter ce pull.

— Je pense que ça va m'apaiser. Merci de me l'avoir apporté. Je n'ose pas encore sortir de chez moi. Les gens ont une fâcheuse tendance à vous dévisager.

— Si vous avez besoin d'autre chose, faites-le-moi savoir.

Elle hocha la tête, me remercia une nouvelle fois, puis referma la porte. Je fis demi-tour sur mon vélo, et je faillis tomber en voyant l'Irlandaise présente dans le salon de thé le jour de la mort du colonel se diriger vers moi. Elle ne m'aurait peut-être pas remarqué si je n'avais pas perdu l'équilibre, mais quand elle regarda dans ma direction, elle sursauta comme un lapin effrayé, puis elle tourna les talons et se mit à marcher d'un bon pas dans le sens inverse.

Pensait-elle que je ne l'avais pas reconnue ? Ou alors que je ne voulais pas croiser celle qui avait failli me faire arrêter ? Je la pris en filature sur mon vélo. Il n'y avait pas vraiment de compétition. Peu importe la vitesse à laquelle elle marchait, il me serait facile de la dépasser. S'ensuivit une sorte de course ridicule, elle accélérant le pas, et moi la suivant à vélo. Nous remontâmes la rue St. John jusqu'à Wellington Square, l'un de ces espaces verts un peu cachés qu'il est toujours très agréable de découvrir.

Notre petit manège se prolongea autour de la clôture en

fer forgé qui entourait le parc, jusqu'à ce que l'Irlandaise tombe sur une ouverture et s'y engouffre. Si elle se mettait à l'abri dans une cage, elle avait peut-être l'intention d'arrêter de courir. Je descendis de mon vélo et le poussai à l'intérieur du parc. C'était le crépuscule, et en cette soirée d'octobre plutôt fraîche, il n'y avait personne d'autre. Elle marchait devant, reprenant son souffle, et je la suivis jusqu'à un banc en bois sous un arbre. Je posai mon vélo contre le banc et me retournai face à elle, les mains sur les hanches. Je me souvenais de l'humiliation que j'avais subie lorsque j'avais été embarquée à l'arrière de la voiture de police, et je ne me sentais pas d'humeur très chaleureuse avec cette femme.

— C'est vous qui avez glissé la coupure de journal dans mon sac, n'est-ce pas ?

Elle ne me répondit pas. Elle respirait difficilement, une main sur la poitrine.

Je ne pensai même pas au fait qu'elle avait potentiellement assassiné un homme et essayé de me piéger, et que l'envoyer balader ici, dans un parc désert, n'était pas la chose la plus intelligente à faire. J'étais trop furieuse pour avoir les idées claires.

— Je vous conseille de me dire exactement ce que vous faisiez dans ce salon de thé, et pourquoi vous aviez cette coupure de journal. Et il vaudrait mieux pour vous que ce soit la vérité.

D'un seul coup, elle s'assit sur le banc.

— J'avais l'intention de l'affronter, lâcha-t-elle, haletante. Le colonel.

Ça ne m'impressionnait pas.

— De l'affronter ? Ou de le tuer ?

Elle secoua la tête, puis fouilla dans la poche de son

manteau camel. Je tressaillis, me demandant si elle n'y cachait quelque chose de léthal – une arme, du poison –, mais elle sortit seulement un paquet de mouchoirs en papier et se moucha. Ses joues étaient roses à cause du froid, ou de l'exercice ; peut-être les deux.

— J'avais prévu de lui faire face en public, devant sa femme. Je vous le jure, c'est tout ce que j'avais prévu de faire. Je le regardais et j'essayais de trouver le courage quand il a fait son malaise.

Les articles que j'avais lus sur le colonel me revinrent en mémoire.

— A-t-il tué l'un de vos proches ?

Elle émit un rire désagréable et moqueur.

— C'est tout le contraire.

J'étais restée debout presque toute la journée, et la fatigue se faisait ressentir. En plus, il faisait froid, et je n'avais pas envie de jouer aux devinettes.

— Quoi ?

Elle rangea les mouchoirs et posa les mains sur ses genoux. Elle portait des gants et, en les voyant, je regrettai de ne pas avoir pensé à en prendre une paire.

— Il a donné naissance à quelqu'un que j'aime beaucoup.

Je sentis mes yeux s'écarquiller ; même mes globes oculaires devenaient froids.

— Vous avez eu une liaison avec le Colonel Montague ?

— Pas moi. Ma sœur.

Elle secoua la tête et expliqua :

— Eileen était naïve et romantique. Elle venait tous les jours pour lui faire la cuisine, vous voyez. Je pense qu'elle croyait vraiment qu'il serait ravi en apprenant qu'elle était enceinte. Évidemment, ce fut exactement l'inverse qui se produisit. Il était furieux. Il l'a accusée d'essayer de le piéger, et il s'est comporté comme si c'était elle qui avait mal agi. Il l'a licenciée sur le champ et ne voulait plus entendre parler d'elle ni du bébé.

Ça me désolait que le colonel soit mort de cette manière-là, mais il avait tout l'air d'être un très mauvais personnage.

Elle secoua la tête une nouvelle fois, d'un air triste.

— C'était une autre époque. Notre père disait qu'elle avait trahi son propre peuple en se mettant avec un Anglais. Ses amis n'étaient pas mieux. Finalement, elle est partie et elle a déménagé en Angleterre. Elle a gardé le bébé, ce qui est tout à son honneur. Ma nièce, Sharon, est une femme merveilleuse. Je l'ai souvent gardée pour que sa mère puisse se reposer. Mais maintenant... ma sœur est malade. Le surmenage, les soucis et le manque d'argent l'ont épuisée. Je voulais dire à cet homme affreux ce qu'il avait fait, et exiger qu'il soutienne la femme dont il avait pratiquement ruiné la vie.

Son histoire était crédible, mais je n'étais pas encore convaincue. Je ne pouvais pas accorder ma confiance aussi facilement à quelqu'un qui m'avait piégée.

Malgré la lumière qui déclinait, elle dut lire le doute sur mon visage, car elle se leva et me fit face sans détour.

— J'ai paniqué lorsqu'il est mort comme ça. J'avais prévu de lui mettre cet article sous le nez et de lui dire ce que je pensais de lui. J'avais des photos de l'enfant pour les montrer à sa femme. Mais je ne l'ai pas tué. Ensuite ils ont annoncé que nous devions traverser la route et vider nos poches et nos sacs à main, alors j'ai glissé la coupure de journal dans votre sac au moment où personne ne regardait. Vous étiez partie passer un coup de fil, et c'était fait en un clin d'œil.

En un clin d'œil pour elle...

— Ils m'ont emmenée au poste de police et m'ont interrogée.

Elle baissa les yeux, le regard dans le vide, quelque part au niveau de mes genoux.

— Je suis désolée d'avoir fait ça. C'était une erreur de ma part, j'ai été lâche.

Elle prit une profonde inspiration et demanda :

— Est-ce que je dois le dire à la police ? Pour vous sortir du pétrin ?

J'étais tentée de dire oui, mais je secouai la tête.

— Ils m'ont cru lorsque je leur ai dit que ce n'était pas à moi. Mais je pense qu'ils ont besoin de vous pour avancer dans leur enquête. Vous feriez mieux de leur raconter votre histoire.

Elle se mordit la lèvre, puis hocha la tête.

— Je dois d'abord aller voir la femme du colonel. Ensuite, quand ce sera fait, j'irai voir police.

— Vous n'allez quand même pas dire à cette pauvre veuve éplorée que son mari était infidèle, n'est-ce pas ?

Elle releva la tête, et en un instant, son regard se fondit dans le mien.

— Bien sûr que si. Elle a le droit de savoir, et sa fille a droit à l'héritage. Vous savez, sa vie a été si misérable jusqu'à maintenant. Elle n'a bénéficié d'aucun des avantages qu'il aurait dû lui donner. Maintenant, c'est une femme d'une quarantaine d'années, et elle s'occupe de sa mère. Elles méritent toutes les deux qu'il subvienne à leurs besoins, même s'il le fait depuis sa tombe.

— Oh, pauvre Elspeth, lâchai-je.

— Mieux vaut que ça vienne de moi, tranquillement, plutôt que d'un avocat.

— Pouvez-vous prouver que c'était bien lui le père ?

Elle eut un nouveau rire, tout aussi moqueur.

— Il lui a écrit plusieurs lettres, dont une dans laquelle il l'accuse d'avoir essayé de l'enfermer dans leur mariage. Mais nous devons exiger un test ADN avant qu'il soit enterré, donc vous voyez bien que c'est assez urgent.

— Essayez tout de même de la ménager un peu.

Pauvre Elspeth.

Et Eileen et sa fille.

Elspeth allait sûrement avoir besoin de ses séances de tricot apaisantes. Plus encore qu'elle ne l'imaginait.

CHAPITRE 16

*L*e lendemain, Katie m'impressionna d'entrée de jeu en arrivant dix minutes en avance pour sa première journée. Elle portait un sac en papier marron que je crus être son déjeuner, jusqu'à ce qu'elle le tende vers moi :

— Surprise !

Je regardai dans le sac et y trouvai les chaussettes. Enfin, ce n'étaient pas *mes* chaussettes. Rien qui ressemblait à la ruine que j'avais tricotée. C'était une paire de chaussettes absolument parfaite.

— Je n'arrive pas à croire que tu les aies tricotées si rapidement !

J'enlevai immédiatement mes chaussures pour les enfiler.

— Et elles me vont parfaitement, ajoutai-je en remuant mes orteils sous la laine chaude.

— Je me suis basée sur mes propres pieds pour la taille. Je me suis dit que nous faisions à peu près la même pointure.

Elle avait l'air aussi contente que moi, et j'osais espérer que ça signifiait que nous étions sur la bonne voie.

Katie n'eut pas besoin d'une formation trop importante,

étant donné qu'elle en savait beaucoup plus sur le tricot que moi, et qu'elle semblait très au fait des différentes laines et autres fournitures. Il en allait de même pour manipuler la caisse enregistreuse, car il s'agissait d'un modèle similaire à son ancien poste.

Je profitai d'une accalmie dans la boutique pour lui demander :

— Comment va Jim ?

— Il va très bien, répondit-elle étonnamment. Il a décroché un rôle dans une pièce. Bien sûr, c'est seulement associatif, et ce n'est pas rémunéré, mais il est ravi car ça lui permet d'avoir une activité. Même si nos identités n'ont pas été publiées par la presse, dans le milieu de la restauration, tout le monde se connaît à Oxford. Il n'a aucune chance d'être embauché où que ce soit, et bien sûr, tant que tout n'est pas réglé, nous ne pouvons pas envisager de partir.

— Oh, je suis vraiment désolée.

Et très heureuse d'avoir fait ma part en offrant ce travail à Katie.

— Miss Watt est venue nous voir avec de l'argent et nous a dit combien elle était désolée que les choses aient mal tourné. C'était très gentil de sa part.

Très gentil, en effet. Se sentait-elle coupable ? Je secouai la tête. Je devais arrêter de voir des motifs de culpabilité partout. Mary Watt était une femme charmante. Elle avait seulement voulu venir en aide à deux employés qui s'étaient retrouvés mêlés à un événement des plus tragiques. Bien sûr qu'elle n'avait pas tué le Colonel Montague. Mais alors, qui pouvait bien l'avoir fait ? Beaucoup de gens semblaient avoir des raisons de le détester, mais aucun ne lui avait fait de mal. Pourtant, quelqu'un était bel et bien passé à l'acte.

CHAPITRE 17

À l'heure du déjeuner, j'étais assez satisfaite quant à ma décision d'engager Katie. Elle avait un véritable don pour la vente. Elle n'était pas du tout arrogante, mais en tant que très bonne tricoteuse, elle était beaucoup plus utile aux clients que je ne pouvais l'être. Elle les rassurait sur leur capacité à mener à bien le projet qu'ils avaient en tête et, contrairement à Agatha, elle ne les méprisait pas, ce qui était une bonne chose.

Elle semblait s'intéresser de près à leurs projets, et elle les aidait à répondre à des questions délicates, comme savoir si le petit-fils de cette femme, qui avait à peu près son âge, préférerait le vert ou le bleu, la laine épaisse ou la laine lisse. Naturellement, les clients se sentaient plus en confiance lorsqu'elle les réconfortait dans leur instinct premier ou qu'elle les guidait gentiment vers de meilleurs choix. Je me demandai si nos visiteurs ne trouvaient pas étrange que cette boutique typiquement anglaise soit tenue par une Américaine et une Australienne, mais personne ne dit mot – du moins, pas devant nous.

Ma crainte que la fermeture du salon de thé n'affecte les affaires fut rapidement dissipée. En fait, après les deux premiers jours, nous étions plus occupés que jamais.

Plus d'une personne vinrent me voir, le regard plein d'espoir :

— Ce qui s'est passé à côté, quelle tragédie, pas vrai ?

Je répondis en marmonnant de manière apaisante et détachée. Je ne souhaitais pas faire de commérages à propos de ce drame, et j'étais également consciente que Katie faisait partie des suspects. Ma politesse un peu fade découragea la plupart des passants curieux. Katie était encore plus directe. Les quelques personnes qui lui posèrent des questions eurent droit à un regard vide et un bref :

— Je suis australienne. Je ne travaille ici que depuis aujourd'hui.

Elle ne mentait pas, il fallait le lui accorder. Elle omettait seulement la partie où elle travaillait à l'*Elderflower* le jour de la mort du colonel.

Je m'apprêtais à lui dire qu'elle pouvait prendre sa pause déjeuner lorsqu'une femme d'une trentaine d'années entra. Elle avait les cheveux bruns coupés court et portait un pantalon kaki, un T-shirt, ainsi qu'un pull provenant d'un grand magasin, certainement pas tricoté à la main. Elle jeta un œil dans la boutique, et je me dirigeai vers elle. Je la saluai comme chaque client :

— Bonjour. Si vous avez besoin d'aide, n'hésitez pas.

— Merci. Je vais juste me promener.

Il me sembla qu'elle voulait simplement gagner du temps, et mon impression se confirma lorsque les deux autres clientes de la boutique réglèrent leurs achats et s'en allèrent.

Il ne restait plus que Katie, moi, et l'inconnue. La femme s'approcha de moi.

— Vous avez quelque chose pour les débutants ?

Je suggérai une simple écharpe. Il y avait même des patrons gratuits avec toutes les instructions.

— Oh, oui, c'est très bien.

Puis elle ajouta :

— J'ai entendu parler de ce décès au salon de thé voisin. C'est terrible, n'est-ce pas ?

Je convins que c'était une chose terrible avant d'essayer de ramener la conversation sur le tricot, mais elle n'en avait manifestement aucune envie.

— J'ai cru comprendre que vous étiez présente. Mon oncle et ma tante étaient aussi dans le salon de thé quand c'est arrivé, et ils sont très secoués par cette histoire. Ma tante connaît la boutique et elle vous a reconnue. Ils ne vivent pas très loin d'ici, précisa-t-elle avec un vague geste de la main. Ma tante a tellement peur qu'il y ait un meurtrier en liberté qu'elle n'en dort plus de la nuit. Ça doit être horrible pour vous d'être juste à côté.

Cette femme n'était-elle pas tout simplement une vampire, essayant de me pomper des informations ? Pensait-elle que je savais quelque chose ?

— Je suis vraiment désolée pour votre oncle et votre tante. Effectivement, c'était horrible.

— Je crois que le pire pour elle, c'est qu'elle n'a rien vu de ce qui se passait. Elle a dit que depuis votre place, vous aviez une très bonne visibilité.

Ses mots ravivèrent mes souvenirs très précis de la scène, et j'eus l'impression d'assister une nouvelle fois à l'agonie du colonel Montague. Je frissonnai en revoyant les images.

— J'aurais volontiers cédé ma place à votre tante. Je n'ai pas la moindre idée de l'identité du meurtrier, si c'est ce qu'elle veut savoir. Sinon, j'en aurais informé la police immédiatement.

— Bien sûr. Seulement, parfois on ne réalise pas tout ce qu'on a vu. Selon ma tante, il y avait des gens qui allaient et venaient sans cesse, et je me demande si vous n'avez pas vu plus de choses que vous le pensez. Peut-être que ça vous aiderait d'en parler ?

Je n'aimais pas la façon dont cette femme me regardait. Cette conversation n'était pas désintéressée, elle me cuisinait clairement.

— J'essaie vraiment d'oublier ce qui s'est passé, du mieux que je peux, lui répondis-je.

Évidemment, ce n'était pas vrai. Je ne cessais de penser à l'empoisonnement, et à ce que j'avais vu. J'avais autant intérêt que n'importe qui à mettre un meurtrier hors d'état de nuire, en particulier s'il avait commis cet acte terrible juste à côté de ma boutique et de mon domicile. Et je n'avais certainement pas besoin qu'une femme au comportement étrange débarque de la rue pour m'interroger à ce sujet.

Comprenant manifestement qu'elle n'arriverait pas à me faire parler, elle enchaîna :

— Il y avait deux jeunes gens qui travaillaient sur place, un chef cuisinier et une serveuse. J'ai entendu dire qu'ils étaient frère et sœur. Vous ne savez pas ce qu'ils sont devenus, par hasard ?

Du coin de l'œil, je vis Katie se raidir, mais je gardai soigneusement le regard sur le visage de la femme qui me faisait face.

— Pourquoi le saurais-je ?

Elle était tout sourire.

— Oh, pour rien, mais ma tante m'a dit que *Tricotti Tricotta* était le cœur de la rue Harrington, et que tout le monde passait par ici. Je me suis dit que vous auriez pu en entendre parler.

Je ne gérais pas la boutique depuis assez longtemps pour savoir comment me débarrasser de ce genre de personnes. J'avais envie d'envoyer cette femme épouvantable se faire voir ailleurs. Je repensai à cette phrase ridicule : « le client a toujours raison. » Dans ce cas précis, la cliente était malpolie, intrusive, et se comportait de manière totalement déplacée. De plus, elle n'avait clairement pas l'intention d'acheter quoi que ce soit.

Je cherchais la bonne formule pour me débarrasser d'elle sans paraître trop grossière quand, par chance, un couple de personnes âgées entra dans la boutique. De manière encore plus fortuite, je les reconnus. Il s'agissait d'une gentille dame que j'avais aidée la semaine précédente pendant que son mari attendait patiemment dans le fauteuil réservé aux visiteurs en somnolant paisiblement. Je me souvenais même de leurs noms.

— M. et Mme Fotheringham. Comment allez-vous aujourd'hui ? Avez-vous commencé à travailler sur ce pull pour votre petite-fille ?

On pourrait penser que j'avais une mémoire d'éléphant, mais je commençais tout simplement à reconnaître mes clients, particulièrement les gens sympathiques comme eux.

Mme Fotheringham me sourit. Elle était visiblement heureuse que je me souvienne d'elle. Elle dit :

— Dieu vous bénisse, ma petite. Je pense que ce sera très beau. Le rose pâle était un choix parfait. Et vous imaginez ses petits bras potelés avec ces manches bouffantes ? Je l'ai montré à ma fille et elle veut que j'en tricote un autre. Alors je me suis dit qu'il valait mieux que je revienne pendant que vous avez encore assez de laine.

— Bien sûr ! Laissez-moi vous aider.

Elle n'avait pas vraiment besoin de mon aide. Elle savait exactement où se trouvait la laine, et elle avait une meilleure idée que moi du nombre de pelotes qu'il lui fallait. Mais je ne voulais pas donner une occasion à la visiteuse importune de poursuivre son interrogatoire. Pour mon plus grand plaisir, j'entendis la clochette de la porte tinter, et en me retournant, je la vis qui sortait de la boutique.

Plus tard, en racontant mon histoire à ma grand-mère et à Sylvia, elles me dévisagèrent toutes les deux comme si j'étais une imbécile. Mamie me dit :

— Tu as des pouvoirs magiques, ma chérie. Utilise-les !

— Tu veux dire qu'il existe un sort pour faire partir les gens ?

— Il en existe des centaines, il me semble. Tu peux les faire disparaître définitivement, ou les persuader qu'ils ont laissé une casserole sur le feu pour qu'ils se précipitent chez eux. Tu peux aussi jeter un sort d'invisibilité sur toute la boutique pour que cette femme ne puisse jamais la retrouver. À moins, bien sûr, que tu ne souhaites te débarrasser d'elle définitivement ? Ce qui implique des sorts un peu plus délicats.

— Non, non, lui fis-je. Pas définitivement. Il y a déjà assez de gens qui se débarrassent des autres de façon définitive par ici. Je me demande d'où elle sort ?

Je la décrivis aux deux vampires, mais aucune d'entre elles ne semblait la connaître. Je leur racontai l'histoire de l'oncle et de la tante, et elles étaient toutes les deux d'accord avec moi pour dire que ça n'avait aucun sens.

— C'est peut-être une journaliste ?

Je n'y avais pas pensé.

— Mais pourquoi ne me l'aurait-elle pas dit ? Pour elle, je dois juste être une de ces personnes qui aiment voir leur nom dans le journal ou leur photo à la télé.

Elles secouèrent la tête toutes les deux.

— Peut-être que Rafe le saura.

La manie qu'avaient ces deux-là de toujours tout ramener à Rafe m'exaspérait. Si nos vampires locaux avaient élu un maire, c'était clairement lui. Tout le monde semblait le consulter pour un oui ou pour un non. Son opinion avait plus de poids que celle des autres, et peu importe ce qu'il décrétait, ils s'empressaient tous de s'exécuter. C'était terriblement irritant.

Je regrettais même de lui avoir demandé de m'accompagner à l'*Elderflower* le jour du meurtre. Je l'avais emmené tout droit sur les lieux d'un crime à venir, et j'avais eu tort, car mes discussions avec lui pouvaient être sans fin. Il avait remarqué des choses que moi je n'avais pas vues, et ce n'était pas comme si cette mise en commun de nos idées nous avait aidés à résoudre l'enquête.

Après le départ de la malotrue avec son histoire d'oncle et de tante, Katie et moi nous retrouvâmes seules dans la boutique, et je remarquai qu'elle avait la mâchoire serrée et les épaules remontées jusqu'aux oreilles.

— Pourquoi n'irais-tu pas déjeuner, à présent ? lui proposai-je. Manger un morceau, peut-être faire une petite balade, fumer quelques cigarettes si tu en as besoin. Mais prends une pastille de menthe ou quelque chose avant de revenir, d'accord ?

Je ne voulais pas qu'une odeur de cigarette vienne empester la boutique.

Elle venait à peine de partir lorsque Mary Watt entra. Mon étonnement dut se lire sur mon visage. Je ne pensais pas l'avoir déjà vue à *Tricotti Tricotta* auparavant.

— Miss Watt. Quel plaisir de vous voir.

Je fus naturellement tentée de lui demander comment elle allait, ou comment progressait l'enquête, mais après avoir été moi-même cuisinée de manière si désagréable, je décidai d'éviter de poser des questions impertinentes à ma voisine. Si jamais elle voulait me parler du meurtre, elle le ferait d'elle-même.

Il s'avéra que ma réticence était inutile. Elle voulait en parler, et c'est ce qu'elle fit. Longuement.

Elle commença par s'insurger contre l'injustice de la situation :

— Si quelqu'un voulait la mort de cet homme effroyable, n'aurait-il pas pu trouver un autre endroit pour agir ? Pourquoi choisir notre salon de thé ? Ça a toujours été un endroit charmant et convivial, et maintenant il sera à jamais associé à ce meurtre. Je ne suis pas sûre que nous pourrons rouvrir un jour. En supposant que Florence et moi réussissions à éviter la prison.

J'essayai de trouver des paroles apaisantes, mais tout ce que je parvins à dire fut :

— Je suis désolée.

Elle se mit à faire les cent pas, se frottant les bras avec ses mains rendues rugueuses par le travail, de haut en bas, du coude à l'épaule, encore et encore.

— Je n'ai pas tricoté depuis des années. Qui en aurait le temps, quand on gère un salon de thé six jours par semaine ? L'*Elderflower* est toute ma vie, la mienne et celle de Flo. Et maintenant, tout ce que j'ai en tête, c'est cet horrible meurtre qui s'est produit juste sous notre nez.

Elle continua les cent pas, mais paraissait un peu plus agitée.

— Sans la boutique à gérer, les journées me semblent si longues. Comment les gens qui n'ont pas d'entreprise à gérer s'occupent-ils ? Tu sais ce qu'on dit : « L'oisiveté est la mère de tous les vices. » Eh bien, je n'ai pas l'intention de ne plus rien faire de mes mains.

Elle s'arrêta, puis se tourna vers moi :

— J'ai décidé de me remettre au tricot. Au moins, ça me donnera quelque chose à faire.

— Avez-vous une idée de la durée de l'enquête ?

Comme l'*Elderflower* se trouvait juste à côté, j'avais remarqué que des types à l'allure officielle se montraient encore régulièrement. J'avais vu Ian Chisholm passer deux ou trois fois, dont une où il m'avait aperçue et m'avait fait signe. Mais il n'était jamais venu me rendre visite pour savoir comment j'allais.

Mary commença à se promener dans la boutique, mais cela ressemblait plus à un défilé militaire qu'à du shopping.

— Je n'arrive même pas à lire un livre. Impossible de me concentrer. Tout est si confus dans ma tête. Quant à la télévision, je ne peux plus regarder les informations. J'ai trop peur de voir notre pauvre salon de thé exposé comme étant le théâtre d'un meurtre. Et tout ce que je trouve à part ça, ce sont des programmes qui traitent d'enquêtes criminelles. Tu crois que j'ai envie de suivre une enquête criminelle à la télévision ? Ce que je veux, c'est que quelqu'un boucle celle-ci.

J'acquiesçai de manière apaisante. Je me contentai de commentaires que je voulais rassurants, mais qui étaient tout à fait inutiles : « Je suis vraiment désolée. » De toute façon, elle ne m'entendait probablement même pas. Elle était clairement là pour déverser ses états d'âme.

Je la laissai continuer encore un peu et dès qu'elle fit une pause, je lui annonçai que j'avais engagé Katie comme assistante, ne voulant pas qu'elle l'apprenne d'une autre manière. Elle eut l'air un peu surprise.

— Est-ce bien raisonnable, ma chérie ? Tu sais bien que c'est peut-être une meurtrière.

— Je sais que c'est une possibilité, mais quelque part, je n'y crois pas vraiment. Et c'est une excellente tricoteuse, ajoutai-je en lui montrant mes pieds. Elle m'a tricoté ces jolies chaussettes.

Mary examina mes pieds et hocha la tête.

— Elle est certainement meilleure tricoteuse que serveuse.

— Je pense que cela va sans dire.

Puis, tout en gardant un œil sur la fenêtre au cas où Katie reviendrait :

— Je n'arrête pas de penser à cette fameuse journée, et à la façon dont la pauvre Katie mélangeait sans cesse toutes les commandes. Elle n'arrivait pas à distinguer les tables. Pensez-vous qu'il soit possible que le colonel ne soit pas la cible initiale ?

Mary attrapa une pelote de laine Fishermen's, puis la reposa.

— Je ne sais pas. Je suppose que tout est possible. Mais si

ce que tu dis est vrai, alors le poison devait déjà être sur le plateau quand Katie l'a apporté à la mauvaise table. Dans le thé, dans la confiture, dans le scone, n'importe où.

Je réfléchis.

— Est-ce qu'une jeune femme un peu étrange vous a rendu visite aujourd'hui ?

Je lui décrivis la femme qui m'avait posé toutes ces questions.

— Tu parles de la détective privée ? s'enquit Mary.

J'écarquillai les yeux.

— Elle est détective privée ?

— Eh bien, c'est ce qu'elle nous a dit. C'est la veuve du colonel Montague qui l'a engagée.

Ma première réaction fut de penser que Mme Montague avait gaspillé son argent. Je n'avais jamais vu quelqu'un enquêter de manière aussi peu subtile, et à qui j'étais moins susceptible de me confier.

— Pourquoi a-t-elle fait ça ? Elle pense que la police ne mettra pas la main sur le meurtrier ?

— Si tu veux mon avis, elle veut s'assurer de ne pas être arrêtée.

— Pourquoi voudrait-on arrêter Mme Montague ?

Je me souvins de son terrible gémissement à l'annonce de la mort du colonel. Son visage, que j'avais entraperçu, m'avait paru plus livide encore que celui de son défunt mari. On aurait dit une statue, comme figée par le chagrin. Et même lorsque je lui avais apporté le tricot, elle semblait encore si perdue et si triste.

— Parce que le colonel avait l'intention de divorcer.

— Quoi ?

Pour la première fois depuis qu'elle était entrée dans la

boutique, il y avait un peu de joie dans l'expression de Mary. Livrer un potin bien juteux à quelqu'un qui ne s'y attend pas peut avoir cet effet sur une femme.

C'est ça.

Ils avaient l'air si âgés tous les deux. J'étais toujours assez surprise quand je voyais deux personnes de cet âge divorcer. Mais comme Mamie le disait toujours : les jeunes passions humaines survivent à la jeunesse.

— Pour quelle raison ?

Elle haussa les sourcils.

— La raison habituelle, celle qui pousse un vieil idiot sénile à quitter sa femme au bout d'un demi-siècle de mariage.

— Il y avait une autre femme.

Elle haussa les épaules.

— C'était la rumeur.

— Mais quelqu'un peut-il le confirmer ? Connaît-on l'identité de cette autre femme ?

— Une biochimiste. L'un de ses anciens amours, en réalité. Une certaine Miss Everly ?

Qu'un vieil homme stupide largue sa femme pour une plus jeune, c'était une chose, mais lui avait choisi une femme de son âge. Cela le rendait légèrement moins méprisable.

— Quand on pense qu'ils ont ravivé une idylle datant de la moitié d'une vie.

Miss Watt pinça les lèvres dans une expression de colère.

— Il n'est pas le seul.

Je réalisai alors à quel point j'avais manqué de tact. Sa propre sœur se livrait en ce moment même à une romance avec un homme qu'elle avait rencontré dans sa jeunesse.

— Ça me fait tellement de bien de pouvoir te parler, Lucy.

C'est inutile d'essayer de parler à Florence. Mon idiote de sœur a la tête dans les nuages. Oh, tu ne peux pas savoir à quel point ta grand-mère me manque. J'avais l'habitude de passer à la boutique et de lui raconter mes problèmes, et elle pouvait passer quand elle le désirait au salon de thé pour me raconter les siens. Elle me manque terriblement.

Bien sûr, je ne pouvais pas en dire de même, puisque je voyais ma grand-mère tous les jours. Au lieu de cela, je dis :

— Ce ne sera peut-être pas pareil, mais dès que Katie sera de retour, pourquoi ne pas monter à l'étage et, pour une fois, ce sera moi qui vous préparerai une tasse de thé.

Son visage s'illumina instantanément.

— Oh, si tu es certaine que ça ne te dérange pas trop, j'en serais ravie.

Comme il me paraissait un peu gênant qu'elle et Katie se croisent, je lui suggérai de monter m'attendre à l'étage ; je la rejoindrais dès le retour de ma nouvelle assistante.

Katie, faisant décidément preuve d'un comportement exemplaire, revint de sa pause avant la fin de l'heure impartie. Je fus heureuse de constater qu'elle sentait la menthe, et non la fumée de cigarette. Elle avait l'air plus calme. Elle m'expliqua qu'elle était rentrée chez elle pour déjeuner, et que Jim était là. Il lui avait préparé le repas et l'avait fait rire. Il était évident que cette pause lui avait fait le plus grand bien.

Je lui annonçai que j'avais de la visite à l'étage et que je prenais ma pause déjeuner.

— Frappe à la porte communicante si jamais tu as besoin de moi.

En arrivant à l'étage, Mary Watt était debout et regardait par la fenêtre sans bouger. Visiblement, elle ne pouvait pas garder ses mains immobiles, car elle continuait à les frotter l'une contre l'autre et à triturer ses bagues.

Le panier à tricot de Mamie était posé à côté du canapé. C'était un ancien panier qu'elle utilisait avant sa mort, car ces derniers temps, elle trimballait son projet du moment dans un sac cabas. J'attrapai le panier et proposai à Mary de prendre ce qu'elle voulait. Mamie ne devait pas avoir beaucoup de modèles à l'étage, mais je pouvais très bien aller en chercher un en bas.

— Oh non, ne t'en fais pas pour ça. Je serais incapable de suivre le modèle. Je vais juste faire quelque chose de simple. Une écharpe, je pense.

Elle retourna quelques fragments de laine dans le panier en hochant la tête.

— Je peux me servir de certaines chutes pour faire une belle écharpe à rayures. C'est une bonne manière de recycler la laine non utilisée.

Elle semblait soulagée d'avoir un projet, même s'il s'agissait simplement de recycler de vieux bouts de laine.

— Parfait, dans ce cas, je vais préparer le thé.

Lorsque je revins de la cuisine avec une théière remplie de thé à l'anglaise bien fort, une assiette de sandwiches au fromage et des biscuits, elle s'était déjà mise au travail. Maintenant que ses mains étaient occupées, elle donnait le sentiment d'être plus apaisée.

Elle avait commencé par une rangée de rouge. Je reconnus la laine avec laquelle Mamie m'avait tricoté un pull rouge cerise qu'elle m'avait offert Noël dernier.

— Tu sais Lucy, c'est la première fois que je me sens détendue depuis que ce pauvre homme a trouvé la mort dans mon salon de thé.

Je servis le thé et m'installai avec ma tasse. Nyx m'avait suivie, et après avoir pris sa propre collation, elle sauta sur mes genoux et s'y installa.

Je proposai un sandwich à Mary Watt, qui posa son tricot.

— C'est la première fois aujourd'hui que j'ai envie d'avaler quelque chose. Un meurtre dans son salon de thé, c'est aussi efficace qu'un régime amaigrissant.

— Je pense que vous avez autre chose à l'esprit que ce pauvre Colonel Montague.

Je lui ouvrais la porte, c'était à elle de décider si elle voulait me parler davantage de ses problèmes. Je ne voulais pas être indiscrète, mais parfois le fait de pouvoir en parler les réduisait de moitié, comme Mamie aimait à le dire.

Mary Watt me regarda par-dessus sa tasse à thé fleurie.

— Tu ressembles beaucoup à ta grand-mère, je me trompe ? C'était une femme très perspicace, et tu es en bonne voie pour devenir exactement comme elle.

— Vous ne pouviez pas me faire meilleur compliment.

— Tu as raison, bien sûr. J'étais déjà préoccupée bien avant le meurtre. C'est Flo, tu comprends.

Elle reprit son tricot, et lorsqu'elle se mit à parler, les mailles semblèrent voler d'une aiguille à l'autre comme si elles suivaient le rythme du flot de paroles.

— Et cet *horrible* Gerald Pettigrew.

J'avais bien pensé que c'était la source du problème. J'acquiesçai.

— Florence pense que je ne suis qu'une vieille peau de vache jalouse, mais ce n'est pas ça. Si elle veut se donner la peine de s'occuper d'un vieil homme à son âge, grand bien lui fasse.

Elle leva les yeux vers moi, et je pus voir à quel point elle était troublée.

— Mais pas Gerald Pettigrew.

Elle termina une rangée, puis retourna immédiatement les aiguilles pour en commencer un autre.

— Je ne sais pas comment cet homme a pu avoir le culot de revenir ici. Je pensais être débarrassée de lui une bonne fois pour toutes. Mais c'est un vieux démon rusé, et il sait que je suis prise au piège.

Elle laissa tomber le tricot sur ses genoux et se tourna vers moi.

— Oh, qu'est-ce que je vais faire ?

Comme je ne comprenais pas vraiment ce qu'elle racontait, je gardai les lèvres closes et la regardai avec sympathie.

Elle soupira et reprit son tricot.

— Tu dois penser que je suis folle. Tout ça n'a aucun sens. Je vois bien qu'il faut que je te ramène en arrière. Très loin en arrière, bien avant ta naissance. Quand nous étions jeunes, Flo et moi.

CHAPITRE 18

*S*es mouvements ralentirent lorsqu'elle commença à parler du passé.

— Même dans notre jeunesse, nous n'attirions pas l'attention, ni l'une ni l'autre. Je pense que c'est l'une des raisons pour lesquelles Mère et Père ont travaillé si dur pour faire marcher l'entreprise. Afin que nous ayons toujours un moyen de subsistance. Très rapidement, ils nous emmenaient toutes les deux au salon de thé. Il a toujours été convenu que nous reprendrions l'*Elderflower*. Nous avons atteint notre majorité dans les années 60. Les *swinging 60s*. C'était l'époque des Beatles et, pour la première fois depuis la guerre, l'Angleterre commençait à se remettre sur pied. Londres était redevenue une ville excitante, et les gens étaient pleins d'espoir. Il y avait plus d'argent. Le rationnement était terminé. Les filles portaient des jupes courtes et dansaient dans les clubs jusqu'à toute heure. Mais Flo et moi n'étions pas à Londres. Je ne suis pas certaine que nous aurions fait mieux si ça avait été le cas. Nous étions un couple de filles ordinaires et dodues vivant à Oxford et travaillant dans un salon de thé à l'ancienne. Nous étions virtuellement dépassées par les *swinging 60s*. Cependant, les gens commençaient à avoir un peu plus d'argent à dépenser, et très souvent, ils venaient le faire dans le salon de thé.

J'avais l'impression qu'elle se projetait dans le passé et je restai silencieuse, fascinée de découvrir l'Oxford de sa jeunesse.

— Tu penses peut-être qu'en étant à Oxford, nous étions entourées de jeunes étudiants, et c'était le cas. Rien ne s'est jamais passé pour Flo et moi, tout simplement.

Elle semblait remarquablement objective quant à leur absence de vie amoureuse, même si on pouvait également lier son pragmatisme à l'âge. Elle rit doucement.

— Nous étions le genre de filles vers qui les garçons se tournaient pour obtenir des conseils sur leurs problèmes avec les filles. À leurs yeux, nous étions un peu comme leurs simples cousines. Je pense que ça dérangeait Flo plus que moi. De nous deux, elle a toujours été la plus romantique. Si elle en avait eu l'occasion, elle serait peut-être partie pour tenter une vie différente. Mais maman est morte.

Elle fit une petite pause et but une gorgée de thé.

— Elle a attrapé un mauvais rhume. C'était l'hiver, mais elle ne voulait pas se reposer. Après tout, nous avions l'entreprise à gérer. Le rhume s'est transformé en pneumonie et elle est morte assez rapidement. Père n'a plus jamais été le même après ça. Flo et moi avons assumé de plus en plus de responsabilités, et il semblait s'effacer de jour en jour. Aucune de nous deux n'a été vraiment surprise quand il est mort lui aussi, moins d'un an plus tard.

Elle sourit tristement.

— Nous avons toujours dit qu'il était mort des suites d'un cœur brisé.

— Ils devaient beaucoup s'aimer, commentai-je.

— Oui. Nous étions une famille très heureuse. Nous n'avions jamais vraiment pensé à l'argent. Il y avait le salon de thé, bien sûr, et nous savions que Père avait acheté le bâtiment. Mais il avait aussi investi, étonnamment bien. Nous n'étions pas follement riches, mais nous étions très confortablement installées. Évidemment, nous avons continué, car nous savions que c'était ce que notre mère et notre père auraient voulu. Et c'était tout ce que nous savions faire.

Elle semblait sourire au passé.

— Le monde change sans arrêt, Lucy, mais une bonne tasse de thé et un scone digne de ce nom, ça ne change jamais. Le plus beau coin d'Oxford non plus.

— C'est ce que j'ai toujours pensé de la rue Harrington. Ça change, mais pas tant que ça.

Elle hocha la tête.

— Et puis un jour, Flo est rentrée tard après avoir fait les courses. Elle était absolument rayonnante. Elle avait rencontré quelqu'un. C'était Gerald, bien sûr. Il l'a rencontrée par hasard, semble-t-il. Bien que je ne le croie pas un seul instant.

Pour qui prenait-elle Gerald Pettigrew ? Un traqueur de femmes faciles et aisées ? Comment aurait-il pu être au courant de quoi que ce soit ? Je soupçonnais la jalousie d'être à l'œuvre, mais je restai silencieuse.

— Oh, elle était ravie, et tellement heureuse. Elle a dit que c'était comme dans un film : cette façon dont il s'est approché d'elle en lui disant que ses sacs avaient l'air lourds et qu'il pouvait l'aider à les porter. Et l'instant d'après, ils faisaient des promenades en barque sur la rivière, des pique-niques, et ils allaient au cinéma. Il avait une voiture, ce qui était beaucoup plus excitant à l'époque qu'aujourd'hui, et il l'emmenait faire des virées à la campagne.

Elle posa de nouveau son tricot et pivota vers moi, les mains sur les hanches.

— Et qui dirigeait l'*Elderflower* pendant ce temps, à ton avis ?

Elle se tapota la poitrine.

— Ce pauvre vieux Muggins, voilà qui. J'ai dû engager une aide quotidienne pour pouvoir gérer le salon. Flo était tellement éprise qu'elle n'avait pas les idées claires, et elle ne pouvait certainement pas penser correctement.

Nos regards se croisèrent et elle sourit avec amertume.

— Tu dois probablement penser que j'étais jalouse. J'imagine que je devais l'être un peu. J'admets aussi que j'étais un peu triste à l'idée de perdre ma sœur et ma meilleure amie. Je voyais déjà la chose venir, mais j'ai sincèrement essayé d'être heureuse pour elle. Quand je lui ai demandé quel était le travail de Gerald et ses perspectives d'avenir, elle est restée un peu vague. Il était dans la vente. La vente de voitures. Quand j'ai essayé de creuser le sujet un peu plus profondément, elle s'est mise en colère contre moi et m'a dit que ce n'étaient pas mes affaires.

Ça s'annonçait mal, et je lui fis la remarque.

— Effectivement. Ce n'étaient peut-être pas mes affaires, mais je suis l'aînée, et après la mort de maman et celle de papa, je me sentais un peu responsable. De plus, c'est ma sœur, et je l'aime. Je voulais approuver son choix. J'ai suggéré qu'elle l'invite à dîner à la maison un lundi soir, le seul jour où nous pouvons recevoir des invités. Eh bien, il est venu, et il s'est mis en quatre pour me charmer. Mais j'ai tout de suite vu clair en lui. C'était une de ces personnes qui n'avait que du charme et pas de substance. Je pense que la flatterie doit être son plus grand talent.

— Il a l'air d'être bon vendeur, non ? me risquai-je.

Elle ricana.

— Pour ce qui est de se vendre à des femmes crédules, ça oui, il est très doué. Lorsque je lui ai posé quelques questions sur son entreprise automobile, il a gloussé en répondant qu'en tant que femme, je ne pourrais pas comprendre. Je l'ai trouvé très condescendant et évasif.

J'avais en tête le tableau sinistre d'un dîner très inconfortable.

— Après son départ, évidemment, Flo m'a demandé ce que je pensais de lui. Je suppose que j'ai fait une grave erreur. Je l'ai mise en garde en lui conseillant vivement d'en apprendre plus sur lui avant de s'engager.

Elle secoua la tête.

— Je n'ai pas pris en compte l'intensité de son coup de foudre. Elle lui a sans doute raconté ma réaction, car elle a immédiatement cessé de me parler de leurs projets. Elle faisait des commentaires sur le fait que je la contrôlais. J'étais persuadée qu'ils venaient de lui, et que sa mission était de la séparer de moi.

— Oh, ça devait être horrible.

Je n'avais jamais eu de frère ni de sœur, même si j'avais toujours souhaité en avoir.

— Ça l'était, admit-elle. Puis il l'a demandée en mariage, alors qu'ils ne se connaissaient que depuis quelques semaines. Elle était aux anges. Elle est tombée entre ses mains comme la pigeonne qu'elle était, parée pour le plumage. Je lui ai demandé comment nous allions faire avec l'*Elderflower*. Elle avait l'air penaude. Elle a dit qu'elle voulait qu'on le vende pour qu'elle puisse récupérer la moitié qui lui revenait.

Elle se mordit la lèvre.

— C'est la seule fois où nous avons vécu une véritable engueulade. Nous avons toutes les deux dit des choses que nous regrettons probablement encore aujourd'hui.

Tout à coup, j'imaginai les deux sœurs Watt, se jetant des scones comme s'il s'agissait de missiles.

— Mais je n'étais ni jalouse, ni avide. J'étais tout simplement terrifiée pour elle.

— Ça a dû être affreux, commentai-je, compatissante.

En tant qu'étrangère à la situation, je pouvais comprendre les deux parties. J'avais de la compassion pour Flo, la romantique, amoureuse pour la première et unique fois, et d'un autre côté, j'en avais aussi pour sa sœur qui était restée vieille fille.

— J'étais hors de moi. Quand je lui ai demandé ce qu'elle et Gerald avaient l'intention de faire de la somme d'argent plutôt importante qu'elle recevrait, elle a répondu qu'ils voulaient voyager, voir le monde, avant de s'installer en Australie ou au Canada.

L'indignation qu'elle avait ressentie tant d'années auparavant se lisait encore dans son regard.

— Il ne la laisserait même pas rester dans le pays.

— Et vous auriez perdu le salon de thé, et votre gagne-pain.

Elle acquiesça.

— J'ai peut-être mené une vie isolée, mais je ne suis pas

une idiote. Je ne prévoyais rien d'autre pour ma pauvre sœur qu'un cœur brisé et la banqueroute.

— Et pourtant, ils ne se sont pas mariés, dis-je doucement.

Elle fit cliqueter les aiguilles plus rapidement, enchaînant une rangée après l'autre. Au rythme où elle allait, elle aurait terminé une écharpe de cinq mètres de long avant même que nous ayons fini notre thé.

— Non, effectivement. C'était peut-être sournois de ma part, mais j'ai engagé un détective privé.

J'étais non seulement intriguée, mais aussi certaine que Mary Watt était une grande sœur géniale.

— Qu'est-ce que vous avez découvert ?

— Il était déjà marié, répondit-elle, l'air triomphant.

Je ne savais pas à quoi je m'attendais, mais certainement pas à ça.

— Vous voulez dire qu'il était en cours de divorce ?

Je savais que le divorce était une affaire plus importante à l'époque, mais à moins d'appartenir à la famille royale ou d'être très chrétien, était-ce suffisant pour briser un couple d'amoureux ?

— Ah non ! Il n'avait pas l'intention de divorcer. Mon enquêteur l'a suivi jusqu'à Leeds. Il vivait avec une femme qui avait hérité de la maison qu'ils habitaient et d'un revenu privé. Ils avaient deux enfants. La femme était parfaitement heureuse, à l'exception du fait que son mari était souvent en déplacement professionnel.

— Il prévoyait d'être bigame ?

J'avais entendu des histoires de ce genre, j'en avais parfois lu dans les journaux, mais je n'avais jamais réellement connu quelqu'un qui avait deux conjoints. L'idée me paraissait invraisemblable.

— Oui.

— Alors vous avez tout dit à votre sœur ?

Elle mit la tête entre ses mains, manquant de se poignarder avec ses aiguilles à tricoter.

— Je suis tellement idiote. À ce moment-là, ma sœur et moi nous adressions à peine la parole. Pour être honnête avec toi, je crois bien qu'elle n'avait pas la tête sur les épaules. Elle n'aurait jamais accepté la vérité, même si on la lui avait servie sur un plateau. À un moment donné, je lui ai demandé ce qui se passerait si elle découvrait quelque chose de terrible sur lui. Et Flo m'a répondu qu'il n'y avait rien que je puisse lui dire sur Gerald qui entacherait son amour pour lui.

— Wow. Elle vous avait vraiment dans le nez.

— C'était un beau parleur, tu comprends. Il pouvait lui faire croire n'importe quoi. Et si elle partait avec lui et que je ne la revoyais plus jamais ? Je ne pouvais pas supporter cette idée. J'ai fait ce que je pensais être la meilleure chose pour ma pauvre sœur.

Sa tête était toujours dans ses mains, et elle la secouait maintenant vigoureusement.

— Je ne suis pas sûre d'avoir été rationnelle à l'époque, moi non plus. Il était soi-disant retourné à Londres pour le travail. Mais je savais où il était vraiment.

Cette histoire était plus captivante encore qu'une série télévisée.

— J'ai retiré une assez grosse somme d'argent, puis j'ai fait la route jusqu'à Leeds avec le détective privé. Nous sommes allés trouver Gerald ensemble. Pas chez lui, même si nous aurions peut-être dû. Nous l'avons suivi, et au moment où il était sur le point d'entrer dans un pub, je l'ai accosté.

Je pouvais imaginer la scène.

— Il devait être abasourdi.

— Ce n'est pas son genre. Il est aussi rusé que le diable. Il a essayé de la jouer au culot. Nous sommes allés dans un café tranquille et le détective privé a exposé ses conclusions. Gerald prétendait qu'il n'avait pas eu le courage d'annoncer la nouvelle à sa femme, mais qu'il allait lui demander le divorce pour pouvoir épouser ma sœur, l'amour de sa vie. C'était nauséabond. Cependant, il n'avait encore rien fait d'illégal. Avec le recul, j'aurais dû attendre qu'il épouse Flo tout en restant marié à la femme de Leeds. Mais comment aurais-je pu laisser Flo être humiliée de la sorte ? J'ai fait un marché avec Gerald Pettigrew. Je lui ai dit que je lui donnerais de l'argent s'il quittait Florence. Je me fichais de ce qu'il lui raconterait. Il pouvait inventer n'importe quelle histoire ; une mère mourante dans un autre pays, une mission secrète du gouvernement. Il était très doué pour en inventer, j'étais sûre qu'il serait capable d'en trouver une qui la satisferait.

— Vous l'avez payé ? demandai-je, étonnée par cette révélation.

— Je pensais que c'était la meilleure chose à faire. Je lui ai dit qu'il pouvait prendre l'argent et partir, mais que si je le revoyais, je raconterais toute l'histoire à Flo. De plus, l'enquêteur avait découvert des faits peu recommandables sur son passé que la police aurait sûrement été ravie d'apprendre.

Elle afficha un air satisfait à la mention de ce dernier point.

— Son charme factice lui tomba du visage comme le masque d'un joueur de rue. Je crois vraiment que si le détective privé n'avait pas été là, et si nous n'avions pas été dans un lieu public, il aurait pu devenir violent. En fin de compte, il a accepté. Il n'avait pas vraiment le choix.

Note maximale pour Miss Mary Watt.

— Il a dit à ma sœur qu'il avait été appelé ailleurs. Je ne suis pas sûre du prétexte qu'il lui a fourni. Il lui a fait croire que c'était son devoir, et que ça lui brisait le cœur autant qu'à elle. C'était écœurant, mais au moins il laissait à Flo sa dignité. Au fil du temps, ma sœur et moi avons recollé les morceaux et continué à gérer le magasin ensemble. Pendant toutes ces années, aucun autre homme ne s'est interposé entre nous. Aucun autre homme n'a essayé, ajouta-t-elle en riant doucement.

— Et maintenant Gerald Pettigrew est de retour. Comment a-t-il pu avoir le culot ?

— Parce que j'ai été idiote et il le savait. Sa femme est morte, figure-toi. Elle était un peu plus âgée que lui. Maintenant qu'elle n'est plus là, il est vraiment libre. Je ne peux pas avouer à Flo que je les ai séparés. Tu vas me trouver un peu sentimentale, mais plus on vieillit, plus les relations comptent. Flo est toute ma famille, et ma meilleure amie.

Mais une femme qui avait eu assez de jugeote pour engager un détective privé, et faire fuir ce chasseur de dot ne pouvait-elle pas trouver une solution pour l'empêcher de lui voler sa sœur une nouvelle fois ?

— Qu'avez-vous l'intention de faire ?

— Honnêtement, je ne sais pas. Bien sûr, maintenant, il sait à quoi s'en tenir avec moi. Il ne serait jamais revenu ici s'il avait encore des choses à cacher. Naturellement, je suis immédiatement allée faire des recherches sur Internet. Sa femme est morte il y a sept ans.

Cette dernière information retint mon attention.

— Sept ans ? Pourquoi a-t-il mis si longtemps à revenir ici ?

Elle reprit son tricot et commença à enrouler la laine autour de l'aiguille comme s'il s'agissait d'une corde autour du cou de Gerald Pettigrew.

— Je ne sais pas. Il pensait peut-être que sa femme lui laisserait assez d'argent pour qu'il n'ait pas besoin d'escroquer ma pauvre Flo. Peut-être qu'il a tenté sa chance avec d'autres veuves et vieilles filles fortunées, et qu'il a échoué. Peut-être qu'il a épuisé tout l'argent.

— Je me demande si ça ne vaut pas la peine d'engager un autre détective. S'il a déjà été capable de bigamie une fois, il se pourrait qu'il récidive.

Elle laissa échapper un soupir.

— Lucy, j'ai quatre-vingt-deux ans. Flo en a quatre-vingts. Je suis trop fatiguée pour me battre à nouveau contre cet homme. Si elle est trop naïve pour réaliser que cet homme est un menteur et un chasseur de dot, alors je devrais peut-être la laisser profiter de son bonheur. Même s'il vole tout son argent et qu'il la quitte, il m'en restera assez pour nous faire vivre tous les deux.

— Ça semble tellement injuste qu'il profite de la naïveté de ces femmes pour les séduire.

— Il n'est pas le premier, et il ne sera pas le dernier.

Je réfléchis un instant.

— Et si nous lui suggérions un meilleur parti ?

Elle tourna la tête et me regarda, perplexe.

— Un meilleur parti ?

Les pensées qui me traversaient quittèrent mes lèvres sans attendre :

— La veuve du colonel Montague est, selon les rumeurs locales, très fortunée. Si le colonel avait l'intention de divorcer, elle n'est sans doute pas inconsolable. Peut-être qu'une veuve beaucoup plus riche qui n'a pas besoin de vendre un commerce et des propriétés pour rentrer dans ses fonds serait plus attrayante aux yeux de Mr. Pettigrew.

— Mais, Lucy, il est possible que Mme Montague ait assassiné son mari. Serais-tu capable de pousser un homme comme Gerald Pettigrew, aussi méprisable soit-il, dans les bras d'une empoisonneuse ?

— Je dirais que Gerald Pettigrew est tout à fait capable de se débrouiller tout seul. De plus, on peut s'en remettre au châtiment divin, ce genre de choses...

Quand elle repartit, Mary paraissait beaucoup plus joyeuse. Ma pause déjeuner avait duré très longtemps, mais une fois de retour en bas, je remarquai que Katie semblait sereine et que la boutique tournait bien. Elle était justement en train d'enregistrer une grosse commande.

Miss Watt la salua de manière parfaitement joviale avant de lui dire qu'elle était heureuse qu'elle ait trouvé un autre emploi. Katie la remercia et lui dit qu'elle espérait que l'*Elderflower* pourrait rouvrir bientôt.

Je raccompagnai Miss Watt jusqu'à la porte, et même à l'extérieur. C'était agréable de prendre une bonne bouffée d'air frais.

— Je dois reconnaître que cette fille est sacrément mieux chez toi que chez moi, m'avoua-t-elle.

— Au risque de paraître grossière et sans cœur, je dois dire que le malheur des uns fait le bonheur des autres.

Miss Watt rit, ce qui faisait plaisir à entendre. Ça devait faire un moment que ce n'était pas arrivé et, au rythme où allaient les choses, ça ne se reproduirait peut-être pas de sitôt. Elle posa une main sur mon bras.

— Merci, Lucy. Tu m'as fait beaucoup de bien. J'espère que ta grand-mère te regarde depuis là-haut. Elle serait si fière de toi.

En réalité, et avec un peu de chance, ma grand-mère dormait paisiblement. Et si jamais ce n'était pas le cas, j'avais lancé un autre sort sur la trappe pour qu'elle reste à distance, au moins pendant les heures d'ouverture du magasin.

J'avais hâte de partager avec elle toute l'histoire que je venais d'entendre. Ma grand-mère jaugeait très bien les personnalités. J'étais très curieuse de savoir ce qu'elle pensait de ce Gerald Pettigrew.

J'avais atteint la porte quand un homme m'interpella par mon nom. Je me retournai et vit Ian Chisholm marcher dans ma direction. Miss Watt s'était également tournée vers lui et il dit :

— Je suis très heureuse de vous voir toutes les deux. Miss Watt, j'ai encore quelques questions à vous poser.

La détente que lui avait procurée notre discussion s'envola en un clin d'œil. Son visage retrouva son expression tendue et anxieuse. Malgré tout, elle répondit :

— Bien sûr. Voulez-vous entrer ?

— J'aimerais bien. J'ai aussi quelques questions supplémentaires pour votre serveuse, Katie. Vous savez où je pourrais la trouver ? Je suis allé voir à leur appartement, mais ni elle ni Jim n'étaient chez eux.

— Katie est juste derrière nous, dans la boutique, lui indiquai-je. Elle y travaille en tant qu'assistante.

Si la nouvelle le surprit, il le cachait bien.

— Je vois, fit-il en jetant un coup d'œil à sa montre. Miss

Watt, si vous avez un moment, peut-être pourrions-nous discuter un peu ? Ensuite je viendrai te voir, Lucy. À 17 h 00, après la fermeture.

En rentrant dans la boutique, je regrettai de ne pas lui avoir demandé si je pouvais annoncer à Katie ce qui l'attendait. Je décidai d'attendre la fermeture. Ça ne servait à rien de l'inquiéter inutilement.

Plus l'après-midi avançait, plus je me réjouissais d'avoir une assistante. Le nombre de ventes supplémentaires générées par le meurtre du salon de thé était incroyable. Nous étions devenues expertes dans l'art de balancer des platitudes du genre : « Oh oui, c'était un terrible choc, ou non, je ne crois pas que la police ait déjà arrêté le coupable. » Après quoi nous changions habilement de sujet pour en revenir au tricot.

Vers 16 h 45, je me retrouvai momentanément seule avec Katie. Le magasin s'était vidé et je doutais que nous aurions d'autres clients avant 17 h 00. Je lui annonçai :

— J'ai croisé l'inspecteur Chisholm tout à l'heure. Il va venir ici après la fermeture pour te poser quelques questions supplémentaires. C'était préférable qu'il ne vienne pas faire son travail pendant nos heures d'ouverture.

— En effet, répondit-elle.

Puis elle se frotta les bras comme si elle avait d'un coup très froid, ou qu'elle était prise de fortes démangeaisons, mais je me doutais bien que c'était seulement la nervosité qui l'agitait.

— Une idée de ce qu'il veut ?

Je secouai la tête.

— Tout ce qu'il m'a dit, c'est qu'il avait encore quelques questions.

— Mais je lui ai dit tout ce que je sais ! Mon Dieu, j'aimerais ne jamais être venue dans cet horrible pays. Pour commencer, il fait un froid de canard. Et puis tout le monde a un balai dans le cul.

Même si elle insultait les gens qui payaient nos deux salaires, je lui pardonnai son impolitesse, car sa voix tremblait comme si elle était au bord des larmes.

— Je suis sûre que c'est juste la procédure habituelle, lui affirmai-je aussi calmement que possible.

Elle me lança un regard plein de détresse.

— Tu ne vas pas me laisser toute seule avec lui ?

Je fus surprise par sa réaction.

— J'avais l'intention de monter à l'étage pour vous laisser un peu de tranquillité. Ou bien tu peux monter avec lui et je resterai en bas, dans la boutique.

Elle secoua la tête tout en répétant « Non ». Une double négation, s'il en était.

— Je veux que tu restes avec moi. Promis ?

— Si l'inspecteur accepte, alors c'est d'accord.

Ian arriva juste après 17 h 00, frappant énergiquement à la porte. Je le laissai entrer et remarquai qu'il n'était pas seul. Il y avait une jeune agente de police avec lui. Une femme d'environ mon âge. Il nous salua toutes les deux avant de s'adresser à Katie :

— Katie, ça ne prendra pas beaucoup de temps, mais j'ai encore quelques questions pour vous.

— Je ne vois pas ce que je pourrais vous dire que je n'ai pas déjà dit. Et je veux que Lucy reste avec moi.

— D'accord, très bien.

Je les accompagnai à l'étage, puis nous nous installâmes dans le salon. J'envoyai rapidement un SMS à Rafe pour lui demander de ne pas laisser ma grand-mère venir se balader ici, ce qu'elle faisait parfois lorsque la boutique était fermée. Elle avait refusé les offres répétées pour qu'elle ait son propre téléphone. Elle disait qu'elle n'en avait pas eu besoin de son vivant, et qu'elle n'allait certainement pas céder à cette pratique une fois morte. « Il y a très peu d'avantages à être morte-vivante, Lucy, mais ne pas être obligé d'utiliser la technologie moderne en fait partie. »

Je devais donc compter sur Rafe pour lui transmettre mes messages.

La jeune policière sortit un carnet et Ian commença :

— Nous avons les résultats de l'autopsie.

Katie avait l'air perplexe.

— Mais il n'a pas été empoisonné ?

— Il y avait toujours une possibilité pour qu'il soit mort de causes naturelles, mais en effet, vous avez raison. Le colonel a bien été empoisonné. Cependant, il existe de nombreuses substances susceptibles d'empoisonner une personne et, selon le poison, nous sommes capables de déterminer précisément le moment où il a été administré. Dans le cas du colonel, c'était du cyanure. On en a retrouvé mélangé à son thé. Entre le moment où il l'a bu et celui où il est mort, il se serait écoulé environ vingt minutes.

Je prononçai la déduction qui s'imposait :

— Donc, il a incontestablement été empoisonné à l'intérieur du salon de thé.

— C'est une certitude. Par conséquent, Katie, soit c'est vous qui avez mis le poison dans le thé, ou bien vous avez vu la personne qui l'a fait.

Je ne l'avais jamais vu l'air aussi froid et implacable. Mon propre battait plus fort, et ce n'était pas moi qui étais accusée de quoi que ce soit. Le visage de Katie devint d'abord rouge vif, puis affreusement pâle. Elle se pencha en avant et joignit les deux mains.

— Je ne l'ai pas tué. Pourquoi l'aurais-je fait ? Je ne le connaissais même pas. Il était sacrément grossier, mais je ne l'aurais jamais tué pour ça. De toute façon, où est-ce que j'aurais pu trouver du poison ?

— C'est une excellente question. Où auriez-vous pu en trouver ?

— Justement, je ne sais pas, et je n'ai rien fait.

— Et pourtant, c'est bien le thé que vous avez servi au colonel qui a causé sa mort. Alors pourquoi ne pas m'expliquer le processus exact ?

Elle se recroquevilla contre les coussins du canapé et son visage prit la même expression revêche que lorsqu'elle travaillait au salon de thé. Elle s'était montrée si enjouée et efficace en travaillant pour moi que j'avais oublié qu'elle avait aussi un côté beaucoup moins sympathique.

— Je vous l'ai déjà dit. Je n'ai pas préparé le thé ce jour-là. Il y avait trop de monde. Je l'ai juste apporté sur le plateau.

— Qui a préparé ce thé ?

Elle comprit le piège qu'il lui tendait et refusa d'y tomber.

— Tout ce que je sais, c'est que ce n'est pas moi.

— Allez. Vous devez forcément savoir qui l'a fait ! Il y a deux possibilités : soit c'était Jim, soit c'était Miss Watt. Lequel des deux était-ce ?

Elle baissa les yeux vers le sol. D'une voix à peine audible, elle répondit :

— C'était Miss Watt. Mary Watt.

Je fus étonnée, car j'imaginais que c'était plutôt Jim qu'il cherchait à confondre. Je jetai un coup d'œil au visage de Ian, mais il ne laissa rien paraître. Je le connaissais assez bien, et je me dis qu'il savait sûrement déjà qui avait préparé ce fameux thé. Miss Watt avait dû le lui dire, et Katie ne faisait que confirmer cette information.

— Et comment avez-vous su qu'il fallait apporter le plateau en question à la table du colonel Montague ?

— Miss Watt m'a indiqué le numéro de la table.

— Vous lui aviez déjà servi le mauvais thé une fois.

— Oui, je sais. Inutile de continuer à le mentionner. C'était déroutant et j'étais nouvelle. Mais cette fois-là, j'ai fait les choses correctement.

— Qui, à part vous, Miss Watt et Jim, avait accès à la théière ?

— Elle était posée là, attendant d'être débarrassée. N'importe qui aurait pu y accéder. C'est ce que je vous ai déjà dit.

— Avez-vous vu quelqu'un s'en approcher ? C'est très important que vous essayiez de vous souvenir des moindres détails.

Elle ferma les yeux.

— La femme du colonel, lâcha-t-elle finalement. J'ai oublié de vous le préciser l'autre fois. Elle est venue nous voir, rouge de honte parce qu'il était en train de hurler. Elle a dit un truc du genre : « Pour l'amour du ciel, dépêchez-vous de servir le thé du colonel, il est en train de faire une scène. » Elle avait l'air tellement gênée.

— Vous êtes sûre de ce que vous avez vu, ou vous inventez ça pour détourner les soupçons de vous et votre petit ami ?

De nouveau, elle prit son air belliqueux.

— Non. Je l'ai vraiment vue.

Je hochai la tête.

— Je l'ai vue, moi aussi. Elle est passée devant notre table, mais je croyais qu'elle se dirigeait vers les toilettes. Elle a très bien pu tenter d'accélérer le service. Je ne l'ai pas suivie des yeux ensuite.

— Qui d'autre aurait pu approcher la théière ?

— N'importe quelle personne qui s'est rendue aux toilettes. Après tout, quelqu'un n'aurait-il pas pu verser le poison lorsqu'elle était déjà posée sur la table ? Il y avait cette vieille dame qui s'agitait autour de lui. Et moi, je courais dans tous les sens avec de la nourriture et des tasses de thé, mais les gens s'installaient, se levaient et repartaient. Presque tous devaient forcément passer devant la table du colonel. N'importe lequel d'entre eux aurait pu l'empoisonner.

Elle jeta un coup d'œil à sa montre.

— Écoutez, je suis en retard. J'ai dit à Jim que je le retrouvais après sa répétition. Nous allons voir une pièce de théâtre.

— Très bien, fit Ian. L'agente ici présente va vous raccompagner. Si vous vous souvenez de quoi que ce soit d'autre, n'hésitez pas à me le faire savoir.

Il la regarda d'un air sévère en ajoutant :

— Assurez-vous que c'est bien la vérité.

— Mince alors ! Vous êtes un charmeur, vous, n'est-ce pas ?

Puis elle récupéra son sac et se tourna vers moi :

— À demain ?

Même si, comme le font souvent les Australiens, elle prononça cela comme une question, dans ce cas précis, j'avais la nette impression qu'elle se demandait si je reconsidérais mon offre d'emploi maintenant qu'elle avait été interrogée une deuxième fois par la police.

Mais elle ne me semblait pas plus coupable aujourd'hui que le jour du meurtre. Ni plus, ni moins.

— Oui. Merci Katie. À demain.

Katie et l'agente de police s'en allèrent, mais pas Ian. Ses yeux bleus restaient fixés sur mon visage.

— J'étais un peu surpris de voir que tu l'avais engagée. Tu réalises qu'elle fait partie des principaux suspects ?

Était-il inquiet pour ma sécurité ou me trouvait-il simplement stupide d'avoir engagé une personne potentiellement dangereuse ? Sans doute la deuxième solution.

— Mais pourquoi assassinerait-elle le colonel Montague ? Tout comme Jim, d'ailleurs. As-tu trouvé un quelconque lien entre eux ?

Il secoua la tête.

— Non. Ça me laisse perplexe, je peux te l'assurer. As-tu vraiment vu Elspeth Montague retourner vers la cuisine ?

— Oh, oui, tout à fait. Je ne m'en suis pas souvenu jusqu'à ce que Katie le mentionne. On aurait dit une boule de nerf. C'était vraiment un homme très désagréable.

— C'est ce que tout le monde dit, mais personne ne semble avoir une raison précise de le tuer.

— L'Irlandaise est-elle venue te voir ?

Il hocha la tête.

— Je pense qu'elle s'inquiétait de ton sort. Elle semblait très soucieuse de s'assurer que tu n'avais pas d'ennuis.

— À mon avis, c'est quelqu'un d'honnête, même si elle avait certainement une dent contre le colonel Montague.

— Comme presque tout le monde dans ce salon de thé.

— Est-ce qu'elle t'a dit ce qu'elle faisait là ?

Il s'affala sur le canapé et desserra sa cravate, comme s'il se sentait plus détendu en ma présence. C'était aussi un geste subtil qui annonçait la fin de son service.

— Oui. Apparemment, elle a dit la vérité à Elspeth

Montague et, même si ça l'a choquée, elle ne semblait pas surprise outre mesure. Elle a promis de faire ce qui était juste pour sa fille et la femme qu'il a abandonnée.

— Je suis contente. Au sein de toute cette horreur, il y a des gens qui agissent encore avec gentillesse.

Ses yeux pétillèrent d'amusement.

— Tu aimes voir ce qu'il y a de meilleur chez les gens, n'est-ce pas ?

— Qu'est-ce qu'il y a de mal à ça ? Je préfère penser que les gens ont un bon fond plutôt que de toujours me méfier de leurs motivations.

— Heureusement que tu tiens une boutique de tricot et que tu n'es pas détective.

J'aimais me dire que je l'étais peut-être un peu, mais j'aimais aussi la vision qu'il avait de moi. Je préférais penser du bien des gens plutôt que de toujours supposer le pire. Mais ça ne résolvait en rien les affaires comme celle-ci.

Je lui racontai les derniers ragots que j'avais entendus, à savoir que le colonel avait l'intention de divorcer et d'épouser Miss Everly.

— Ce sont deux véritables romances du troisième âge qui se déroulaient dans ce salon de thé. Et à des tables voisines, en plus.

— Oui, et c'est bien là le problème. Avec Katie qui s'emmêlait sans arrêt les pinceaux, nous ne sommes même pas certains que le Colonel Montague était la cible réelle.

— Évidemment, la seule autre personne ayant commandé du thé Earl Grey, qui se trouvait sur le même plateau, était Gerald Pettigrew.

Je n'avais aucune intention de trahir la confiance de Miss Watt en révélant à Ian ce qu'elle m'avait raconté aujourd'hui, mais peut-être qu'une légère allusion pouvait l'aider à résoudre cette enquête complexe. Je baissai les yeux sur mes mains.

— As-tu fait des recherches sur Gerald Pettigrew ?

Ian était beaucoup de choses, mais il n'était pas stupide. Il me fixa de son regard bleu vif.

— Pourquoi ?

— Je ne sais pas exactement. Il est sorti de nulle part et semble avoir fait chavirer le cœur de Florence Watt. Seulement, est-ce que ça ne paraît pas un peu trop beau pour être vrai ? Quand il est entré dans la boutique, alors qu'il cherchait la porte d'à côté, je me suis dit qu'il ressemblait à un acteur. Le genre qui joue un colonel à la retraite ou un vieil aristocrate dans les téléfilms.

Il hocha la tête.

— Et bien entendu, ces types ont tendance à être basés sur des personnages réels. Il pourrait être l'un d'eux. Cependant, nous avons contacté Interpol. Dernièrement, il vivait en Australie.

Mes yeux s'écarquillèrent.

— En Australie ?

— Oui. Lui, Katie et Jim sont arrivés dans ce quartier à quelques jours d'intervalle. Simple coïncidence ?

— Ma foi, il y a près de vingt-cinq millions de personnes en Australie. Et vu leurs habitudes de voyage, ils doivent être des milliers à parcourir l'Angleterre à tout moment, et à travailler dans les magasins ou les pubs.

Il croisa mon regard.

— C'est gentil de ta part d'offrir un job à Katie. Mais tu seras prudente ?

J'avais l'impression qu'il ne me regardait pas comme un

flic regarde la témoin d'un meurtre. Il me regardait comme un homme regarde une femme qui l'intéresse. Je me sentis fébrile et un peu troublée.

— Je ferai attention.

Le regard toujours rivé sur mon visage, il reprit :

— Je me demandais...

Et son téléphone sonna avant qu'il ne finisse sa phrase. Il jeta un bref coup d'œil à l'écran et se ravisa.

— Je ferais mieux de sortir et de prendre cet appel. Au revoir, Lucy.

Si ça, ce n'était pas un coup de fil inopportun ! À quoi aurait ressemblé le reste de la phrase s'il l'avait terminée ? « Je me demandais si tu accepterais de boire un verre avec moi au pub, Lucy ? » « Je me demandais si je pouvais t'inviter à dîner, Lucy ? Rien que nous deux ? » « Je me demandais si tu voulais m'épouser et passer le reste de ta vie à cacher le fait que tu es une sorcière et que ta grand-mère est un vampire, Lucy ? »

Je ne savais pas pourquoi je me donnais la peine de me livrer à cet exercice mental inutile.

CHAPITRE 19

C'est étonnant à quel point on peut vite revenir au cours normal des choses après un drame. J'avais d'abord pensé que vivre et travailler à proximité d'une scène de crime me terrifierait ou me rendrait insomniaque. Certes, en me couchant je veillais à ce que les portes soient verrouillées et vérifiais que mon téléphone était à portée de main, mais je dormais bien. Les clients continuaient d'aller et venir, et au bout de quelques jours, ils étaient plus intéressés par les articles pour le tricot que par la discussion sur cette tragédie.

En réalité, j'avais tiré avantage de ce meurtre, puisque j'avais hérité de Katie, qui était la meilleure assistante que je pouvais imaginer. J'appréciais le fait qu'elle soit plus ou moins de mon âge, après les deux premiers jours pendant lesquels elle s'était montrée un peu rigide avec moi, elle s'ouvrit rapidement.

Elle me parla de sa vie en Australie. Ça n'avait pas été facile. Elle avait été élevée par sa grand-mère, non pas parce que ses parents étaient occupés par leurs vies professionnelles, comme les miens, mais parce que sa mère n'avait jamais quitté la maison. Elle avait enchaîné les petits boulots pendant que sa propre mère élevait Katie. Elle ne mentionna cependant pas son père et je me demandai même si elle connaissait au moins son identité.

C'était quelque chose qu'elle et Jim avaient en commun, me confia-t-elle alors que nous rangions la boutique. Son père les avait abandonnés quand il était jeune et sa mère ne s'en était jamais remise.

— Dès notre première rencontre, nous étions sur la même longueur d'onde. Jim dit que les gens qui ont une enfance heureuse font de mauvais acteurs.

Elle haussa les épaules avant d'ajouter :

— Je crois que je préfère être heureuse qu'être une grande actrice.

— Est-ce qu'il apprécie la pièce ?

Je ne savais pas quoi dire d'autre. Je n'avais peut-être pas les parents les plus impliqués du monde, étant donné qu'ils étaient si souvent en déplacement, mais j'avais toujours su qu'ils m'aimaient, et venir passer du temps avec Mamie avait toujours été un plaisir.

— Il adore ça. Il joue Jack Worthing, tu sais, *L'importance d'être Constant*. Il est rentré à la maison complètement maquillé hier, juste pour rire. J'ai eu peur en voyant cet homme déguisé à la porte de l'appartement. Il était méconnaissable. J'ai mis un moment avant de réaliser que c'était lui.

Mary Watt, après avoir utilisé toutes les chutes de laine du panier de Mamie, revint en chercher d'autres pour réaliser une écharpe qui était étonnamment jolie, compte tenu de l'angoisse qui l'avait poussée à sa confection. Elle acheta également de la laine et un patron pour faire un pull bien épais.

— En revanche, je ne sais pas pour qui je vais le tricoter. Les pulls sont beaucoup trop chauds pour moi.

Je lui parlai alors de l'opération caritative que nous menions au sein de la boutique. Tout le monde pouvait apporter des pulls bien chauds pour les sans-abris, alors pourquoi ne pas produire des articles neufs dans le but de faire une collecte de Noël destinée aux plus démunis ?

Je ne pouvais pas m'attribuer le mérite de cette dernière idée. C'était Silence Buggins qui l'avait suggérée au club de tricot du mardi. À l'époque victorienne, elle avait participé à ce genre d'opération. Elle voulait sûrement se rendre utile, sa visite chez le médecin traitant du colonel Montague n'ayant pas été un franc succès.

Alfred et elle y étaient allés ensemble en prétextant que Silence travaillait sur un livre au sujet des premières femmes médecins d'Oxford. Le rendez-vous s'était bien déroulé, jusqu'à ce que Silence aborde le sujet de l'empoisonnement et que le médecin se referme comme une huître. Peu après, elle leur avait dit qu'elle avait un rendez-vous et les avait fait sortir de son bureau.

— Donc, nous n'avons rien appris, avait déploré Silence, découragée.

— Nous savons tout de même qu'elle est féministe, proposa Alfred.

— Parfait, cela devrait résoudre l'enquête, avait lancé Hester, toujours prête à jeter un froid sur des esprits déjà déçus.

Puis la réunion avait évolué vers une discussion à propos des fêtes de Noël à la boutique. Mamie m'avait renseignée sur ce qu'il fallait commander en quantité, me rappelant également de trouver un professeur pour chapeauter un atelier sur les ornements de Noël au tricot et au crochet. Puis Silence avait suggéré le projet caritatif.

Mary Watt s'enthousiasma quand je lui proposai l'idée. Elle faisait visiblement partie de ces personnes ayant du mal à se faire plaisir, mais qui, en mettant leur talent au service des autres, n'avait pas l'impression de perdre leur temps à tricoter.

Florence Watt et Gerald Pettigrew ne venaient jamais à la boutique, mais je les voyais souvent passer devant. En général, ils se tenaient la main et semblaient tellement absorbés l'un par l'autre que, si je n'avais pas été inquiète pour elle, j'aurais trouvé leur relation adorable. Mais j'étais inquiète. Mary Watt ne me semblait pas être une femme fantaisiste ou particulièrement jalouse. Si elle pensait que l'on profitait de sa sœur, je me disais qu'elle avait sûrement raison.

Gerald n'avait probablement pas emménagé à côté. Mary ne l'aurait jamais supporté. Mais Florence et lui étaient clairement inséparables.

C'est peut-être pour cette raison que je le remarquai tout particulièrement lorsqu'il passa devant la vitrine ce jeudi matin. Les cloches sonnèrent les douze coups de midi. J'aimais toujours entendre les cloches à Oxford. Rafe m'avait raconté qu'elles sonnaient depuis des siècles dans les vieilles églises. Je jetai un coup d'œil dehors et vis Gerald Pettigrew tout seul, ce qui était assez inhabituel. Il avait une démarche particulière, très militaire, et il portait une veste en tweed, un pantalon de flanelle grise, et des chaussures noires. Il s'habillait toujours avec élégance. Sur sa tête, il y avait un chapeau à carreaux. Il portait un livre sous le bras. C'était un livre relié, et je me demandai s'il allait ou venait de la bibliothèque publique.

Katie arriva derrière moi et me dit :

— C'est drôle de le voir sans Miss Watt. Ils sont toujours ensemble.

Je n'osais pas espérer qu'ils se soient brouillés. Il avait l'air trop joyeux pour ça.

Vers quatre heures de l'après-midi, je sortis faire un dépôt à la banque. Je passai tout juste devant l'*Elderflower* et l'annonce temporaire sur laquelle on pouvait lire « fermé jusqu'à nouvel ordre » lorsque j'entendis un cri. C'était un cri terrible, le genre qui vous fait dresser les poils sur la nuque. Il provenait de l'intérieur du salon de thé. Je me demandai quelle nouvelle catastrophe avait frappé les pauvres sœurs Watt et accourus pour voir si je pouvais leur venir en aide.

L'intérieur du salon de thé était sombre et vide, mais il y avait de la lumière provenant de la cuisine, où je pouvais entendre du mouvement et des sanglots. Je me dirigeai vers l'endroit d'où provenait le bruit d'un cœur brisé. Dans la pièce, tout était beaucoup trop bien rangé. Il était évident que rien n'y avait été cuisiné depuis plusieurs jours. Elles avaient une petite chambre froide, et Florence Watt était à genoux devant la porte ouverte. Mary Watt avait les bras autour de sa taille et essayait de la tirer en arrière.

— Dieu merci, lança-t-elle en me voyant. Lucy, appelle la police.

Les deux femmes me barrant le passage, je dus tordre le cou pour regarder à l'intérieur, et j'aurais préféré ne pas le faire.

Gerald Pettigrew gisait à l'intérieur, affalé sur le dos, le corps sans vie. Manifestement, il avait été étranglé.

Je sortis mon téléphone, les mains tremblantes. J'appelai le 999 immédiatement pour signaler le meurtre, puis je rejoignis Mary pour tenter d'empêcher sa sœur de se jeter sur Gérald et de détruire toutes les preuves médico-légales potentielles.

Nous parvînmes à la tirer en arrière. La femme, qui nous était apparue si rajeunie et pleine de vie, avait maintenant l'air vieille et hagarde. Ses cheveux teints en blonds juraient terriblement avec son visage effondré, comme une étoile de Noël qui scintille encore au sommet d'un sapin mort depuis longtemps.

Elle se tourna vers sa sœur et pointa un doigt tremblant dans sa direction.

— Tu le détestais. Et tu détestais le fait que je sois heureuse. Comment as-tu pu ? C'est toi qui as fait ça.

Mary devint pâle et fit un pas en arrière.

— Oh, Florence, je n'aurais jamais... Comment peux-tu penser cela ?

Mais Florence ne connaissait plus la logique. Elle se mit à fulminer contre sa sœur, déversant tout son chagrin et sa stupeur dans un torrent de plaintes et d'injures. À plusieurs reprises, Mary tenta de se défendre, puis elle abandonna, se tenant debout, silencieuse, tandis que les mots jaillissaient. Je me sentis tellement impuissante face à cette scène. Et pour être honnête, au fond de moi, je me demandai si Florence avait raison. Mary détestait Gerald Pettigrew, probablement à juste titre. Mais l'aurait-elle tué ?

De toute évidence, elle était la seule personne à être présente sur les lieux lors des deux meurtres, à part sa sœur, et j'étais pratiquement certaine que cette dernière n'avait pas assassiné l'amour de sa vie.

Il y avait toujours eu une possibilité pour que le poison ne soit pas destiné au colonel Montague, mais à quelqu'un d'autre. Katie aurait facilement pu inverser les théières d'Earl Grey. Et Mary s'était peut-être dit qu'avec une seconde tentative, il n'y aurait plus d'erreur possible.

J'étais tentée d'apporter à Florence un verre d'eau, n'importe quoi pour lui occuper la bouche quelques instants et peut-être lui donner une petite occasion de se calmer, mais nous nous trouvions sur une scène de crime, et je n'osais pas contaminer la zone davantage.

— Pourquoi ne pas sortir de la cuisine et attendre l'arrivée de la police dans le salon de thé ?

Florence ne s'arrêtait pas de déblatérer et ne sembla pas entendre ce que je disais, et Marie était trop abasourdie pour réagir. Je répétai donc, plus fort cette fois :

— Florence. Mary. Allons dans le salon et attendons la police là-bas.

Florence me regarda avec effroi.

— Je ne peux pas abandonner Gérald ici. Regarde comme il a froid. Je ne peux pas le laisser là.

Puis, le cœur brisé, elle éclata en sanglots. De longs sanglots disloqués. Les larmes la soulageraient peut-être autant que les mots, qu'elle ne pourrait jamais retirer.

Elle était recourbée comme une poupée brisée, et Mary et moi pûmes chacune mettre un bras autour d'elle pour la sortir de cette cuisine de malheur et la ramener au salon. Je trouvai des bouteilles d'eau, en donnai une à chacune des sœurs, puis nous nous installâmes pour patienter. L'inspecteur-chef rondouillard et Ian ne tardèrent pas à arriver, accompagnés de la jeune agente de police qui était venue interroger Katie avec Ian, et de deux autres officiers en uniforme. Ce fut moi qui leur ouvris la porte, Mary et Florence n'ayant pas bougé au moment quand on entendit la sonnette retentit.

S'ils étaient surpris de me voir ici, aucun d'eux ne le manifesta. L'inspecteur rondouillard me demanda :

— C'est vous qui avez signalé le meurtre par téléphone ?

— Oui, c'est bien moi.

Je me présentai, lui rappelant que j'étais la voisine au cas où ils l'auraient oublié, puis je les invitai à entrer dans le salon. L'inspecteur-chef fit un signe de tête à Ian en désignant la cuisine avant de s'asseoir à la table avec les deux sœurs. Je ne savais même pas si Florence l'avait remarqué. Ses larmes coulaient si abondamment qu'elle ne voyait probablement rien. Entre ses sanglots saccadés et ses accusations décousues, elle n'entendait sûrement rien non plus.

L'inspecteur observa la scène. Le visage de Mary, aussi pâle qu'une statue de marbre, et sa sœur, assez agitée pour deux, pleurant et gémissant, se balançant d'avant en arrière. Au bout d'une minute ou deux, il lui dit d'une voix calme mais assez ferme :

— Miss Watt, je suis vraiment désolé que cette nouvelle tragédie vous tombe dessus si rapidement, mais je dois vous demander de me raconter ce qui s'est passé.

C'était clairement à Florence Watt qu'il s'adressait, et Mary le regarda un instant avant de se tourner de nouveau vers sa sœur. Finalement, Florence sortit un mouchoir en tissu de la manche de son pull pour sécher ses larmes et s'essuyer le nez.

— Nous avions prévu d'aller au cinéma. Dans ce vieux cinéma de Walton Street qui passe des classiques et des films d'art et d'essai. Nous allions voir Lawrence d'Arabie, car je ne l'avais jamais vu, et Gerald disait que ça me plairait beaucoup.

Elle sécha ses larmes une nouvelle fois.

— Mais il était en retard. Et il n'est jamais en retard.

— Quelle heure était-il ? demanda l'inspecteur.

— Il devait venir me chercher à 15 h 00, et la séance débutait à 16 h 00. À 15 h 30, j'ai commencé à m'inquiéter, je suis donc descendue pour voir s'il était dans la rue. J'ai regardé des deux côtés et je ne l'ai pas vu, alors je suis rentrée, et j'ai remarqué que la lumière était allumée dans la cuisine. Le salon était fermé et il n'y avait aucune raison pour qu'il y ait quelqu'un dans la cuisine. Je me suis dit que c'était peut-être Gérald. Ça n'avait aucun sens. Je n'avais pas les idées très claires, et j'y suis allée quand même. Il n'y avait personne. Je l'ai appelé, mais je ne sais pas ce qui m'a pris, puisque la cuisine était déserte. Évidemment, je n'ai eu aucune réponse. Et puis j'ai remarqué que la porte du réfrigérateur était entrouverte.

Elle enfouit sa tête dans ses mains. Il lui fallut attendre un moment avant de pouvoir continuer. Mary essaya de lui caresser l'épaule, mais sa sœur la repoussa avant de reprendre :

— J'ai essayé de fermer la porte mais il y avait quelque chose dans le passage. Alors je l'ai ouverte et j'ai regardé à l'intérieur.

Une fois de plus, elle fut interrompue par les larmes, et elle dut déglutir avant de pouvoir terminer :

— Et il était là.

— Gerald Pettigrew ?

— Oui.

— L'avez-vous touché, ou avez-vous fait quoi que ce soit pour essayer de le ranimer ?

— Non. Je voyais bien qu'il était mort. Je crois que j'ai crié, et l'instant d'après, Mary était là. Lucy, notre voisine, était là elle aussi. J'ignore pour quelle raison.

Il me regarda, semblant juger la remarque pertinente.

— J'ai entendu Florence crier depuis la rue.

— Et qui vous a ouvert la porte ?

— La porte était entrouverte. C'est sans doute pour ça que j'ai pu entendre les cris aussi distinctement. J'ai frappé, je suis entrée, et j'ai entendu le remue-ménage. Je pensais que quelqu'un était blessé, ajoutai-je en regardant Mary.

Elle me fit un sourire un peu blême, qui ne traduisait rien de sa douceur habituelle.

— Tu as bien fait d'intervenir, me dit-elle.

Puis à l'inspecteur :

— Lucy a eu le bon sens de nous faire sortir de la cuisine aussi vite que possible.

— Et avez-vous touché quoi que ce soit, Miss Swift ?

Rétrospectivement, c'était tellement difficile de se rappeler ce genre de choses.

— J'ai peut-être touché la porte de la cuisine, je ne me souviens pas. À part ça, je n'ai eu de contact qu'avec Mary et Florence.

— Avez-vous vu la victime ?

Je dus avaler ma salive avant de pouvoir répondre, et faire un effort pour ne pas frissonner.

— Oui. Oui, je l'ai vu.

— Et vous pouvez confirmer le témoignage de Miss Watt, selon lequel il était déjà mort ?

— Oh, ça oui.

Je n'avais aucune envie de décrire la scène. Il pouvait très bien aller jeter un œil lui-même.

De nouveau, il me regarda.

— Vous dites que la porte était ouverte. Vous parlez de celle qui donne sur la rue ?

— Oui, je suppose que si je n'y ai pas prêté attention, c'est parce que quand le salon est en activité, c'est toujours le cas.

Il se tourna vers les sœurs Watt.

— Combien de temps cette porte est-elle restée ouverte ?

— Pour autant que je sache, répondit Mary Watt, elle était fermée depuis – sa voix vacilla – le premier meurtre.

— Je crois que c'est moi, intervint Florence. Quand je suis sortie dans la rue à la recherche de Gérald.

— Et vous êtes certaine qu'elle était bien fermée vers 15 h 30, quand vous étiez à la recherche de M. Gerald Pettigrew ?

Florence avait l'air d'une étudiante terrifiée à l'idée d'échouer à un examen de fin d'année.

— Je pense que oui. Mais à présent, je n'en suis plus très sûre.

Il la fixa pendant un moment, mais elle n'avait rien à ajouter.

— Qui d'autre est venu chez vous aujourd'hui ?

— Seulement Elspeth Montague, répondit Mary. C'est une de mes amies.

En revenant de la cuisine, Ian s'adressa à l'inspecteur :

— Si vous voulez jeter un œil, chef.

L'homme acquiesça, se leva, puis accompagna Ian dans la cuisine. Ils y restèrent un temps étonnamment court avant de revenir tous les deux. L'inspecteur-chef demanda à l'un des agents de rester dehors et d'attendre l'équipe médico-légale, ainsi que le photographe de la police.

Puis il demanda à Florence :

— Vous êtes sûre que c'est bien Gerald Pettigrew ?

Florence hocha la tête et dit d'une voix aussi basse qu'un murmure :

— Oui.

— Et quand l'avez-vous vu pour la dernière fois, Miss Watt ?

— Vivant ? Hier soir. Nous avons dîné dehors, dans ce joli restaurant en haut de l'Ashmolean. Il disait qu'il se sentait moins vieux en dînant au-dessus des momies.

Puis elle fondit en larmes.

— Et à quelle heure vous a-t-il quittée ?

— Vers 23 h 00. Il m'a raccompagnée. Même si ce n'est pas loin, il est très vieux jeu à ce sujet, et il a de si bonnes manières. Avait, je veux dire. Je l'ai invité à entrer mais, eh bien, Mary ne l'aimait pas beaucoup, alors il a refusé.

Elle se remit à pleurer.

— Peut-être que s'il était venu avec moi, il serait encore en vie, ajouta-t-elle.

Il se tourna vers Mary Watt.

— Et vous, quand avez-vous vu M. Pettigrew pour la dernière fois ?

Son regard plongea sur ses mains qui, je l'avais remarqué, s'étaient soudainement agitées sur ses genoux. Pour une raison quelconque, cela me rappela la fois où elle s'était mise à tricoter frénétiquement.

— Je les ai vus rentrer hier soir, répondit-elle. J'étais à la fenêtre de l'étage. Il était environ 23 h 00.

— Donc personne ne l'a vu depuis hier à 23 h 00 ?

— Si, intervins-je.

Soudain, tous les regards se tournèrent dans ma direction. Je déclarai avoir vu Gerald Pettigrew plus tôt ce jour-là.

— Et quelle heure était-il ?

Je réfléchis.

— Il était exactement midi. J'ai entendu les cloches sonner.

— Vous lui avez parlé ?

— Non, je l'ai aperçu de l'autre côté de la rue. J'étais dans la boutique, et plutôt surprise de le voir seul. Normalement, quand je le voyais, il était toujours avec Miss Watt. Il avait un livre à la main. La lumière se reflétait sur le couvre-livre lorsqu'il balançait son bras. On aurait dit que ça venait de la bibliothèque.

— Et comment était-il habillé ? Vous vous rappelez ?

— Une casquette à carreaux, une veste en tweed, et il avait une écharpe autour du cou, je crois. Et un pantalon en laine, qui devait être marron. Attendez, et aussi des chaussures de marche gris et noir.

— Vous êtes très observatrice.

— Gerald Pettigrew était toujours bien habillé. C'est pour ça que sa tenue a attiré mon attention. Il avait tout du gentleman retraité. Pimpant, c'est le mot que j'emploierais pour le décrire, ajoutai-je avec une pointe de tristesse.

— Oui, confirma Florence, il était toujours si bien habillé. Tellement gentleman.

Et elle recommença à pleurer. Cette fois, Mary n'essaya même pas de la consoler.

L'inspecteur ordonna à l'une des deux agents :

— Vérifiez les bibliothèques du coin pour voir si

Gerald Pettigrew a une carte chez l'une d'entre elles, et s'il a emprunté ou rendu un livre aujourd'hui.

— Oui inspecteur, répondit la jeune femme avant de s'exécuter.

Lorsque le photographe de la police revint, avec l'équipe de médecins légistes juste derrière lui, un léger trouble s'installa. Deux hommes avec une civière arrivèrent ensuite, et il y avait un tel sentiment de déjà vu que toutes les trois, qui avions déjà assisté au premier meurtre, nous sentîmes mal. Tout du moins, c'était clairement le cas de mon côté. J'eus l'impression qu'il s'agissait des deux mêmes hommes.

Pour cette pauvre Florence Watt, ce fut la goutte d'eau qui fit déborder le vase. Elle jeta un coup d'œil vers la civière et le sac mortuaire, puis s'effondra sur la table, la tête dans les bras. Je demandai à l'inspecteur à voix basse :

— Est-ce que je peux emmener Miss Watt chez moi ? Je pense que l'on devrait peut-être appeler un médecin. Elle est morte de chagrin.

Il acquiesça.

— Oui. Je dois encore leur poser une question à toutes les deux : est-ce que chacune d'entre vous peut me décrire ses déplacements depuis hier, 23 h 00 ?

Mary Watt regardait toujours ses mains, très agitées sur ses genoux.

— Florence et moi avons parlé brièvement quand elle est rentrée à la maison, répondit-elle. Ensuite, je suis allée me coucher. Je me suis levée ce matin vers 7 h 00, j'ai pris mon petit-déjeuner, puis après la routine habituelle, je suis sortie faire quelques courses.

— Quelle heure était-il ?

Elle secoua la tête.

— Environ 9 h 00, je pense, peut-être 9 h 30 ?

Se remémorant sa journée, elle marqua une pause avant de poursuivre :

— Je me suis arrêtée prendre un café et je suis rentrée vers 12 h 30, je crois. J'ai préparé le déjeuner, puis je me suis installée dans le salon pour tricoter devant la télévision. Elspeth est venue me rendre visite. Sans le salon de thé à gérer, je n'ai pas encore trouvé de quoi m'occuper. Je suis si heureuse de pouvoir faire du tricot, ajouta-t-elle en me regardant.

— Et vous, Miss Florence ? Je sais que c'est difficile, mais je dois vous demander d'essayer de me décrire tout ce que vous avez fait après avoir quitté M. Pettigrew hier soir.

Son mouchoir était tellement imbibé que je sortis un paquet de mon sac à main et le glissai vers elle. Elle épongea ses larmes une fois de plus avant de répondre :

— Je me suis réveillée vers 8 h 00. J'ai pris mon petit-déjeuner. Normalement, Gerald et moi avions prévu de passer toute la journée ensemble, mais il m'a dit qu'il avait des affaires à régler, nous ne nous sommes donc pas vus avant l'après-midi.

— A-t-il précisé de quoi il s'agissait ?

— Quelque chose en rapport avec ses investissements, je crois. J'avais l'impression qu'il se rendait à la banque.

— Vous a-t-il parlé d'un livre, d'une librairie, ou d'une bibliothèque ?

— Non. Mais il lisait beaucoup.

— A-t-il mentionné l'heure de ce rendez-vous ?

Elle secoua la tête.

— Je regrette de ne pas lui avoir posé la question. Je ne pensais pas que ça aurait son importance.

— Savez-vous à quelle banque il avait l'habitude d'aller ?

Là encore, elle secoua la tête.

— Je suis désolé de vous demander cela, Miss Watt, mais savez-vous qui est son plus proche parent ?

— Gerald n'avait pas de famille. Il avait seulement une femme, et elle était malade. Il fallait qu'il s'occupe d'elle. Puis elle est morte, l'année dernière. Il était enfin libre de venir me retrouver.

J'attirai l'attention de Mary, qui hocha la tête. Elle allait devoir parler de l'autre famille de Gerald à la police. Si elle avait raison, et que l'homme que nous connaissions sous le nom de Gerald Pettigrew avait bien une femme et une famille à Leeds, alors ses enfants, devenus adultes depuis, étaient probablement ses plus proches parents.

— Lucy va vous accompagner à côté, dit finalement l'inspecteur-chef à Florence. Je reviendrai bientôt vous parler.

Elle agrippa la manche de son manteau, les doigts recourbés comme des griffes.

— Vous allez attraper ceux qui ont fait ça, n'est-ce pas ? Vous les trouverez et vous les punirez ?

— C'est notre travail, lui répondit-il doucement.

Je me levai en disant :

— Venez, Miss Watt. Je vous accompagne chez moi.

Puis je demandai à sa sœur :

— Y a-t-il une possibilité pour que votre médecin fasse des visites à domicile ?

— Nous consultons le Dr McNeil depuis qu'il exerce, et son père avant lui. Je ferai en sorte qu'il vienne examiner Florence. Garde-la gentiment au calme chez toi.

— Je ferai tout mon possible. Pourquoi ne pas venir aussi, avec votre tricot ?

— Dans une minute. Je dois d'abord dire quelque chose à l'inspecteur-chef.

Je hochai la tête et j'aidai Florence à se lever de sa chaise.

— Je vais vous accompagner, mesdames, fit Ian à ma grande surprise.

Je ne le pensais pas si chevaleresque. Peut-être voulait-il interroger Miss Watt sans la présence de sa sœur. Puis il me revint à l'esprit que Katie travaillait à la boutique. En arrivant à la porte, évidemment, il y avait le panneau de fermeture, mais Katie, bénie soit-elle, était encore là. Lorsque nous entrâmes tous les trois, elle écarquilla les yeux, surprise de voir le détective et une Miss Watt manifestement bouleversée.

— Je ne voulais pas partir, au cas où vous auriez besoin de moi.

— Merci. Je vais emmener Miss Watt à l'étage et lui préparer une tasse de thé. Ian pourra te mettre au courant.

Elle avait l'air de regretter d'être restée. Elle ne semblait pas apprécier l'idée d'un autre entretien avec le détective. Elle me regarda.

— Qu'est-ce qu'il y a ? Que s'est-il passé ?

Il me regarda en secouant la tête, puis il lui dit :

— Je suis content que vous soyez encore là. J'ai encore quelques questions à vous poser.

Alors que je faisais passer à Miss Watt la porte de l'escalier qui menait à mes appartements privés à l'étage, je l'entendis demander :

— À quel point connaissiez-vous Gerald Pettigrew ?

— Qui ça ?

— Je lui ai fait promettre de ne plus jamais me mentir. Elle a promis.

Ces mots jaillirent spontanément de la bouche de

Florence Watt, et n'avaient manifestement aucun rapport avec quoi que ce soit d'autre que ses propres pensées, qu'elle n'avait pas encore partagées avec moi.

J'étais plutôt inquiète pour la plus jeune des sœurs Watt. Elle monta directement à l'étage et s'affala sur mon canapé, comme si ses jambes ne la soutenaient plus. Même sa colonne vertébrale semblait sur le point de céder, comme si tous ses os s'étaient ramollis au cours de la dernière demi-heure. J'avais mal au cœur pour elle. Non seulement son bien-aimé venait d'être assassiné et elle avait trouvé le corps, mais je craignais qu'elle soit sur le point de découvrir la vérité à son sujet : il n'avait rien d'un homme honnête. Je n'étais pas certaine que le fait d'apprendre sa véritable nature lui serait bénéfique par la suite, mais étrangement, quelque chose me disait que ça pouvait l'aider. Florence Watt était visiblement le genre de femme qui pensait les gens honnêtes parce qu'elle l'était elle-même. Gerald avait probablement inventé un personnage afin qu'elle tombe amoureuse, et elle lui avait allègrement facilité la tâche en lui attribuant des vertus supplémentaires. Elle l'avait déjà perdu une fois. Après avoir découvert qu'il n'était pas véritablement l'homme qu'il prétendait être, qui lui resterait-il à pleurer ?

J'espérais que Mary réussirait à convaincre le médecin de rendre visite à Florence. En attendant, tout ce que je pouvais faire, c'était lui offrir le thé et lui prêter une oreille attentive si elle le désirait. Nyx avait dû entendre l'agitation, car elle sortit de ma chambre en bâillant, la démarche gracieuse. Après être restée dehors toute la nuit à faire je ne sais quoi, elle avait passé l'essentiel de la journée à dormir. Ses yeux verts clignèrent plusieurs fois, puis elle se dirigea vers le canapé et sauta dessus avant de s'asseoir sur les genoux de Miss Watt.

J'ignorais si Florence aimait les chats. Je restai donc près d'elle un moment pour intervenir si besoin ; mais finalement, elle sembla s'apaiser.

— Oh, comme elle est douce, fit-elle en la caressant d'une main tremblante.

Nyx tourna une fois sur elle-même, puis se pelotonna sur les genoux de la vieille dame et se mit immédiatement à ronronner.

Je préparai du thé à l'anglaise très parfumé. Mamie appelait ça le thé des ouvriers, et elle y ajoutait beaucoup de sucre. Je le servis à Miss Watt avec une assiette de biscuits, tout en remarquant à quel point ça me faisait drôle d'avoir réconforté sa sœur à cet endroit précis seulement deux jours auparavant. Le tricot ayant réussi à apaiser Mary Watt, j'étais curieuse de savoir si ça pouvait provoquer le même effet sur Florence.

— Est-ce que vous tricotez ? lui demandai-je.

Après quelques mamours avec le chat, elle releva la tête en clignant des yeux, comme si elle cherchait le sens de ma question.

— Oh, non. Je n'ai jamais été douée pour le tricot ou le crochet. Ma mère pratiquait la frivolité, mais je n'y arrive pas non plus. Le seul art féminin pour lequel j'ai toujours été douée, c'est la cuisine. Gerald affirme que mes scones sont les meilleurs d'Angleterre.

Elle me regarda droit dans les yeux, et les traits de son visage se plissèrent. Une larme roula le long de sa joue.

— Je voulais dire, il l'affirmait.

— Je suis vraiment désolée.

— Je ne sais pas si j'arriverai à m'y faire. Il avait une telle joie de vivre. Je n'ai jamais connu quelqu'un qui en avait autant que Gerald.

De nouveau, elle me lança un regard perplexe, horrifié.

— Pourquoi quelqu'un ferait-il une chose aussi terrible ?

Je notai qu'elle n'avait pas demandé qui, mais pourquoi. J'attendis.

— Nous allions nous marier, c'est pour ça qu'elle l'a tué.

Cette phrase surgit de nulle part, et j'étais tellement choquée que je lui demandai de répéter, pensant que je n'avais peut-être pas bien entendu. Elle m'expliqua :

— C'est la vérité. Nous n'avions pas du tout prévu d'aller au cinéma aujourd'hui. Nous allions nous marier discrètement, à l'état civil, pour que Mary ne puisse pas nous en empêcher. Elle l'a vu ce matin. Et il lui a dit. C'est pour ça qu'elle l'a tué.

— Vous voulez dire Mary, votre sœur ?

Je voulais être absolument certaine qu'elle accusait bien sa sœur.

— Oh oui. Une telle trahison. C'est forcément elle, c'est la seule explication. J'ai réfléchi, encore et encore. Elle a dû le voir en ville ce matin, et il lui a parlé de nos projets. Qui d'autre voudrait la mort de Gerald Pettigrew ?

J'aurais aimé que Ian, ou n'importe quel autre enquêteur correctement formé, soit avec moi dans la pièce. Je sentais que je devais faire très, très attention à ma façon de poser les questions et d'écouter les réponses. Cette femme était en proie à un désespoir et à un chagrin terribles, et je ne pouvais pas être tout à fait sûre que cela ne désorganisait pas complètement son esprit.

— Avez-vous parlé à Gerald ce matin ?

— Non. Il ne voulait ni me voir ni me parler avant de passer me chercher. Il a dit que ça porterait malheur.

Elle essuya une autre larme avant d'ajouter :

— Oh, comme j'aurais aimé lui parler une dernière fois.

— Mary vous a-t-elle dit qu'elle avait vu Gérald ce matin ?

Elle me regarda comme si j'étais stupide.

— Elle ne m'aurait pas dit ça si elle prévoyait de le tuer, n'est-ce pas ?

Je reformulai ma question :

— Quelqu'un vous a-t-il affirmé les avoir vus ensemble ?

— Non. Non, rien de tout ça. Mais Mary t'a dit elle-même qu'elle avait fait les courses ce matin, et qu'elle s'était arrêtée ensuite pour prendre un café. Le seul endroit où nous prenons un café quand nous faisons nos courses, c'est au Pistachios, sur Broad Street. Gérald aussi avait l'habitude d'y aller, tu comprends. Chaque matin, quand il n'est pas avec moi, il achète son journal et commande un café et un croissant. Je pense qu'ils s'y sont croisés, sans doute par hasard. Et Gerald, en homme charmant qu'il était, a dû lui faire part de nos projets et l'inviter au mariage.

Elle but une gorgée de son thé, et la tasse trembla lorsqu'elle la reposa sur la soucoupe.

— Il savait à quel point je voulais qu'elle soit ma demoiselle d'honneur – cela peut paraître ridicule à notre âge, mais c'était la personne que je voulais à mes côtés. Cependant, elle s'est montrée si désagréable avec Gerald que nous avons décidé de ne rien lui dire, sachant qu'elle tenterait de me dissuader de l'épouser. Je suis sûre qu'il l'a rencontrée et qu'il lui en a parlé. Sinon, pourquoi l'aurait-elle tué ?

Je réfléchis un moment.

— Mais vous êtes bien plus que des sœurs. Vous êtes

meilleures amies et associées. Vous la pensez vraiment capable de tuer l'homme que vous aimez ?

Elle essuya une autre larme. Je lui avais donné mon seul paquet de mouchoirs en papier, alors je pris dans un tiroir de la commode de Mamie une pile de serviettes en lin bordées de dentelle, que je posai sur la table. Florence se servit en murmurant un remerciement.

— Il y a un côté de Mary que tu ignores, me dit-elle ensuite. Une facette que personne ne remarque. Oh, elle est adorable et charmante au salon de thé, devant les clients, mais elle peut se montrer très méchante. Tu sais, elle nous a déjà séparés. Il y a de ça tant d'années.

Je le savais, car Mary me l'avait elle-même raconté, mais j'étais très étonnée que Florence soit au courant.

— C'est Mary qui vous l'a avoué ?

Elle se moucha dans la serviette.

— Pas avant que je l'y oblige. C'est Gérald qui me l'a dit. Il était très réticent, mais il trouvait légitime que je le sache. Il ne voulait pas avoir de secrets pour la femme qu'il allait épouser.

Je ne pus m'empêcher de penser que ses aveux étaient motivés par autre chose. Du moins, si Mary avait raison à son sujet. Seulement voilà, je commençais à me rendre compte que les deux sœurs avaient des versions très différentes des événements, et il n'était pas facile de savoir laquelle était la bonne. En tout cas, Gerald était mort, étranglé, probablement dans la cuisine du salon de thé, là où il avait été retrouvé. Ce qui suggérait que l'assassin venait de l'intérieur. Je ne voulais pas voir Mary comme une meurtrière. Mais je commençais à me demander si elle ne l'était pas.

Trop d'histoires qui appartenaient au passé. C'était bien

là le problème. Tous ces événements obscurs avaient eu lieu un demi-siècle auparavant. Gerald avait-il vraiment une autre épouse et une autre famille ? Mary avait-elle inventé cette histoire pour le discréditer à mes yeux ? Peut-être qu'elle prévoyait déjà de se débarrasser de lui, et qu'elle voulait salir son image.

Des preuves. Il me fallait des preuves. Les seuls éléments que j'avais, c'étaient des histoires, et pas des plus récentes.

— Qu'est-ce que Gerald vous a dit à propos des agissements de Mary toutes ces années ?

— Elle l'a menacé de tout raconter. Elle a découvert sa mission top secrète, tu comprends, et elle a menacé de le dire aux Russes.

Je sentis que mes yeux s'écarquillaient.

— Les Russes ?

Elle me regarda comme si elle me trouvait particulièrement faible en Histoire.

— C'était la guerre froide. Gerald était en mission top secrète. Il risquait sa vie.

— Et vous avez interrogé votre sœur à ce propos ? A-t-elle avoué ce qu'elle lui avait menacé de faire ?

Elle poussa un rire amer.

— Bien sûr que non. Elle a inventé cette histoire, selon laquelle Gerald avait une autre femme. Comme si je pouvais ne pas remarquer que l'homme que j'aimais voyait quelqu'un d'autre. C'était pitoyable. Jusqu'à ce moment, je ne m'étais pas rendu compte à quel point elle pouvait être jalouse. Gérald n'arrêtait pas de me dire qu'elle l'était, mais je ne le croyais pas. Je regrette de ne pas l'avoir cru. J'aurais bien voulu m'enfuir avec lui, comme il me le demandait. Mais je ne voyais pas en quoi c'était la bonne chose à faire. Il s'agit de ma maison. La moitié de cette affaire m'appartient, ainsi que la moitié de la propriété. Non. J'étais déterminée à rester et à me battre pour ce que je possède.

Elle enfouit son visage dans l'une des serviettes en lin.

— Et maintenant, j'ai perdu Gerald. L'homme qui comptait plus que tout pour moi. Je ne sais pas comment je vais faire pour continuer. Nous avions de tels projets, vois-tu. Nous allions voyager dans le monde entier. Il voulait que je découvre tous les endroits qu'il avait visités.

— Ç'aurait été merveilleux. Mais vous pouvez encore voyager.

— Je n'ai pratiquement jamais voyagé. Il y avait toujours le salon de thé. Ça nous occupait tellement. Mary et moi sommes parties quelques fois, nous prenions une semaine de vacances, mais je n'ai jamais vu le monde. Et je suppose que je ne le verrai jamais.

Elle termina son thé, puis elle ôta le chat de ses genoux avant de se lever.

— Bon, je ferais mieux d'aller voir ce brave jeune inspecteur. Si tu veux bien m'excuser. Ce ne sera pas de gaieté de cœur, mais j'ai bien peur de devoir dénoncer ma sœur pour meurtre.

CHAPITRE 20

$\mathcal{J}$e ne savais pas comment réagir. Nyx et moi nous fixâmes mutuellement durant un moment. *Empêche-la*, avait-elle l'air de me dire.

Si Florence allait voir la police pour accuser sa propre sœur de meurtre, leur relation serait à jamais changée.

Alors que je tergiversais, on frappa à la porte d'entrée. En ouvrant, je tombai sur Mary Watt, accompagnée d'un homme qu'elle me présenta comme étant le Dr Finlayson. Puis elle dit :

— Je n'entrerai pas. Comment va-t-elle ?

Que pouvais-je bien répondre à ça ?

— Elle est encore très bouleversée.

Et j'en restai là.

Elle hocha la tête, puis elle tendit une main qu'elle posa sur mon bras.

— J'espère que tu n'as pas fait attention à toutes ses paroles insensées tout à l'heure. Elle ne pensait pas toutes les horreurs qu'elle me disait.

Puis elle me regarda comme si elle essayait de nous en convaincre toutes les deux :

— Je suis persuadée qu'elle ne le pensait pas.

J'acquiesçai d'un signe de tête.

— Ne vous inquiétez pas, on va s'occuper d'elle.

— Merci, ma chérie. Je dois y aller, à présent.

Lorsque je revins dans le salon avec le docteur, Florence eut l'air surprise.

— J'ai entendu une voix d'homme, et j'ai pensé que c'était ce gentil inspecteur. Dr Finlayson ? Que faites-vous ici ?

Le Dr Finlayson avait déjà un certain âge, mais probablement vingt ans de moins que sa patiente. Pourtant, il s'adressa à elle sur un ton paternel :

— J'ai entendu parler de vos malheurs, Florence. Je suis vraiment navré. Comment vous sentez-vous ?

— Oh, Dr Finlayson, ça a été tellement horrible.

Le docteur s'assit à côté d'elle et lui prit la main. N'étant ni une parente ni membre du corps médical, je décidai valait mieux me faire discrète. De plus, j'avais un peu peur que ma grand-mère n'ait pas compris le message et décide tout de même de me rendre visite. La dernière chose dont la pauvre Miss Watt avait besoin était de se retrouver face à une femme qu'elle savait morte.

Je me glissai au rez-de-chaussée, puis dans la boutique par la porte communicante. À ma grande surprise, Katie était toujours là, même si Ian était déjà parti. Ma nouvelle assistante était en train de faire le ménage. Elle tenait le plumeau dans une main, et un chiffon de polissage dans l'autre.

— Katie, ce n'était pas la peine de rester si tard.

— Ce n'est rien. Je me suis dit que la boutique avait

besoin d'un brin de ménage, et en plus – elle fit la grimace – je ne veux pas rester seule à la maison. Pas avec des meurtriers dans les parages. Jim est à sa répétition. Il y a passé toute la journée, et il vient de m'appeler pour me dire qu'ils restent ce soir afin de régler quelques problèmes techniques. L'éclairage, je pense.

J'allai chercher le balai et commençai à le passer sur le sol.

— Tout ça est troublant, c'est sûr.

Je ne savais pas si elle avait entendu parler du second meurtre, alors je me contentai de platitudes. En réalité, j'étais moi-même un peu nerveuse.

Elle fit une pause pour observer attentivement l'une des pièces de tricot suspendues au mur. Un tricot réalisé par Sylvia.

— C'est l'une des pièces les plus belles et les plus complexes que j'ai jamais vues de ma vie. La personne qui l'a tricotée doit avoir pratiqué toute sa vie pour être aussi douée.

En fait, Sylvia avait passé la majeure partie d'un siècle entier à perfectionner son art.

— C'est magnifique, n'est-ce pas ? J'ai découvert que le fait d'exposer des pièces inspire vraiment nos clients.

Elle et son plumeau passèrent à autre chose, tout comme le fil de ses pensées.

Sa remarque suivante fut :

— C'est terrible ce qui s'est passé à côté. Ce pauvre vieil homme qui a été assassiné. Je veux dire, le deuxième vieil homme.

— Terrible.

Je me rappelais maintenant que lorsque Ian l'avait interrogée sur Gerald Pettigrew, son regard était vide.

— Tu ne connaissais vraiment pas Gerald Pettigrew ?

— Ma foi, je l'ai croisé assez souvent, et je savais que c'était le petit ami de Miss Watt, mais je n'ai jamais connu son nom. Un type sympathique, cependant, et qui aimait plaisanter. Il avait l'œil sur les femmes, aussi.

— Vraiment ? Pourquoi dis-tu cela ?

— Oh, il ne faisait que s'amuser, c'était inoffensif, mais il aimait flirter. Vieille, jeune, belle ou quelconque, il s'en moquait. Il se calmait un peu lorsque l'une des Miss Watts était présente, mais il n'y avait rien de mal à cela. Comme je l'ai dit, c'était un amusement inoffensif. L'inspecteur Chisholm voulait savoir si j'avais déjà vu le vieil homme avant de venir en Angleterre. Il semble qu'il ait passé du temps en Australie. Malheureusement pour lui, c'est le cas de beaucoup de gens. Il va devoir trouver mieux que ça s'il veut m'associer au meurtre.

— Tu crois que c'est ce qu'il essayait de faire ?

Elle s'arrêta d'épousseter et se retourna pour me regarder. Elle fronçait les sourcils avec un air troublé.

— Il semble que je ferais un bouc émissaire idéal. Je ne viens pas d'ici, je n'ai aucune famille, qui s'en soucierait si je me faisais arrêter pour ça ? Les flics du coin passeraient pour des héros, et moi je passerais le reste de ma vie en prison.

Sa réflexion était absurde, mais je sentais sans mal sa nervosité.

— Moi, je m'en soucierais. Tu es la meilleure assistante que j'ai jamais eue. Si quelqu'un essaie de te mettre derrière les barreaux, il a intérêt à avoir un sacré bon dossier. Ne t'inquiète pas. La police n'arrêtera personne sans raison valable. Et tu n'es pas toute seule.

Elle avait l'air contente, mais ça ne dura pas longtemps.

— J'apprécie le soutien, mais toi-même, tu n'es pas ce qu'on peut appeler un pilier de cette communauté. Tu as à peu près mon âge et tu es une étrangère toi aussi. Ne le prends pas mal, mais j'aurai besoin d'autres amis que toi si on décide de me pointer du doigt.

J'avais envie de lui révéler que je pouvais faire appel aux ressources d'un grand nombre de créatures qui disposaient de beaucoup de temps, d'une grande expérience, et de réseaux clandestins dans le monde entier. J'étais prête à lutter contre Interpol avec mon réseau de vampires à tout moment. Mais je ne pouvais pas lui avouer ça, alors je la rassurai autrement :

— Essaie de ne pas t'inquiéter. Avec un peu de chance, ils vont attraper le véritable meurtrier, et on pourra tous et toutes dormir tranquilles.

— Tu sais, il pense clairement que je suis la principale suspecte. Il voulait savoir si nous avions une clé de la porte d'à côté.

— C'est le cas ?

Elle hocha la tête, un froncement de sourcils inquiet lui plissant le front.

— On commençait très tôt, tu comprends. Jim pour commencer à cuisiner, et moi pour la mise en place. Mais nous l'avons rendue quand ils ont fermé le salon de thé.

Je commençais à comprendre pourquoi elle était si nerveuse. Très peu de personnes auraient pu avoir accès à la cuisine du salon de thé, l'établissement étant fermé et la porte verrouillée.

Mais Katie n'avait pas de mobile.

Miss Mary Watt, d'un autre côté, en avait de nombreux. Je me demandais si elle avait raconté aux détectives ce qu'elle

NANCY WARREN

savait du passé de Gerald Pettigrew. J'espérais que c'était le cas, parce que c'était la meilleure chose à faire. Cependant, si elle l'avait assassiné, ça reviendrait à se passer la corde au cou. Cela me mettait dans une position délicate, car elle s'était confiée à moi. Si jamais elle n'avait pas dit à la police ce qu'elle savait, étais-je dans l'obligation de le faire ?

L'idée de jouer les balances ne me plaisait pas, mais l'idée qu'une meurtrière puisse s'en tirer non plus. Surtout si elle avait aussi tué le colonel.

Est-ce que quelque chose reliait les deux hommes ? De toute évidence, j'avais besoin de faire appel à mon réseau.

On frappa à la porte, et nous sursautâmes toutes les deux, avant que Katie ne jette un coup d'œil par la fenêtre.

— C'est Jim. Alors à demain, si je ne me fais pas arrêter d'ici là.

Dans la dernière demi-heure, j'avais senti ma nuque se refroidir à plusieurs reprises. Je savais donc qu'un ou plusieurs vampires avaient tenté d'entrer dans la boutique. J'avais laissé le verrou sur la trappe. Ça ne les aurait pas arrêtés s'ils étaient déterminés à monter, mais ils semblaient tous respecter le fait que si cette trappe était verrouillée, c'était pour une bonne raison.

Florence Watt était toujours à l'étage, mais je ne voulais pas la déranger pendant son entretien avec le docteur. Je savais qu'elle ne voudrait pas dormir chez elle, étant donné que son partenaire venait d'y être assassiné et qu'elle soupçonnait sa propre sœur d'être la meurtrière. Une partie de moi voulait lui proposer la chambre d'amis, mais Miss Mary Watt n'interpréterait-elle pas cela comme une prise de parti dans leur conflit ?

J'avais vraiment besoin des conseils de ma grand-mère.

Elle était toujours douée pour les questions d'étiquette sociale.

Je me rendis dans l'arrière-boutique, déverrouillai rapidement la trappe, puis je descendis l'escalier qui menait au souterrain. Chaque fois que j'y allais, il me fallait un moment pour m'habituer à la fraîcheur et à l'humidité de l'air. Rafe m'avait assuré qu'il n'y avait pas de rats dans ce tunnel, mais je pressai quand même le pas. Je frappai à la porte qui s'ouvrit immédiatement, comme si on m'attendait déjà.

Sylvia se tenait derrière, glamour comme à son habitude, cette fois dans une robe en laine rouge et argent qui mettait en valeur son admirable silhouette. Elle s'exclama :

— Lucy ! Que se passe-t-il à l'étage supérieur ?

Sa manière un peu désuète de s'exprimer me fit sourire. C'était comme si nous étions dans les quartiers domestiques d'une grande maison de campagne.

— Cette journée a été un enfer.

— Eh bien, tu ferais mieux d'entrer et de nous raconter tout ça. Ta grand-mère est très inquiète.

J'acquiesçai d'un signe de tête avant d'entrer. Mamie était assise dans un coin, devant l'ordinateur, et se tourna vers moi avec une expression d'horreur sur le visage.

— Je cherchais justement des informations sur le Darknet.

Évidemment ! Les vampires avaient adopté la nouvelle technologie, et probablement inventé le Darknet. Sinon, ils profitaient sans aucun doute de ces réseaux clandestins.

— Quelles terribles nouvelles ! Ces pauvres sœurs Watt. Comment le prennent-elles ?

Même si je n'avais pas débarqué avec un flot de nouvelles

en m'attendant à les surprendre tous, je flanchai un peu en découvrant qu'ils étaient déjà au courant du drame.

— Les deux sœurs Watt le prennent très mal. Sais-tu qui est la dernière victime ?

— Non. Cette information n'a pas filtré, ni dans le cercle officiel, ni dans l'officieux. Qui est-ce ?

Au moins, j'allais leur apprendre quelque chose.

— C'est Gerald Pettigrew. L'homme que Miss Florence Watt prévoyait d'épouser cet après-midi même.

— Oh, pauvre Florence. J'aimerais pouvoir monter et lui dire combien je suis désolée. J'espère que tu l'as fait pour nous deux.

— Bien sûr que oui. D'ailleurs, je crois qu'elle est toujours à l'étage. Son médecin est avec elle. Le Dr Finlayson.

Mamie hocha la tête.

— Je ne l'aurais pas choisi comme médecin. C'est un peu une tête de mule, mais il convient à une paire de vieilles filles comme les sœurs Watts. Il leur tient la main, écoute leurs plaintes, et leur prescrit des énergisants qui ne contiennent probablement pas d'ingrédients médicinaux, mais qui leur sont bénéfiques.

Je ne pus m'empêcher de sourire, car c'était exactement l'impression m'avait donnée le docteur à son arrivée.

— J'espère qu'il pourra lui donner quelque chose pour qu'elle se sente mieux, ou au moins pour qu'elle puisse dormir.

Il y avait environ une demi-douzaine de vampires assis dans la pièce principale. L'un d'eux faisait des mots croisés, une autre consultait la bourse sur son iPad, et trois autres tricotaient. Aucun signe de Rafe, et même sans que l'on m'en informe, je devinais qu'il n'était pas dans les parages. J'avais l'impression d'avoir un instinct particulier le concernant, que je n'avais pas avec les autres. C'était un peu agaçant, comme un GPS indésirable qui ne s'éteignait pas.

Comme si elle avait lu dans mes pensées, Mamie me dit :

— Rafe est en train de tout louper. Il est à Liverpool, où il évalue une collection privée. Elle contiendrait même une première édition de David Copperfield. Naturellement, Rafe considère toute l'œuvre de Dickens comme du déchet populaire, mais je suppose que venant d'un homme qui était à la cour à l'époque où Shakespeare écrivait et jouait ses pièces, un peu de snobisme est acceptable.

— J'ai besoin de tes conseils, Mamie.

Mes paroles semblèrent la ravir.

— Bien entendu. Tu veux qu'on discute en privé ? Dois-je demander aux autres de nous laisser ?

— Non, non.

La femme avec l'iPad pesta :

— Que se passe-t-il avec l'euro, bon sang ?

Celui qui faisait des mots croisés lança :

— Je t'avais bien dit de t'en tenir au bitcoin. Le commerce de devises est un jeu de dupes.

Les trois tricoteuses parlaient entre elles. Visiblement, je n'avais pas à craindre que quelqu'un nous entende. Je rapprochai une chaise de l'ordinateur et j'expliquai mon dilemme : Mary qui avait soudoyé Gerald Pettigrew des dizaines d'années auparavant, ce que Florence ignorait, et Florence qui était persuadée que Mary avait assassiné son fiancé, ce que Mary ignorait.

Mamie écouta attentivement toute l'histoire.

— Quelle belle paire d'idiotes ! Si j'étais encore en vie, j'irais les voir pour leur faire entendre raison. Elles sont tout l'une pour l'autre. Que vont-elles devenir si elles se déchirent mutuellement ?

— Je suis d'accord avec toi. Et si je proposais la chambre d'amis à Miss Florence Watt ? Je crois que les deux sœurs devraient rester chacune de leur côté, au moins durant les prochains jours. Je doute que Florence veuille passer la nuit à l'endroit où son compagnon a été assassiné.

Ma grand-mère hocha la tête.

— C'est très sage de ta part. Il faut lui laisser le temps de se calmer avant qu'elle n'accuse sa sœur de meurtre.

— Exactement. J'ai l'impression que si elles réussissaient à se parler de nouveau, elles pourraient partager des informations susceptibles de les aider.

— À moins que Mary n'ait tué Gerald Pettigrew. Dans ce cas, je doute que leur relation puisse être sauvée.

— Selon toi, est-ce que Mary ressemble un tant soit peu à une meurtrière ?

Elle fit cliqueter sa langue contre le palais.

— Non, mais était-ce le cas du gentil jeune homme qui m'a tuée ? Pas avant qu'il me transperce avec un poignard ancien.

Il était clair qu'elle avait encore des problèmes avec son statut de morte-vivante. Je ne pouvais pas la blâmer.

— Peut-être que tout le monde possède en lui la capacité de tuer, dans certaines circonstances. Ma nouvelle assistante fait toujours partie des suspects.

Derrière moi, Sylvia intervint :

— Tu veux dire la jeune serveuse que tu as engagée comme assistante ?

Je n'avais pas entendu la vampire glamour s'approcher

furtivement de moi. Manifestement, elle avait entendu toute la conversation jusqu'ici.

— Oui. Katie pense que la police essaie d'établir un lien entre elle et la victime, en se basant sur le fait qu'elle est australienne et qu'il a passé du temps là-bas. Elle est jeune, sans amis, sans argent, et elle a peur qu'ils lui mettent ça sur le dos pour boucler l'affaire facilement.

— Je n'ai pas le plus grand respect pour la police d'aujourd'hui, déclara Sylvia. Ils sont devenus tellement paresseux. Ils se fient beaucoup trop à la médecine légale, et pas assez au bon sens et à l'instinct. Connaissait-elle la victime ?

— Elle affirme que non.

Ella avait sûrement perçu le doute dans ma voix.

— Et tu penses que oui ?

— Je suis dans une situation très délicate, admis-je. Je connais les deux sœurs Watt depuis mon arrivée à Oxford. Je les considère comme mes tantes. Je ne peux donc pas supporter l'idée que l'une d'entre elles ait été capable d'assassiner le fiancé de l'autre. D'un autre côté, Katie est ma nouvelle assistante, et elle est très efficace. Je ne veux pas non plus qu'elle soit une meurtrière. Mais qui d'autre pourrait être coupable ?

— Et son petit ami ? Vraisemblablement, il est autant suspect qu'elle !

— Katie a dit qu'il avait répété toute la journée pour la pièce dans laquelle il joue. Il a commencé à 12 h 30. Katie et moi avons vu Gerald Pettigrew passer devant la boutique à midi. Jim n'a pas pu tuer Gerald, mettre son corps dans la chambre froide du salon de thé, et arriver à sa répétition à l'heure. Pas en trente minutes. C'est pour ça qu'ils la soupçonnent.

— Mais ne se trouvait-elle pas à la boutique avec toi ?

Je soupirai.

— Si, elle était là. Mais elle a pris sa pause déjeuner tardivement. Nous étions tellement occupées pendant le coup de feu du déjeuner qu'elle n'est pas partie avant 13 h 30. Puis elle est revenue vers 14 h 30, à quelques minutes près. Elle aurait très bien pu aller le voir, l'attirer dans la cuisine sous un prétexte quelconque, puis l'assassiner, tout en ayant largement le temps de manger son sandwich et de revenir au travail.

— Pour ça, il faudrait vraiment que ce soit une très bonne cliente.

— Oui, et il faudrait aussi qu'elle ait un mobile. Je veux que justice soit faite, autant que n'importe qui, mais je ne la laisserai pas se faire arrêter seulement parce qu'elle était au mauvais endroit au mauvais moment.

— Les portes de la maison et du salon de thé étaient verrouillées ? Toute la journée ?

— C'est ce qu'affirment les sœurs Watt. Florence a ouvert la porte vers 15 h 30. Elle était à la recherche de Gerald, qui n'était pas venu la chercher comme prévu. C'est pour ça que la porte n'était plus verrouillée lorsque je suis entrée. Mais Florence affirme qu'elle l'était avant cela.

— Qui d'autre détient les clés de cet endroit ? Des commerçants du coin ? Des amis ?

Mamie et moi échangeâmes un regard, puis je répondis :

— Il y a une clé de l'*Elderflower* suspendue dans ma cuisine.

— Donc cette pauvre fille aurait pu se faufiler quand tu avais le dos tourné, attraper la clé, puis commettre le crime avant de la remettre en place. En supposant, bien sûr, que le vieux charmeur ne l'ait pas laissée entrer lui-même.

— C'est une possibilité.

— Bien. Qu'attends-tu de nous ?

— Pouvez-vous vérifier si Katie avait un lien quelconque avec Gerald Pettigrew ? En fait, trouvez tout ce que vous pouvez sur lui. Il me semble un peu louche.

— Un jeu d'enfant. Autre chose ?

— Oui. Mary prétend avoir engagé un détective privé il y a cinquante ans, qui a découvert que Gerald Pettigrew avait une seconde famille à Leeds. En réalité, lorsqu'il a demandé à Florence de l'épouser, il était déjà marié et père de deux enfants. Cependant, Florence pense que sa sœur s'est débarrassée de Gerald en découvrant une mission secrète dont il était chargé en tant qu'espion, et en menaçant de le dénoncer. Cela aurait ruiné sa carrière et, je suppose, menacé la sécurité du Royaume-Uni.

— Ciel, quelles histoires très différentes !

J'acquiesçai d'un signe de tête.

— J'ai besoin de savoir laquelle est la bonne.

— Une idée de l'identité de ce détective privé ?

— C'était il y a si longtemps. Il se pourrait qu'il soit mort.

Sylvia soupira.

— On ne trouvera rien sur Internet, bien sûr. Est-ce qu'on sait si Gerald Pettigrew est son véritable nom ?

Je la regardai fixement.

— Non. Je n'y avais même pas pensé.

Elle se frotta les mains.

— J'adore les défis. Leeds, ajouta-t-elle avec déception. Pourquoi ne pouvait-il pas avoir une seconde famille à Paris, à Prague, ou dans un lieu que j'aimerais visiter ? Leeds est un endroit si banal. Ce qui, d'une certaine manière, donne de la crédibilité à cette histoire. Peu importe, je vais y faire un tour. Agnès ? Veux-tu te joindre à moi ?

Ma grand-mère semblait à la fois flattée et quelque peu réticente à l'idée de voyager à Leeds.

— Oh, ça ne m'était pas venu à l'idée. Lucy, tu n'auras pas besoin de moi ici ?

J'échangeai un regard rapide avec Sylvia. C'était une bonne chose que ma grand-mère quitte la ville pendant quelques jours. Elle se faisait encore trop de souci pour ses anciens amis vivants, et cela ne ferait de bien à personne si elle décidait de faire fi de la prudence pour réconforter l'une ou l'autre des sœurs Watt.

— Tu vas me manquer, bien sûr. Mais Mamie, pense au bien que tu pourrais apporter.

— Si ça peut t'aider, ma chérie. Et ces pauvres Mary et Florence également. Même si je ne suis pas certaine de vouloir découvrir qu'il n'était en fait qu'un goujat bigame, ou alors un espion ayant préféré abandonner la femme qu'il aimait plutôt que de compromettre la sécurité de la nation.

— Hum... fit un homme plutôt corpulent aux cheveux blonds et au visage aussi innocent que celui d'un nouveau-né.

Nous nous retournâmes toutes pour le regarder, mais il était absorbé par son tricot, et sa réaction pouvait très bien être l'expression d'une frustration à ce sujet plutôt qu'un commentaire sur le patriotisme de Gerald Pettigrew.

— C'est très étrange que deux vieux messieurs aient été assassinés à l'*Elderflower* la même semaine, remarqua Sylvia. Y aurait-il un tueur en série pour seniors dans le coin ?

— Katie était désespérée, elle n'arrêtait pas de mélanger

les tables. Je pense maintenant que Gerald Pettigrew était la cible depuis le début.

L'homme blond, les yeux toujours rivés sur son tricot, intervint :

— Ne tirez jamais de conclusions hâtives. C'est un mauvais travail d'enquêteur.

Je lui lançai un regard surpris, mais il poursuivit son tricot.

— Theodore était dans la police, précisa Sylvia. Il est très attaché au respect des procédures.

Theodore hocha la tête.

— Je ne crois ni aux intuitions, ni aux conclusions hâtives. Un travail de fond, c'est ce qu'il vous faut.

J'étais ravie d'avoir un professionnel avec qui discuter de toute cette affaire.

— Mais il semble n'y avoir aucun lien entre ces deux hommes.

Son regard avait beau être doux comme celui d'un bébé, il me singea avec aplomb :

— *On ne dirait pas ? Il ne semble pas ?* C'est votre conception de l'enquête, n'est-ce pas, mademoiselle ? Vous voulez creuser encore et encore jusqu'à pouvoir établir le lien entre eux avec une certitude absolue, car je suis sûr qu'il y en a un. Il n'est pas nécessaire que les deux hommes se connaissent, il suffit qu'ils aient blessé la même personne ou – s'il s'agit bien d'un tueur en série – qu'ils correspondent à un certain profil.

— Nous savons que le colonel Montague était dans l'armée, commençai-je. Je n'ai pas pris au sérieux cette histoire à propos de Gerald Pettigrew. Pour moi, c'était une histoire à dormir debout destinée à couvrir ses liaisons et sa possible bigamie. Et s'il était vraiment dans les services secrets ?

Gerald et le colonel auraient-ils pu travailler sur la même affaire ? Peut-être que quelqu'un dans le passé avait des raisons de leur en vouloir.

Il hocha la tête d'un air légèrement satisfait.

— C'est une porte d'entrée. Maintenant, suivez cette piste et approfondissez-la. Il s'agit d'une théorie. Pouvez-vous la prouver ?

— C'est une supposition hasardeuse, rétorquai-je, impuissante.

— Ça n'a aucune importance. C'est un point de départ. Et pendant que vous suivez cette trajectoire, vous en suivez également une autre, selon laquelle Gerald Pettigrew était la cible initiale. Pourquoi ? Qui pourrait vouloir la mort de quelqu'un – il pointa un doigt accusateur – au point de mettre en jeu la vie d'un innocent ?

C'était extrêmement dérangeant de réfléchir à des sujets tels que la haine et le meurtre.

— Florence Watt pense que sa sœur Mary pourrait être la coupable.

Mamie secoua la tête.

— Penser autant de mal d'une personne dont on a été si proche toute sa vie.

Sylvia intervint :

— Agnès, je crois que nous devrions partir dès maintenant. La circulation sera fluide, et nous pourrons commencer notre enquête dès demain matin.

— Mesdames, je vais vous accompagner, déclara l'ancien policier. Je pense que vous avez besoin d'un enquêteur qualifié.

Sylvia haussa ses fins sourcils, mais elle précisa simplement :

— Tant que vous ne voulez pas conduire. Nous prendrons ma Bentley.

Mamie paraissait très excitée par cette nouvelle aventure.

— Je ne crois pas être déjà montée à bord d'une Bentley.

Sylvia secoua la tête.

— Il faut que nous ayons une discussion à propos des intérêts composés. Dans quelques générations, tu seras aussi riche que nous le sommes.

— Quoi, assez riche pour une Bentley ?

— Avec ton propre chauffeur, si tu le désires, répondit Sylvia sur un ton grandiloquent. Évidemment, nous essayons de ne pas mener un train de vie trop opulent. Nous faisons attention à ne pas attirer l'attention sur nous.

Je voyais bien qu'ils étaient tous deux impatients de partir.

— Vous serez prudents, n'est-ce pas ?

Ils me fixèrent, perplexes, et je réalisai qu'ils n'avaient pas grand-chose à craindre. Pourtant, Mamie était nouvelle chez les vampires. J'avais le sentiment qu'elle devait faire attention.

CHAPITRE 21

on sommeil fut perturbé cette nuit-là. Mes rêves étaient peuplés de créatures sombres et informes qui me poursuivaient, et j'étais toujours dans l'incapacité de courir assez vite pour m'échapper. Je me réveillai fatiguée, et un peu effrayée.

Florence ayant décliné ma proposition d'hébergement, je me retrouvai seule, avec Nyx pour seule compagnie. Après avoir été agacée par la stature de Rafe, je l'étais déraisonnablement par le fait qu'il soit absent alors que je courais un potentiel danger. Même Mamie était partie, avec Sylvia et Theodore. Il y avait encore des vampires au sous-sol, et ils m'avaient assuré qu'ils viendraient si je les appelais à l'aide, mais la présence de mes amis proches me manquait.

Je chassai ces idioties de mon esprit, puis après m'être douchée et avoir pris mon petit-déjeuner, j'enfilai une tenue volontairement audacieuse, avec un pull orange vif qu'Alfred avait tricoté pour moi. Katie me téléphona pour m'annoncer qu'elle ne viendrait pas aujourd'hui. Je ne lui en voulais pas vraiment.

Je passai la journée du mieux que je pus, servant les clients, rangeant les étagères, et gardant un œil sur la porte en espérant qu'un tueur en série ne se trouvait pas derrière celle-ci.

Un peu avant 17 h, Sylvia monta à la boutique. J'étais ravie de la voir.

— Tu es déjà rentrée ?

Elle était superbe, vêtue d'un manteau noir qui lui arrivait aux mollets, dans le style italian-chic, d'une écharpe noire tricotée avec des motifs rouges, et de bottes noires à talons hauts.

— Chérie, plus rien ne nous retenait à Leeds.

— Vous avez trouvé quelque chose ?

J'étais impatiente d'apprendre les dernières nouvelles.

— Oui, mais ta grand-mère ne me pardonnerait jamais de t'en avoir parlé en son absence.

Je jetai un coup d'œil à ma montre.

— Je ferme cinq minutes plus tôt et je descends.

Il ne me fallut pas longtemps pour fermer la boutique. Une fois les stores baissés, Nyx se mit à bâiller, puis après s'être étirée avec grâce, elle quitta dignement sa place habituelle dans la corbeille à laine pour me suivre jusqu'au repaire souterrain des vampires.

Mamie nous fit entrer, l'air absolument satisfaite.

— Comment tiens-tu le coup, ma chérie ? me demanda-t-elle en scrutant mon visage.

— Je vais bien. Juste un peu nerveuse.

— Nous sommes tous sur les nerfs. Ce qui se passe dans cette rue affecte chacun d'entre nous.

Nyx se dirigea directement vers son emplacement préféré – le canapé –, et je la rejoins.

Theodore était assis sur l'un des fauteuils rouges, une tablette informatique à la main.

— Bonsoir Lucy.

— Bonsoir. Je suis surprise que vous soyez tous de retour si tôt.

— Il n'y avait pas beaucoup de circulation. Presque personne sur la M1. La route n'a pas été très longue. Trois heures et quelques à l'aller, et à peine plus au retour.

Ses petits yeux bleus pétillèrent.

— Ta grand-mère était très impatiente de te retrouver, ajouta-t-il.

— Je suis inquiète, dit-elle simplement. Maintenant, qui veut dire à Lucy ce que nous avons découvert ?

— Pourquoi ne lui racontes-tu pas ? rétorqua Sylvia dans un élan de générosité.

— Très bien.

Mamie prit place à côté de moi et croisa les mains sur ses genoux, comme elle le faisait quand elle s'apprêtait à raconter une histoire.

— Nous devons une fière chandelle à Theodore. Il s'est montré tellement doué pour enquêter.

— Ce n'était pas grand-chose, dit Theodore, l'air satisfait. Je suis heureux de ne pas avoir perdu la main.

— Nous avons trouvé la maison où vivait Gerald Pettigrew avec sa femme et ses deux enfants. Heureusement, sa fille y vit toujours. Elle semblait très méfiante et peu amicale lorsqu'elle nous a ouvert la porte, mais une fois encore, Theodore a été magnifique.

Elle se tourna vers Sylvia, qui avait enlevé son manteau et portait une robe noire tout aussi élégante.

— Et Sylvia également, précisa-t-elle.

— Oh, balivernes, fit Sylvia. Jouer la comédie m'amuse toujours.

— Sylvia a prétendu que Gerald Pettigrew lui avait promis de l'épouser avant de disparaître, tandis que Théodore a dit qu'il était détective privé, et qu'il l'aidait à retrouver la personne disparue.

Elle gloussa.

— Cette jeune femme nous a immédiatement invités à entrer et nous a raconté son histoire sans autre forme de procès.

Puis elle reprit son calme et secoua la tête.

— Je suis désolée de t'annoncer que Gerald n'était ni un bon père, ni quelqu'un de bien.

— Que s'est-il passé ? Qu'est-ce qu'il a fait ?

— Il les avait abandonnés, tu vois. Sa fille, Rose, pense qu'il était fâché parce qu'elle et son frère sont arrivés dans leur vie, et que la femme de Gerald ne voulait plus dépenser son argent dans des voyages extravagants. En d'autres termes, pour lui. Il leur a dit qu'il avait trouvé un travail à Londres qui l'obligeait à voyager, et il était souvent absent. Un jour, il a tout simplement cessé de rentrer à la maison.

— Oh, les pauvres.

— Ils étaient très proches de leur mère, et je pense qu'ils voyaient tellement peu leur père qu'il ne leur manquait pas beaucoup.

— Elle a divorcé ?

Mamie soupira.

— Théodore, raconte-lui le reste.

— Il a disparu et, selon Rose, leur mère ne savait même pas s'il était vivant ou mort. Elle n'a jamais divorcé ou pris la peine de le rechercher. Elle ne voulait pas se remarier, alors je suppose qu'elle n'a pas fait plus d'effort.

Il prit un air plutôt sévère.

— Alors qu'elle aurait dû le faire, ajouta-t-il.

— Oh, mon Dieu.

Il hocha la tête.

— Je m'aperçois que tu as protégé tes arrières, Lucy, et tu as tout à fait raison. Leur mère est morte. D'une manière ou d'une autre, Gerald l'a découvert et a endossé le rôle du mari éploré.

— Quel culot, s'exclama Sylvia en balayant ses cheveux argentés. Il devait être meilleur acteur que moi.

— Certainement pas, rétorqua Mamie. Personne ne pourrait être meilleur acteur que toi.

Théodore toussota.

— Pour finir, naturellement, les deux enfants étaient les seuls bénéficiaires sur le testament. Gerald a prétendu avoir été tenu à l'écart à cause de son travail, mais l'OSA lui interdisait d'en dire plus.

Il me lança un regard.

— La loi concernant les secrets d'État, précisa-t-il.

— Oh, je suis au courant de tout ça. Gerald Pettigrew a utilisé cet argument auprès de moi, le premier jour où nous nous sommes rencontrés.

— Vraisemblablement, il espérait que ses enfants partageraient leur héritage avec leur père prodigue.

— C'était vraiment un sacré numéro, soulignai-je.

— Ils ont refusé, alors il a contesté le testament.

— Aïe. Contre ses propres enfants ?

Il inclina la tête.

— Après avoir perdu le procès, il a de nouveau disparu. Rose ne l'a pas vu depuis plus de six ans.

Je grattai Nyx sous le menton tout en réfléchissant.

— Rose est-elle venue à Oxford récemment ?

— Non. Elle est professeure principale dans une école locale. Elle n'a pas pris un jour de congé depuis plus d'un an.

Il devança ma prochaine question.

— Et son frère travaille sur une plate-forme pétrolière à Edmonton, au Canada. Il n'est pas rentré en Angleterre depuis deux ans.

— Donc tout ce que nous savons, c'est que Gerald Pettigrew était un gros menteur, un horrible père de famille, et un pire mari encore, résumai-je avant de me mordre la lèvre. Avez-vous trouvé un lien entre lui et le Colonel Montague ?

— Non.

Je jetai un coup d'œil en direction de la porte. Un frisson me chatouillait la nuque. Sans surprise, elle s'ouvrit et Rafe entra. Son regard se dirigea tout droit vers le mien.

— Lucy, comment vas-tu ?

Je souris faiblement.

— J'ai connu mieux.

Sylvia s'avança.

— Je croyais que tu étais à Liverpool.

— J'ai écourté le voyage. La collection ne valait pas grand-chose. Le Dickens n'était pas une première édition, et il était très abîmé. Je suis revenu dès que j'ai appris pour le meurtre.

— C'est gentil de ta part.

— Je reviens du bureau du médecin légiste. J'ai un...

Il marqua une pause avant de continuer :

— ... ami interne. Ils situent l'heure de la mort de

Gerald Pettigrew entre 23 h et 2 h du matin. Le corps se trouvait à l'intérieur la chambre froide, mais la porte était ouverte, ils ne peuvent donc pas être plus précis. Cependant, ils savent qu'il a été tué dans la cuisine. Le corps n'a pas été déplacé.

— Je peux aider à évaluer l'heure du décès de manière un peu plus précise. J'ai vu Gerald Pettigrew de mes propres yeux à midi.

Je lançai un regard à Rafe, qui semblait toujours être au courant des faits et gestes de la police.

— Il avait un livre de bibliothèque, du moins je crois que c'en était un. Quelqu'un a-t-il vérifié s'il l'avait rendu ?

— Tu as raison. Le livre a été rendu et horodaté à 12 h 11. C'était un guide pour vivre à plein temps sur un bateau de croisière, si ça peut vous intéresser.

— Florence a dit qu'ils avaient l'intention de se marier et de voyager.

Un moment, ils avaient prévu de profiter de leur retraite en tant que mari et femme à bord d'un bateau de croisière, et maintenant l'un d'eux gisait, mort, tandis que l'autre était sous le choc, traitée par son médecin. Même s'il n'était pas l'homme que Florence connaissait, ça restait vraiment triste.

Rafe vint se placer tout près de moi en soutenant mon regard.

— Lucy, tu es certaine d'avoir vu Gerald Pettigrew à midi, n'est-ce pas ? Ça ne pouvait pas être un autre vieil homme qui lui ressemblait ?

J'essayai de me remémorer le moment où j'avais regardé par la fenêtre et aperçu le vieux monsieur.

— Jusque-là, j'aurais dit que j'étais certaine que c'était lui. Il avait les mêmes vêtements, les mêmes cheveux, la même moustache, et j'ai reconnu sa démarche.

— Mais tu n'as pas vraiment vu son visage ?

L'avais-je vu ? Je fermai les yeux.

— Non. Juste de profil. Il avait une casquette sur la tête, mais je suis sûre que c'était lui. D'ailleurs, j'ai vu le cadavre. Il portait les mêmes vêtements.

— Alors je dirais que ça réduit la liste des suspects à Katie et Mary Watt, à moins qu'on ajoute une ou plusieurs personnes inconnues qui auraient pu avoir une clé et vouloir la mort de Gerald Pettigrew.

Je ne voulais pas que l'une de ces deux femmes charmantes soit la meurtrière.

— Tu dois sans doute avoir raison. L'enquête à Leeds n'a rien donné.

Je commençais à être fatiguée par toutes ces enquêtes parallèles, fatiguée d'avoir à me méfier de tout le monde. J'avais appris que n'importe qui pouvait cacher un sombre secret potentiellement mortel, quelque chose pour laquelle ils étaient capables de tuer.

Sylvia se mit à bâiller.

— Je crains que nous ayons manqué notre journée de sommeil. Il faut que je fasse une sieste avant de sortir ce soir. Tu devrais en faire autant, Agnès.

Je compris l'allusion.

— Je vais y aller. Merci beaucoup d'avoir fait le voyage. Au moins, on en sait un peu plus.

Rafe nous accompagna Nyx et moi, et nous remontâmes ensemble dans l'arrière-boutique de *Tricotti Tricotta*.

— Ne le prends pas trop mal, Lucy. Nous devons tous accepter les conséquences de nos actes.

— Je sais. J'ai simplement du mal à supporter le fait de voir ces gentilles vieilles dames si malheureuses.

Il esquissa un léger sourire.

— Je suis tellement habitué à être plongé dans l'obscurité que ta présence est comme un rayon de soleil.

À ma grande surprise, il posa la paume de sa main contre ma joue. C'était frais, mais pas désagréable.

— Ne laisse jamais l'obscurité prendre le dessus.

Pendant un moment, il regarda mon visage si attentivement que je crus qu'il avait l'intention de m'embrasser. Je n'étais pas sûre de ce que je ressentais. Il était certainement l'un des hommes les plus séduisants que j'avais jamais connus, mais s'il voyait la lumière en moi, c'était l'obscurité que j'apercevais chez lui.

Je le soupçonnais d'avoir fait des choses terribles, et d'être capable de beaucoup plus. À cette idée, un frisson d'angoisse me parcourut le dos. Peut-être l'avait-il lu sur mon visage, car sa main retomba et il recula. Puis il releva la tête et lança sur un ton sarcastique, tel un amant contrarié :

— Et si je ne me trompe pas, voici ton détective tout aussi lumineux.

Il avait déjà soulevé la trappe et parcouru la moitié du souterrain quand j'entendis le son de la porte d'entrée de la boutique.

Rafe avait peut-être une excellente ouïe, mais il n'avait pas de vision à rayon X. En arrivant devant la porte d'entrée, ce ne fut pas Ian que je vis, mais Mary Watt. Je lui ouvris la porte en me demandant si j'accueillais une meurtrière. Je n'étais pas sûre de pouvoir endurer un autre drame.

— Miss Watt. Comment allez-vous ?

Je savais que c'était une question complètement inappropriée, mais à vrai dire, quelle était la bonne manière de la saluer ? « Qu'est-ce que ça fait d'être une meurtrière ? Vous savez que votre sœur vous déteste ? » Il fallait bien qu'un « comment allez-vous ? » fasse l'affaire. Quoiqu'il en soit, elle semblait parfaitement heureuse de m'annoncer comment elle allait. Elle entra dans ma boutique et me dit :

— Je me sens comme ce pauvre Job. Je me demande ce qu'on va encore m'envoyer pour me mettre à l'épreuve.

— Qu'est-ce que vous voulez dire ? Ne me dites pas que quelqu'un d'autre a été assassiné !

— Oh, rien d'aussi dramatique que ça. Florence est partie vivre avec Elspeth Montague. Elles ont fréquenté le même club de lecture pendant quelques années. Et maintenant elles ont leur tragédie en commun.

Je réalisai que le flic vampire avait raison. En observant bien, les connexions étaient partout.

— Florence ne veut même plus m'adresser un regard. Je prenais toute cette colère et cette amertume comme une réaction émotionnelle suite à l'horrible découverte du corps de Gerald. Mais tu sais, je commence à penser qu'elle me croit vraiment coupable du meurtre.

Étant donné que nous étions seules dans ce bâtiment isolé, je me dis que lui demander si c'était le cas n'était pas l'idée la plus judicieuse. Au lieu de ça, je lui dis :

— Elle a subi un terrible choc. Vous ne voudriez pas qu'elle soit obligée de dormir à l'endroit où son partenaire a été tué.

— Je suppose que non. Je n'ai pas envie de dormir là-bas non plus. Surtout pas toute seule.

Je me retrouvai donc à proposer la chambre d'amis à l'autre sœur Watt. À mon grand soulagement, elle refusa d'un mouvement de la tête.

— Oh, c'est tellement gentil de ta part. Et c'est exactement ce que ta grand-mère aurait fait. Mais j'ai réservé une chambre à l'hôtel.

— Un hôtel ? Ici, à Oxford ?

— Oui. Un très bel hôtel. Avec un service complet. Pour la première fois depuis des années, je n'aurai pas de courses à faire, ni de repas à préparer, et je ne servirai plus de nourriture. Je ferai la grasse matinée. Je prendrai mon petit-déjeuner au lit si je le souhaite. Et puis ils ont un spa.

— Exactement ce dont vous avez besoin.

— Tu sais que je n'ai jamais mis les pieds dans un spa ? Je vais me faire faire un soin du visage. Et même un massage, ajouta-t-elle avec l'air de quelqu'un qui va jusqu'au bout de la décadence.

J'avais du mal à imaginer que cette femme, qui semblait si heureuse à l'idée de prendre un petit-déjeuner au lit et de se faire masser dans un spa, ait pu tuer un homme. Mary Watt n'avait pas l'air du genre à tuer de sang-froid pour ensuite aller se faire exfolier les pores. Mais, après tout, que savais-je réellement du comportement d'un assassin ?

— Et demain, je vais faire du shopping et acheter de nouveaux vêtements, poursuivit-elle. La prochaine fois que tu me verras, j'aurai l'air d'une personne complètement différente.

Je montai à l'étage et donnai à manger à Nyx, qui semblait agitée et mal en point. Elle ne voulait pas s'installer sur mes genoux. Elle faisait les cent pas en rotant. Je ne savais pas si je lui communiquais mon agitation ou si c'était elle qui me renvoyait la sienne, mais je me sentais également déstabilisée et nerveuse. Quelque chose me hantait.

Je pris la décision d'utiliser un sort. Il devait bien y avoir quelque chose dans le grimoire pour apaiser et restaurer la paix intérieure.

Nyx m'accompagna dans la cuisine et sauta sur le comptoir, ce que, normalement, j'essayais de la décourager de faire. Cependant, je me dis que sa présence pendant que j'essayais de préparer une potion ne pouvait être qu'un avantage. Néanmoins, elle n'avait pas l'air disposée à m'aider. Elle était toujours agitée et continuait à émettre ces bruits de rots intempestifs.

— Tu veux sortir ? lui demandai-je en désignant la fenêtre ouverte.

Elle jeta un regard vers la fenêtre, puis se retourna vers moi et rota de nouveau.

— Eh bien, essaie de te concentrer alors.

Je posai la main sur la reliure de ce beau livre massif, je fermai les yeux, puis je récitai la formule destinée à l'ouvrir. Je fus accueillie par un doux parfum de renfermé, quelque chose que j'associai aux sœurs Watt. Je réalisai qu'il s'agissait de boules de naphtaline. J'ouvris les yeux. Des boules de naphtaline ? Qu'est-ce que ça voulait dire ?

Les yeux verts de Nyx s'écarquillèrent, réagissant à l'odeur étrange qui émanait du livre, puis elle se retourna et bondit au sommet du réfrigérateur. Ce faisant, elle réussit à faire tomber l'une des photos que Mamie gardait toujours plaquées sur le frigo à l'aide d'un aimant. Je me penchai sur le sol pour ramasser le vieil instantané. Mamie aimait bien les regarder quand elle venait ici.

C'était une photo de moi et de ma mère. Je devais avoir six ou sept ans et nous étions debout, toutes les deux en short. C'était probablement mon père qui avait envoyé la photo à Mamie car il était écrit au dos : *Regardez-moi ces jambes ! Telle mère, telle fille.*

J'eus l'impression qu'une décharge électrique me parcourait le bras, ce qui me fit haleter. Rapidement, je remis la photo sur le réfrigérateur et refermai le grimoire. Le sort se réinitialiserait automatiquement pour le protéger des regards et des mains indiscrets.

J'avais été tellement stupide. Maintenant je savais ce qui me tracassait. Je courus à la boutique et j'attrapai un mélange de laine de moyenne gamme que nous recommandions souvent aux débutants. Elle était d'une belle couleur bleue. Je saisis quelques aiguilles, également destinées aux débutants, puis, tout en m'assurant que personne ne regardait par les fenêtres, je prononçai une incantation que je venais de relever dans le grimoire.

Les aiguilles se mirent à tricoter. C'était un plaisir de les regarder faire leur travail si facilement, sans que je ne me mette en travers de leur chemin. Je jetai un coup d'œil à ma montre. Il ne me restait plus beaucoup de temps. Je pointai du doigt les aiguilles en ordonnant :

— *Velox.*

Et je vis la vitesse augmenter si rapidement que les aiguilles s'estompaient devant mes yeux. J'attendis jusqu'à ce qu'il y ait environ 15 cm de maille en bas. Je stoppai les aiguilles à tricoter puis formulai :

— *Nodo chaos.*

C'était comme si des doigts invisibles pénétraient ces mailles parfaitement tricotées pour tordre et emmêler chacune d'entre elles. À la fin de la destruction, la pièce ressemblait exactement à celle que j'avais tricotée moi-même.

Je téléphonai à Katie et fus heureuse qu'elle prenne mon appel immédiatement.

— Katie, j'ai un problème. Je me suis entraînée à tricoter une autre pièce et j'en ai fait un chaos épouvantable. J'ai vraiment besoin de distraction. Je dois trouver un moyen de calmer mes nerfs, et cet enchevêtrement ne fait qu'empirer mon état. Je peux venir te demander d'y remettre de l'ordre pour moi ?

CHAPITRE 22

*I*l y eut un bref silence. J'étais certaine qu'elle essayait de trouver un moyen de décliner, mais j'avais l'air tellement désemparée qu'elle finit par dire :

— C'est d'accord. Oui, bien sûr, je t'attends.

Je fourrai le tout dans un sac, j'enfourchai mon vélo, puis roulai jusque chez Katie et Jim, un appartement en sous-sol de Summertown.

J'avais conscience que c'était impulsif et probablement stupide, mais avant d'entrer, j'envoyai un message à Ian pour lui faire part de mes soupçons. Il me dirait sûrement de m'occuper de mes affaires.

Je frappai à la porte et Katie me fit entrer sans attendre. L'appartement était plutôt sinistre, même pour un logement d'étudiants. La porte du sous-sol s'ouvrait directement sur le salon principal, qui contenait un canapé minable à deux places, devant une table et une petite télévision. Dans un coin se trouvait une table de salle à manger qui faisait office de bureau. Un ordinateur portable assez récent était posé dessus, ainsi que des salières et des poivrières. La pièce s'ouvrait sur une minuscule cuisine et une autre porte qui devait mener à la salle de bain. Une autre encore était entrouverte, et je pouvais distinguer un lit double, une commode, et ce qui ressemblait à une vieille armoire. Katie était seule. Elle me montra sa propre pièce de tricot en souriant.

— Je faisais la même chose. Je trouve ça très apaisant, moi aussi.

— C'est gentil à toi de m'accueillir. J'avais vraiment envie de me distraire en tricotant, mais j'ai encore tout gâché.

— Jim sera bientôt à la maison. Son dîner est en train de chauffer dans le four. Tu veux une bière ? Ou un thé ?

J'avais besoin de me débarrasser d'elle quelques minutes pour faire des recherches.

— Un thé, ce sera parfait.

— Bien sûr, me répondit-elle.

Et elle se dirigea vers la cuisine en me lançant par-dessus l'épaule :

— Fais comme chez toi.

— Merci. Je vais juste utiliser les toilettes.

Mais au lieu d'aller dans la salle de bains, je me réfugiai dans la chambre. Mon cœur battait la chamade, et je me sentais mal de profiter ainsi de son hospitalité, mais je devais découvrir la vérité. Je devais savoir si mon intuition était la bonne.

J'ouvris les portes de l'armoire et y découvris quelques paires de jeans accrochées à des cintres, quelques robes en coton, un imperméable, un parapluie rangé à l'arrière, et ce qui ressemblait à de la literie de rechange. Tout en m'assurant qu'elle était toujours dans la cuisine, je me précipitai vers la commode. C'était de l'aggloméré bon marché, mais assez récent pour que les tiroirs s'ouvrent sans bruit. Le premier ne contenait que des chaussettes et des sous-vêtements. Le deuxième était rempli de leurs T-shirts à tous les deux. Il y avait aussi deux pulls, dont un qu'avait déjà porté Jim dans mes souvenirs. J'étais sur le point d'essayer le troisième tiroir lorsque j'entendis la voix perplexe de Katie appeler :

— Lucy ?

Merde.

Je sortis de la chambre aussi nonchalamment que possible.

— Désolée. Je cherchais les toilettes.

Sans rien dire, elle m'indiqua la porte, et j'entrai en riant nerveusement. « Faites qu'elle pense que je ne suis qu'une fouineuse », me dis-je en m'efforçant de me laver les mains. Tout en laissant l'eau couler pour couvrir le bruit, j'ouvris l'armoire à pharmacie et inspectai l'intérieur. Je fouillai même la minuscule corbeille à papier.

Une fois sortie, Katie me dit :

— Je ne sais pas si tu l'aimes avec du lait et du sucre, mais je crains que nous n'ayons plus de lait.

— Nature, c'est très bien. Vraiment, je suis plus inquiète au sujet du tricot.

— Très bien, jetons-y un œil.

Katie sortit le tricot emmêlé du sac, le posa sur son genou, et le lissa avec soin par-dessus son jean.

— Tu ne plaisantais pas. C'est vraiment du gâchis.

— Ça devait être le stress. Je ne savais pas ce que je faisais.

Elle sortit une aiguille à tricoter et, comme elle l'avait fait auparavant, commença à défaire toutes les mailles.

— La première chose à faire, c'est d'apprendre à diminuer la tension. Tu tires la laine beaucoup trop fort. Tu devrais peut-être t'entraîner à faire un carré, encore et encore, jusqu'à ce que tu trouves la bonne mesure. Il faut aussi garder une trace de tes points.

Elle paraissait si patiente. Je réalisai combien j'aurais aimé qu'elle propose des cours de tricot dans ma boutique. En dehors de mon club pour vampires, il n'y avait pas de cours réguliers, puisque je ne savais pas tricoter moi-même. J'avais besoin d'une personne comme Katie, quelqu'un qui pouvait à la fois pratiquer et enseigner.

Elle débuta une série de points. En jetant un coup d'œil à l'horloge, je remarquai qu'il était presque 19 h.

— Écoute, lui dis-je, pourquoi je ne ramènerais pas ça à la maison pour y travailler moi-même ? Tu as raison, je ferais mieux de m'entraîner en faisant quelques petits carrés. Tu pourras peut-être y jeter un œil demain matin ?

— Tu ne veux pas que je te mette sur la bonne voie maintenant ?

Elle avait l'air plutôt surprise, ce qui était logique, puisque j'étais venue lui rendre visite dans ce but précis. Je lui dis la vérité :

— Jim va bientôt rentrer, et il ne voudrait pas me trouver ici.

Mais il était déjà trop tard. Les oreilles moins aiguisées de Katie se rendirent vite compte de ce que les miennes avaient déjà enregistré.

— Je crois qu'il arrive, dit-elle.

Bien évidemment, j'aperçus par la fenêtre une paire de jambes qui descendaient l'escalier. Katie se leva et se dirigea vers la porte, l'ouvrant de façon à pouvoir le prévenir avant qu'il entre :

— Salut, Jim. Lucy est là. Elle avait besoin d'aide pour son tricot.

— Comment ça va ? me demanda-t-il en me faisant un signe de la main.

Mais je ne pouvais pas lui répondre. Mes yeux étaient rivés sur son pantalon et ses chaussures. J'avais appris que le choc émotionnel pouvait provoquer des réactions particulièrement étranges chez les gens, ce qui rendait la mienne plus stupide encore.

— Tu n'as pas pris la peine de te débarrasser des chaussures.

Son sourire se figea, mais il décida de se méprendre délibérément sur mes propos.

— Tu as l'œil vif. Effectivement, ce sont les chaussures de mon personnage, celui que je joue dans la pièce.

Il avait encore une trace de maquillage sur le visage, à un endroit qu'il n'avait pas nettoyé correctement.

— Mais ce n'est pas le seul rôle que tu as joué, n'est-ce pas ? lui demandai-je.

— Où veux-tu en venir ?

— Tu as bien failli t'en tirer, tu sais. Mais ce n'était pas Gerald Pettigrew que j'ai vu passer au moment où les cloches sonnaient midi, n'est-ce pas ? C'était toi.

Il se tourna vers Katie pour lui demander :

— Qu'est-ce qu'elle raconte ? Vous avez fait la tournée des pubs ?

Katie remua la tête.

— Je ne sais pas. Elle avait un problème avec son tricot. Elle fait partie des gens qui ont retrouvé le compagnon de la pauvre Miss Watt assassiné hier. Je pense que ça lui monte un peu à la tête.

Il me lança un regard froid.

— Une fin terrible pour ce vieux type.

Je scrutai son visage attentivement.

— Ce n'était pas juste un vieux type, n'est-ce pas ? Gerald Pettigrew, ou quel que soit le nom qu'il portait en Australie, était ton père.

Un terrible silence s'installa, que Katie finit par rompre d'un air incertain :

— Lucy, tu devrais peut-être rentrer chez toi.

Mais Jim s'était positionné devant la porte, les bras croisés sur le torse. Des bras robustes. Un torse robuste.

— Non. Je pense que Lucy ferait mieux de nous expliquer de quoi elle parle.

Pour ma propre sécurité, je n'aurais sans doute pas réagi comme ça si Katie n'avait pas été là. Mais je me répétais qu'il ne pouvait pas me faire de mal devant elle, et j'étais presque certaine qu'il ne tenterait pas de nous tuer toutes les deux. Ce n'était pas vraiment une sécurité, mais à cet instant précis, c'était tout ce que j'avais. À ce moment-là, je n'avais qu'une seule certitude. Je savais exactement ce qui s'était passé. De manière très claire. Mais Jim était la seule personne qui pouvait confirmer ce que j'avais fini par deviner.

— La première fois que je t'ai vu, je me suis dit que tu me semblais vaguement familier. Cette démarche, c'est naturel chez toi ? Ou l'as-tu imitée comme tout bon acteur qui se respecte ?

Il haussa les épaules et répondit :

— Un peu des deux, j'imagine.

— Tu as aussi les mêmes dents.

Il haussa les épaules à nouveau, comme s'il s'en fichait.

— Gerald Pettigrew vous a abandonné quand tu n'étais encore qu'un enfant. Il a détruit ta famille, n'est-ce pas ?

Katie intervint :

— Jim ? Qu'est-ce qu'elle raconte ? Que se passe-t-il ?

Mais Jim me fixait du regard.

— Ça a tué maman. C'était une femme bien, et après son départ, elle ne s'est jamais remise du choc. Alors effectivement, j'ai traqué ce vieux salaud. J'ai découvert que ma mère n'était pas la seule qu'il avait utilisée puis abandonnée. C'était un homme mauvais, un prédateur. Il courait après les femmes qui avaient un peu d'argent et les charmait. Puis il les laissait sans rien.

Katie porta la main à sa bouche.

— Oh, Jim. Pourquoi tu ne m'as rien dit ?

Il tourna la tête vers elle, et sa bouche se plissa en un demi-sourire.

— Tu ne serais pas venue avec moi si je l'avais fait.

— Tu as suivi Gerald Pettigrew à Oxford.

— Oui. Je l'ai observé. Quand je l'ai vu faire la cour à la vieille Miss Watt, tout s'est mis en place, comme dans une pièce de théâtre. Cette femme était très attachée à mon vieux père, et ça signifiait qu'elle ne pouvait plus s'occuper de la cuisine. J'ai essayé de trouver un moyen d'entrer, tout en faisant en sorte qu'il ne puisse pas le remarquer.

Il poussa un rire moqueur.

— Non pas qu'il eût reconnu son propre fils.

— Oh, Jim, fit Katie de nouveau.

Elle commençait sûrement à faire le rapprochement.

— J'avais entendu dire qu'on n'engageait que des serveuses à l'*Elderflower*, et que l'une des vieilles filles s'occupait de toute la cuisine. En assistant à l'une de leurs disputes et en découvrant qu'elle ne faisait pas son travail correctement à cause de Gerald, j'ai vu ça comme une opportunité. Nous étions la réponse aux prières de sa sœur.

— À quel moment ton père t'a-t-il démasqué ?

— Je ne pense pas qu'il l'ait jamais fait. Il était tellement imbu de lui-même que lorsque le mauvais type a été empoisonné, il n'a jamais compris que c'était lui la cible. Ce n'est que plus tard, après que la police les a interrogés, qu'il a sans doute soupçonné l'autre sœur Watt. Elle savait qui il était vraiment, tu comprends.

— C'est elle qui t'a dit ça ?

— Elle n'a pas eu à le faire. Ils se sont disputés dans la cuisine pendant que j'étais dehors en train de fumer. Ils ignoraient que j'étais là, à écouter.

Katie tituba jusqu'au canapé et s'y enfonça. Son visage avait perdu toute couleur.

— Tu as empoisonné le Colonel Montague ?

— C'était ta faute, mon poussin.

Il se tourna vers moi et m'expliqua :

— Je lui ai dit d'apporter le plateau à la table six, et pour être sûr qu'elle repère la bonne table, je lui ai précisé que c'était pour le vieux type près de la fenêtre.

— Mais il y avait deux vieux types assis côte à côte aux tables près des fenêtres. Et Katie les a mélangés.

Katie émit un son horrible, étouffé.

— Je crois que je vais être malade.

Aucun de nous ne jeta le moindre regard dans sa direction.

— Donc la deuxième fois que tu as essayé de tuer ton père, tu l'as fait toi-même pour qu'il n'y ait pas d'erreur.

— Oui. Et je voulais qu'il sache qui l'avait fait. Je voulais le regarder dans les yeux et lui dire la vérité en face. Et je voulais le regarder mourir. Je me fiche de ce qui va m'arriver maintenant, ça valait le coup.

Il laissa échapper un soupir.

— Malgré tout, je suis désolé pour le colonel. Et pour vous également.

Katie sursauta.

— Non ! Jim, non.

Il tourna la tête dans sa direction et son regard s'adoucit.

— Katie, mon amour, je dois la tuer. Et ensuite, toi et moi, on s'enfuira. Je suis désolé, ma chérie, mais c'est comme ça.

Il eut l'air de réfléchir un moment, et sûrement de manière inconsciente, je le vis fléchir les doigts.

— Maintenant, viens dans la chambre avec moi, m'ordonna-t-il. Et ne fais pas d'histoires. Je vais faire ça gentiment et simplement.

Je secouai la tête, essayant de penser à un sortilège qui le couperait dans son élan, mais il n'y avait rien d'autre dans mon esprit que le chaos.

— Non, je ne préfère pas, lui répondis-je.

J'avais entendu du bruit à l'extérieur, ce qui suggérait que je n'étais pas seule. Je me mis à crier. Ça ne dura pas longtemps, car Jim se jeta sur moi, nous poussant tous les deux sur le canapé crasseux, et tenta de placer ses mains autour de ma gorge. Katie hurla et commença à le frapper avec ses poings. Ce n'était sans doute pas très efficace, mais j'appréciais le soutien.

Heureusement, avant qu'il ne puisse arriver à ses fins, on entendit de l'agitation à l'extérieur et la porte s'ouvrit. L'instant d'après, le corps de Jim fut séparé du mien et il se retrouva face contre terre, deux officiers de police en uniforme le maintenant au sol. L'un d'eux lui passa les menottes, tandis que l'autre lui lisait ses droits. Je pris une inspiration tremblante.

Ian m'aida à m'asseoir. Son regard était sombre. On pouvait presque y voir de la colère.

— Lucy ? Tu arrives à respirer ?

Je hochai la tête.

— Appelez une ambulance, lança-t-il à quelqu'un derrière lui.

Puis, s'adressant à moi de nouveau :

— On va t'emmener à l'hôpital, et s'assurer que tout va bien.

Je posai une main sur son bras. Il était rigide, tout en tension.

— Non, ça va. Il m'a à peine touché. C'est Jim que j'ai vu hier midi. J'aurais dû me rendre compte, à la minute où Katie m'en a parlé, à quel point il pouvait être méconnaissable dans ses costumes de théâtre. Évidemment, c'était son alibi. Il s'est grimé en son propre père, avec une perruque, une moustache, et des vêtements de la salle d'accessoires. Mais à ce moment-là, Gerald Pettigrew était déjà mort.

— Tu as raison.

J'agrippai son bras plus fermement. J'avais besoin d'être sûre qu'il me comprenait.

— C'est Jim qui a tué Gerald Pettigrew. Gerald était son père.

— Oui, Lucy, fit-il calmement. Nous sommes au courant.

Il me regarda en secouant la tête et m'expliqua :

— Nous étions en train de rassembler des preuves. Nous aurions pu lui mettre la main dessus sans que tu risques ta vie.

Il s'avéra que Gerald Pettigrew avait escroqué au moins quatre femmes, leur ôtant toute dignité et, dans le cas de la mère de Jim, la vie. Je ne voulais souhaiter de mal à personne, mais Gerald Pettigrew était un mauvais homme. Maintenant au moins, Florence Watt ne serait pas sa prochaine victime.

Katie se tenait dans un coin, serrant mon tricot contre elle comme un enfant l'aurait fait avec sa peluche préférée. Elle avait les yeux grands ouverts et semblait en état de choc. Je regardai Ian.

— Et Katie ?

Il secoua la tête.

— D'après nos informations, elle ne savait rien des plans de Jim. Je pense qu'il l'a utilisée comme un écran de fumée.

Jim fut arrêté, bien sûr.

— Je dois y aller, me dit Ian.

Je hochai la tête, comprenant qu'ils comptaient certaine-ment interroger Jim sans tarder pour essayer d'obtenir des aveux complets. Je déclinai ses multiples propositions d'am-bulance ou de rapatriement. Les rues d'Oxford étaient beau-coup plus sûres à présent. Je pouvais rentrer chez moi en toute sécurité.

Je proposai à Katie de rester avec elle ou de la ramener chez moi, mais elle insista sur le fait qu'elle préférait être seule. Ne pouvant lui offrir aucun réconfort, je lui dis simplement :

— Je suis tellement désolée.

Elle me tendit le tricot mais je secouai la tête.

— Pourquoi ne le gardes-tu pas ? Au moins, ça t'occupera les mains.

— Que va-t-il arriver à Jim ?

— Je ne sais vraiment pas. S'il n'avoue pas, il sera jugé, bien sûr. Mais à part ça, je n'en sais rien.

— Je vais aller à l'ambassade australienne pour voir s'il peut être extradé. Je pense qu'il sera plus heureux dans son pays. Même s'il est en prison.

Elle semblait vouloir se rendre utile d'une quelconque façon. Je la rassurai en lui disant que c'était une excellente idée puis, alors que je partais, elle ajouta :

— Je n'étais pas au courant. Je n'ai rien vu venir. C'est un bon gars, tu sais. Il est drôle, et gentil.

Je ne jugeai pas nécessaire de lui rappeler l'évidence : drôle et gentil, peut-être, mais il avait tué deux personnes, dont une par accident, a priori. Je me contentai simplement de lui souhaiter une bonne nuit avant de m'en aller.

Il faisait nuit noire à présent. En rentrant chez moi à vélo, je sentis un léger frisson dans la nuque, qui m'indiquait que je n'étais pas seule. Je ne pris pas la peine de me retourner. J'étais pratiquement sûre de ne pas le voir, mais je savais que Rafe me raccompagnait à sa manière, dans l'élan chevaleresque qui le caractérisait.

Le temps de ranger mon vélo, il m'attendait à la porte d'entrée de la boutique. Je le fis entrer.

— Je monte à l'étage, je vais ouvrir une bouteille de vin, lui dis-je. Est-ce que tu bois du vin ?

— Oui. Je vais t'accompagner.

Mamie et Sylvia étaient sans doute encore en train de dormir, j'étais donc heureuse d'avoir de la compagnie. Je sortis une bouteille bien fraîche de Chardonnay de Californie que j'avais achetée parce que j'avais le mal du pays. Il jeta un œil à l'étiquette et secoua la tête.

— Du vin californien, Lucy ? Vraiment ? De l'autre côté

de la Manche, on trouve certains des plus grands vignobles du monde.

Je roulai des yeux et sortis deux verres.

— Je n'ai aucun doute sur le fait que tu t'y connaisses aussi en vin.

— Bien sûr. Je t'emmènerai visiter ma cave un de ces jours.

J'espérais que l'on parlait toujours de vin. Je ne voulais pas m'attarder sur ce que les vampires pouvaient stocker dans leurs caves.

CHAPITRE 23

lors que nous nous installions pour la réunion du club de tricot des vampires, je trouvais le cliquetis des vingt paires d'aiguilles apaisant. Silence Buggins était en visite chez des amis à New York, ce qui expliquait en partie le calme qui régnait dans la pièce. Peut-être que nous profitions tous de ce moment pour trouver notre rythme, vérifier où nous en étions avec le modèle, ou que nous prenions simplement du plaisir à créer quelque chose de nouveau.

Mamie rompit le silence :

— Comment va cette pauvre Florence Watt, Lucy ? J'aimerais pouvoir lui rendre visite. Ça a dû être un choc terrible pour elle de découvrir que l'homme qu'elle a failli épouser était un affreux manipulateur.

— Je pense qu'il lui faudra un certain temps pour s'en remettre, mais certaines informations que vous avez dénichées lors de votre voyage à Leeds l'ont beaucoup aidée. Le fait d'apprendre qu'elle n'était pas la seule à avoir été dupée par Gerald Pettigrew l'a sûrement aidée à ne pas se considérer comme une vieille folle.

Mamie termina une rangée qui semblait compliquée.

— C'est très gênant pour elle d'avoir accusé sa sœur aînée de meurtre. Est-ce qu'elles s'adressent de nouveau la parole ?

— Je crois que oui. Elles ont bien parlé de mettre la boutique en vente et de passer à autre chose, mais à mon avis, aucune des deux ne peut s'imaginer ce qu'elle ferait de tout ce temps libre. Et après tout, rester occupé et connecté au monde est le meilleur moyen d'oublier cette tragédie.

— Ça tombe sous le sens.

— Cependant, j'ai cru comprendre qu'elles étaient d'accord pour revenir au menu classique à la réouverture. Plus de scones au chocolat blanc ou au gingembre, ni de salades de crevettes à l'*Elderflower*.

Les yeux de Mamie pétillèrent.

— Non, en effet. Elles ont découvert où ça pouvait les mener de laisser un chef aux idées innovantes entrer dans leur cuisine.

— Pour ma part, je suis désolé que le pauvre Colonel Montague ait été tué accidentellement, dit Alfred.

Sylvia sourit.

— Eh bien, tu peux l'être, mais je ne pense pas que sa veuve soit triste à ce point. Elle a fait appel à des décorateurs pour refaire la maison. Elle s'est acheté une nouvelle voiture, et elle a programmé des vacances dans le sud de la France avec ses enfants. Quelqu'un dépense enfin l'argent de ce vieil avare.

Je leur donnai également des nouvelles de l'Irlandaise. Mme Montague avait fait ce qu'il fallait. Elle avait accepté d'engager une infirmière privée pour Eileen, et elle avait donné une partie de l'argent du colonel à la femme qu'il avait trompée, et à sa fille devenue adulte.

— Et Miss Everly, qu'est-elle devenue ?

— Elle a trouvé un nouveau compagnon. Ses trois amies de St. Hilda ont créé un profil en ligne, et elle a rencontré quelqu'un.

— Donc tout est bien qui finit bien.

Je poussai un gémissement.

— Si ce n'est que je suis à la recherche d'une nouvelle assistante.

— Oh non, Katie était si douée. Tu ne peux pas la garder ?

— Je l'ai suppliée de rester, mais elle tient à être aux côtés de Jim. Elle l'aide à se défendre, et elle espère obtenir son extradition vers l'Australie. Elle a dit qu'elle n'avait pas le temps de travailler à la boutique. Je pense qu'elle ne veut pas non plus être trop proche de l'endroit où ça s'est produit.

— Katie s'est avérée être une fille courageuse et loyale. Des qualités qui auraient permis à Gerald Pettigrew de rester en vie, si seulement il les avait eues.

— Pour le moment, ils gardent Jim en prison ici.

— Ce pauvre jeune homme va avoir très froid s'il est habitué à l'Australie, dit Mamie. Je parie qu'il serait content d'avoir un bon pull.

Vingt têtes de vampires se levèrent, excitées à l'idée d'avoir de nouvelles pièces à tricoter pour les humains.

— Oh, et la pauvre jeune femme, elle aura besoin de pulls elle aussi, renchérit Alfred.

— Lucy, ma chérie, sais-tu quelles sont les couleurs préférées de Katie ?

Merci d'avoir lu *Sorcière et Boutonnière*. J'espère que vous avez aimé les aventures de Lucy et que vous envisagerez de laisser un avis, ce sera très utile.

Ne ratez pas *Potion et Croisillons*, tome 3 du *Club des Vampires Tricoteurs*.

Message de Nancy

Chers lecteurs,

Merci de lire la série *Le Club des Vampires Tricoteurs*. Je suis très reconnaissante pour l'enthousiasme que cette série a reçu.

J'espère que vous posterez votre avis en ligne et que vous en parlerez à vos amis amateurs de cozy mysteries.

Avis sur Amazon, Goodreads ou BookBub.

Votre soutien est comme la laine qui m'aide à tricoter ces histoires.

Inscrivez-vous à ma newsletter pour un préquel gratuit en anglais, *Tangles and Treasons* (*Pompons et Trahisons*), le récit palpitant de la transformation du beau Rafe Crosyer en vampire.

J'espère vous voir dans mon groupe Facebook privé. On s'y amuse beaucoup. www.facebook.com/groups/NancyWarren-Knitwits

À la prochaine et bonne lecture,

Nancy

À PROPOS DE L'AUTEURE

Nancy Warren est une auteure de best-sellers au classement de USA Today, avec plus de 100 romans à son actif. Elle est originaire de Vancouver, au Canada, et elle adore voyager. Elle a notamment vécu en Angleterre, en Italie et en Californie. C'est quand elle habitait à Oxford qu'elle a rêvé au Club des Vampires Tricoteurs. Entre autres beaux moments dans sa carrière, son nom a figuré dans un mot-croisé du journal *National Post* au Canada, à la une du *New York Times* pour la parution de son livre *Speed Dating*, le premier de la série NASCAR de Harlequin, et elle a été trois fois nominée au Romance Writers of America's RITA award, une récompense prisée. Elle est diplômée en écriture créative de l'Université de Bath Spa. C'est aussi une randonneuse acharnée qui adore le chocolat, et par-dessus tout, avoir des nouvelles de ses lecteurs !

Pour la contacter, inscrivez-vous à la newsletter de Nancy sur NancyWarrenAuthor.com ou rejoignez son groupe privé Facebook www.facebook.com/groups/NancyWarrenKnitwits

Pour en savoir plus sur Nancy et ses livres :
NancyWarrenAuthor.com

facebook.com/AuthorNancyWarren

instagram.com/nancywarrenauthor

amazon.com/Nancy-Warren/e/B001H6NM5Q

goodreads.com/nancywarren

bookbub.com/authors/nancy-warren